すてきなあなたに

［ポケット版］

09

魔法のはがき

［ポケット版］

すてきなあなたに 09

魔法のはがき

目次

1999-2005年

飾絵　花森安治

一月の章

柱時計

初詣でを無事にすませて、人ごみに疲れた私は、コーヒーが飲みたくなって、ちょうど一軒開いていた喫茶店に入りました。

店内は、同じような思いなのでしょうか、ほとんど満員でしたが、幸いお店の真中にあった大きなテーブルに、席があいていました。

お店の中は、コーヒーの香りがして、ほどよく温かく、ホッとひと息つきました。

晴着を着たお嬢さんと、これも着物の男性の、今年は珍しいカップルもいます。お年をめしたご夫婦、一人で新聞を読んでいる人……、静かで平和な感じです。

不意にチーンと、音がしました。みんな、びっくりしたような空気が流れました。私も、音のした方を見ました。

柱時計だったのです。ちょうど四時半、長針がⅥのところを指しています。

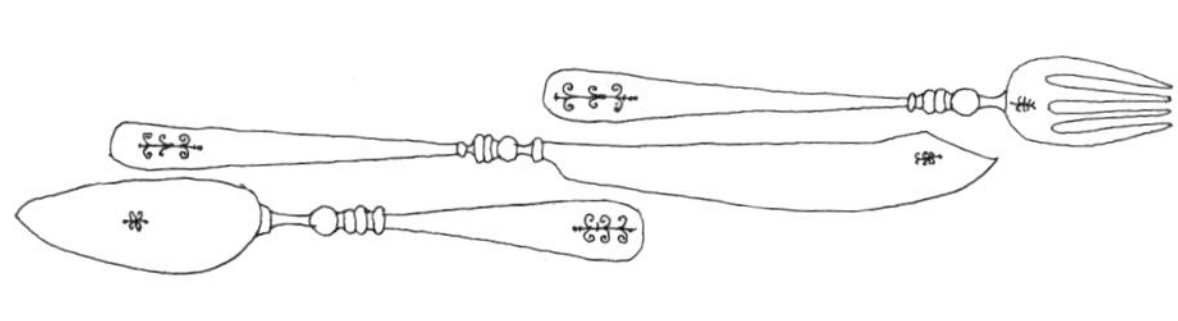

上が八角形で下に振子がついて、文字盤がローマ数字。ひと昔前までは、どこの家にも見られた柱時計です。

これは三十分になると一つ鳴って、時を知らせてくれるものでしょう。入口のレジの上に、かかっていました。

このお店にいつも来ている人ならおどろかなかったでしょうが、今日のお客さまは、私と同じように初詣での帰りで、初めての人が多く、びっくりしたのでしょう。

皆の顔に、ふっと和やかな笑顔が浮かびました。知らないお隣り同士、顔を合わせて、知らずしらずほほえんでしまいました。

なつかしい音です。

このお店のこの時計は、きっと、ずっと前から、ここでチクタクと時を知らせてくれていたのです。

この時計はきっと、毎日、このお店の方が、決まった時間に決まった数だけネジを巻いていることでしょう。

機械でも、人間の手で、そして愛(いとお)しむ心で、動いているのです。

こどもの頃、ネジが巻きたくて、高いところの柱時計の下に踏台を

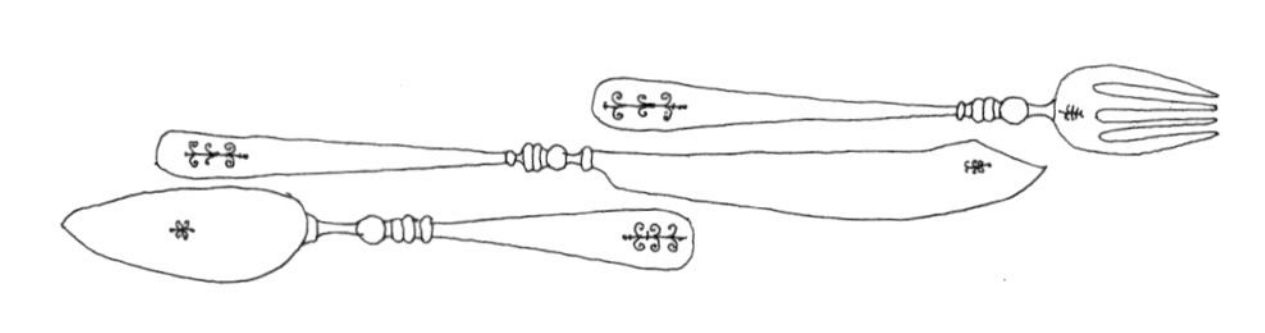

もっていって、やっと巻かせてもらったものです。
そんなことから、いろいろなことが思い出されて……、一杯のコーヒーが、ずい分、心を暖かくしてくれました。
「ありがとう、時計さん」
レジでお金を払って出るときそういってしまいました。

益軒先生

腹八分目などの言葉で知られた江戸時代の健康の指南書、貝原益軒(かいばらえきけん)の『養生訓』をパラパラめくっていたら、こんな一節が目につきました。

「小児(しょうに)をそだつるは、三分の飢(き)と寒(かん)とを存(ぞん)すべし」

古人いへり、と、昔からの説だとしながら、子どもの厚着や、おいしいものばかりおなかいっぱい食べさせることを戒(いまし)めています。

そういえば、ついこの間まで「子どもは風の子」といわれ、寒さも

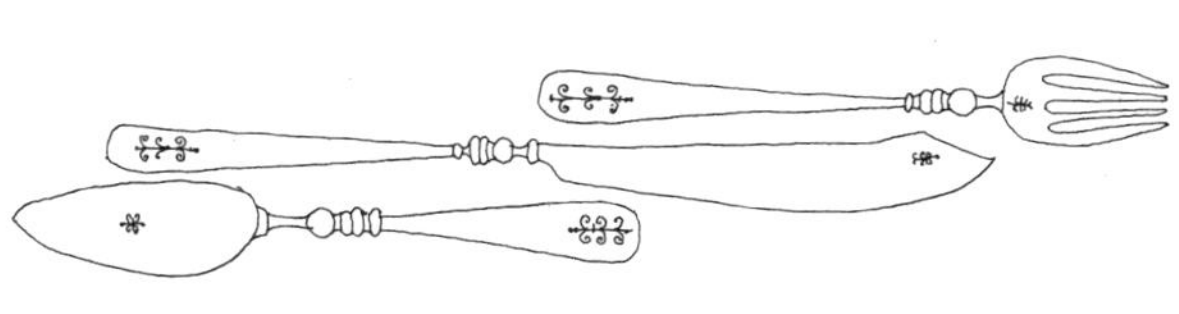

のかは、友達といっしょに外を跳びあるいて遊んでいました。そして、そうすることで、身体もしぜんに鍛えられていたように思います。

いま、冷暖房のととのった室内でゲームに興じている子どもたち。いまは、昔と違ったいろいろな危険が、家の外にはいっぱいです。子どもの数も減ってきて、少ない子どもを大切に育てようと、みんな必死です。

でも、大切に育てるというのは、そういうことではない、と思うのです。世界には、飢えに面している子もたくさんいます。身体を鍛えることは、心を鍛えることにも通じます。これからやってくる寒い季節は、天から与えられた貴重なチャンスにも思えます。

「三分の飢と寒」ということを心のどこかに置いておくだけでも、少しは違った日常になるでしょう。飢えと寒さに限らず、多少の不足、不自由は、子どもたちの人生にとって大切なものでしょう。

そして、そのつぎの言葉に、私は思わず、うーんとうなりました。

「小児にかぎらず、大人も亦(また)かくの如くすべし」

ああ、さすが益軒先生です。

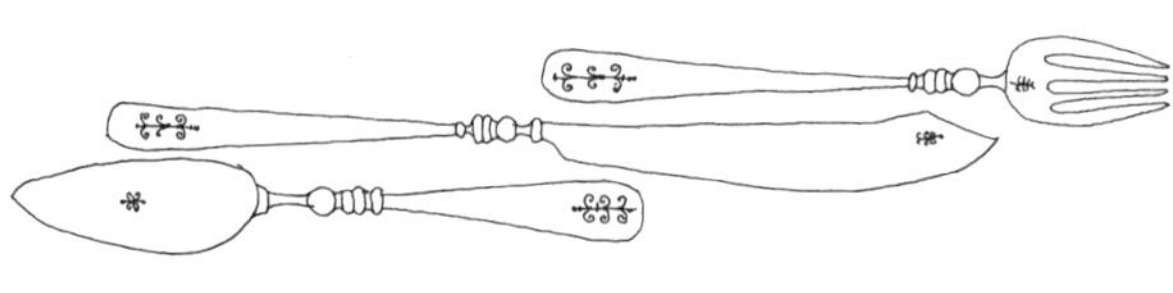

栗とポテトのグラタン

おせち料理にそえようと、用意しておいた栗の澁皮煮が、使わないいま、一びん、そっくり残っていました。

おいしい日本茶をいれて、甘い栗をお菓子代りにそのままいただいてもいいのですが、なんとなく一工夫してみたくなりました。

バタケーキのタネに混ぜて焼き上げてみようかしら、そうでなかったら、丸ごとアーモンドクリームに埋め込んで、香ばしいタルトに焼き上げては、どうかしら……。

なにかいまひとつです。いい知恵はないかしら……。

いっそ、じゃがいもと合わせてみたらどうでしょう。じゃがいものホクホクした感じは、どこか栗と似ています。ふたつを一緒にしたら、うまくなじんでくれそうです。でも、栗とじゃがいもだけでは、ノドに詰まってしまいそう。

生クリームでつないでみてはどうかしら……、といろいろ思いを巡ら

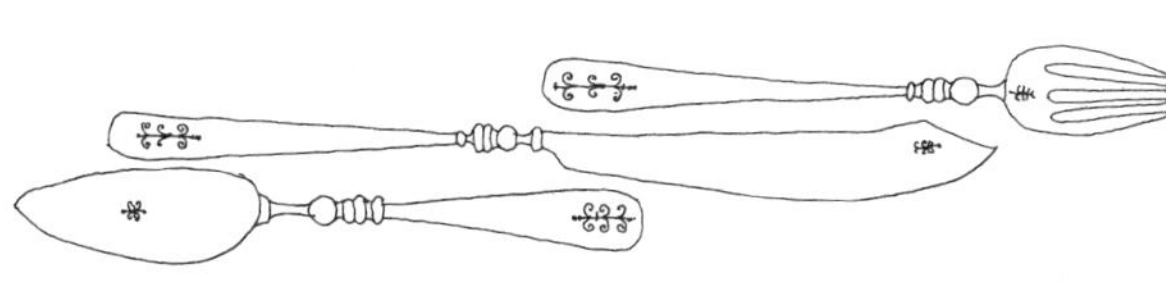

せているうちに「栗とポテトのグラタン」の作り方が、まとまってきました。

＊

ヒントは、フランスのドフィーネ地方のじゃがいものグラタンです。これは薄切りにしたじゃがいもを生クリームでさっと煮てから、チーズをかけてグラタンにするのですが、これをヒントに、作ってみることにしたのです。

じゃがいもは、中くらいの男爵を4コ。栗の量は好みですが、大きめのを10粒くらい。澁皮煮がなければ、天津甘栗でもいいでしょう。それに生クリームカップ1杯と、牛乳カップ半杯。バタを少し。

深めのグラタン皿か、スフレ型を用意し、内側にはバタをぬっておきます。

まず、じゃがいもは皮をむいて、3ミリ厚ほどの薄切りにします。栗は三つか四つに割っておきます。

ナベに、じゃがいもと生クリームと牛乳を入れ、軽く塩コショーして火にかけます。煮立ってきたら弱火にして、竹ぐしが通るくらいまでや

わらかくなったら、火から下ろします。くれぐれも煮くずさないように。
グラタン皿の底に、まずじゃがいもを三分の一入れて平らにし、栗を半分散らします。さらに残りのじゃがいもの半分を入れ、残りの栗を散らします。最後にじゃがいもでおおい、ナベに残った煮汁のクリームを全体にかけます。
焼き色をきれいにつけるために、表面に溶かしバタをふりかけておきます。
用意がととのったら、200度のオーブンにいれ、うっすらと焦げ目がつくまで、十五分ほど焼きます。

＊

じゃがいものほのかな塩味と、甘い栗とが口のなかでひとつになり、クリーミーでやさしい、おいしさになりました。

コーヒーともよく合いますから、軽いスナックにいただいてもいいですし、また、栗を減らして、ローストなどのお肉の料理のつけ合わせにしても、いいものです。

ぐいぐい歩こう

「ニューヨークに来てから、歩き方がうまくなりました」と、ユミさんから久しぶりに便りがありました。

ユミさんは、去年の秋、英語の勉強をしてくる、と言って、それまで勤めていた旅行会社をやめて、ニューヨークへ行ってしまったのです。つとめていた間に、何度か仕事で行ったニューヨークが、とても魅力的だったようです。それと、「わたしの英語、なんとか通じるけど、やっぱり足りないの。こまかい気持ちを伝えたいと思うと、なかなかむずかしいわ」とよく嘆いていました。手紙にもどります。

「英語も上達したと思います。お友達がたくさんできて、毎日英語でおしゃべりしているから……。もう一つ、上手になったのは歩き方で、思わぬ拾いものでした。学校へは、バスでも地下鉄でも行けるのですが、交通費を節約するため、歩くことにしたのです。

マンハッタンは狭いから、その点とってもらく……。そうしたら、歩

いている人たちの歩き方が違うということに気がついたのです。

会社や学校に、歩いて行く人が大勢います。その人たちがみんな、なんといったらいいか、ぐいぐい歩いている……。チョコチョコ歩きじゃなくね。大股で足をのばして、背中もしゃんと立てて、ほんとに速いの。わたしも真似しちゃおう。そう思ったわけ。いまでは、わたしもニューヨークっ子なみに、ぐいぐい歩いています。威勢よく歩くと、気分が、すかーっとすることもわかりました。ニューヨークの冬は、けっこう冷えるけど、歩くとあたたかくなるし、いいことずくめよ。

三月には日本に帰りますが、帰ってからも、マンハッタンふうウォーキングを続行するつもり。学校のまえで撮った写真を同封します……」

写真のユミちゃんは、白いスニーカーをはいています。スニーカーで通勤や通学する人が大勢いるのだそうです。

いいなあ。わたしも真似をしようかしら、こういう靴をはいていたらきっと、どんどん歩きたくなると思います。今年から、チョコチョコ歩きは廃止。ユミちゃん流に、元気に歩くことにしましょう。

そんなわけで、これからスニーカーを買いにいってきます。

果物の花

立冬のころ、田舎に暮らす妹から宅急便が届きました。中は新聞紙にくるんだ大株の白菜、よく育ったホウレン草、生椎茸にさつまいも、それに柿と柚子です。

度重なる台風の影響で野菜が高くなっていたときで、大助かりでした。でも、柿と柚子は、裏山で手入れもせず成るにまかせてきたもので、実も小さいし、形も不揃いです。食べてみても味はいまひとつ。ただ、深い朱色の柿と鮮やかな黄色の柚子、色だけはさすがにきれいです。

そこで、思いついたのが、透明なガラスの花瓶にこれらを取り合わせて、玄関のお花の代わりに飾ることでした。厚手で深さのあるガラス瓶に柿と柚子を七、八コずつ無造作に入れていくと、二つの色がなじんでとてもよく合っています。

その上に、冷蔵庫に一つだけ残っていた淡いグリーンの洋梨をのせてみました。やわらかい感じだったものがちょっとしまって、ますますス

テキ。白い壁によく映ります。
玄関を開けると、パッと目にとびこんでくるこのお花を、訪ねてきた人たちは、まず「ワーッ、おいしそう」と言います。それから「きれいね、生のお花より暖かい感じがする」とほめてくれます。
年が明けた今は「アルプス乙女」という深紅の小さなかわいらしいリンゴに、つややかな黄色のレモンのとりあわせ。これは柿と柚子よりちょっとモダンでおしゃれな感じで、気に入っています。
寒い今の季節だからこそできる、果物のお花です。

きれいなおねぎ

この冬は、おねぎにこりました。

パリのねぎのおいしさには、まいりました。前から好きなおねぎでしたが、偶然、〝きれいなおねぎ〟ができたのです。

朝市（マルシェ）へいって、今日のねぎの鮮度は、と、しばらく睨（にら）んでから、

「いちばん太いのを五、六本」

「青いとこ落しますか」と八百屋さん。

もちろん「ノンノン」

直径3センチか、もっとありそうな立派なおねぎ。土をよく落して。

根から白い茎がのび、それが黄みどりに変わり、やがて緑へ。

その緑を適当におとして、長さにすると20センチくらい。それを四つか五つに切ります。切り口のみずみずしいこと。冬の勢いがあります。

きっちり巻いて、木の年輪みたい。これをお酒でゆっくり煮ます。

お酒は、ほんとに偶然でした。ふと、水の代りに差したのです。やわらかく煮えて、とろけるようです。

おねぎとお酒の相性。ねぎの甘みとお酒の甘みが、からみ合うのでしょうか。ちょっと、ねっとり、臈（ろう）たけたおいしさをそなえた美しさです。いただくとき白コショーを。

〝きれいなおねぎ〟と名がつきました。

注意一秒怪我一生

快晴の日曜日、朝食の仕度をしていました。

ベーコンエッグに水を少し加えた瞬間、フライパンのまわりからあがった火が、あっという間にセーターの袖口に、そして身頃へと燃えうつり、さらに髪の毛に広がりました。この間、たった数秒です。

ガスを消し、全速力で浴室へ走って、前夜の残り湯のあったバスタブへ飛びこみ、すんでのところで助かりました。

神戸の震災のあと、なにか気になって、お風呂の残り湯は、そのまま翌日まで残すようにしていました。それが、とっさの消火に役立ってくれたのでした。

現場検証をされた消防庁の方は、「近年は、着衣の火災がふえていますが、料理をしているときは綿百パーセントの割烹着を着ていれば、袖口から身頃へいく着衣への引火事故が、大方は防げます」というお話をして下さいました。

台所の火に慣れて、火を甘くみていた私。天然繊維のありがたさを忘れて、おしゃれで着ていた、毛足の長い化学繊維のセーター。化繊の着火の恐しさを知らずにいた、無知な私でした。火に襲われて、心底ゾッとしました。

＊

今は、友達がさっそく縫って届けてくれた厚手の木綿百パーセントの割烹着を愛用し、安心して台所に立っています。

〝注意一秒、怪我一生〟。〝お台所ではぜひ木綿の割烹着を〟と、会う人ごとに叫んでいる私です。

冬の植物園

思わず息を呑みました。ああと言ったのか、ううと言ったのかよく覚えていません。

目路を遮って、高く広く巨大な傘のように立ちつくすその木の、幾千万とも数知れぬ濃緑の葉かげのすべてに、南京玉の赤い実が鈴なりにゆれていたのです。

「センリョウの木！」とあてずっぽうで言ったのは、正月の花によく使われる、赤い実の愛らしいセンリョウそっくりだったからですが、あのセンリョウの小枝を百万本も集めて目の前に立てたと思ってみてください――。

ひたすら見とれました。それが一本ならず二本、仲良しの姉妹のように微笑んでたたずんでいるのです。

冬の午後のおだやかな斜めの陽ざしが、葉むらの奥までやさしくさしこみ、赤い南京玉の実のひとつひとつを、そっとみがきこんでいます。こんな美しい木と出あったのは初めて。それは〈クロガネモチ〉という木でした。

一時間ほど前から、ともだち連れで私は「小石川植物園」にきていたのです。東京大学大学院理学系研究科附属植物園（東京都文京区白山三ノ七ノ一）というのが正式名称で、広さは十六万一五八八平方米……と

言われてもピンときませんが、都心には稀な深い森林。江戸期は将軍家の庭園、そして薬草園もあった歴史的な緑地です。

いま千五百種の樹木と千五百種の草本植物のほか、温室には二千種の熱帯・亜熱帯の草木や花が育てられています。

そんな案内書をひもときながら、足の向くまま、気のむくままに歩いていて出あったクロガネモチ。この植物園の目玉の樹木、スターでも花形でもない、いわばその他大勢という扱いの木のひとつなのでしょう。

でも、ほかの木々が葉を落とし花を散らしたあとの空間にかがやき出る、タイミングを心得た樹木。すっかり気に入りました。

冬にかがやくクロガネモチ。あなたは、とっても聡明なタイプなのだ。年ごとに葉かげに結んだ赤い南京玉。それは冬をしのぐ小鳥たちへのプレゼントでしょう。これまであなたは天文学的な数にのぼる南京玉を、必要とする生きものに与え、地上に降らしてきた。静かに丹念にひたすらに生きてきた。そしてこれからもだまって、生きてゆく。

今日のような陽ざしにめぐまれた日に出あうのも、もちろん嬉しいのですが、私はふと、粉雪の降るような、氷雨（ひさめ）の降りかかるような寒い日

にも、この木の下に立ちたいと思いました。
赤い実に雪の粉が氷砂糖のようにまつわりついたら……緑と赤と白のコントラストがたのしめます。いつか、もっと寒さのきびしい日にまた会いましょう。そう言ってクロガネモチのかたわらを去りました。

＊

小さなノートに木の名を記しました。あとで数えてみましたら百近くになっていました。でも木だけで千五百種もあるのですから、記したのは一割にも足りません。千五百種ぜんぶに出あうには、あと十回やそこらは足を運ばなければならないようです。あらためて樹木というものの多様さ、豊富な個性、自然のふしぎさに打たれました。

冬の花の人気者はやはり〈椿〉でしょうか。この植物園にも、ややこぢんまりとはしていますが、〈椿園〉があります。すき通るようなピンクの侘助があります。エミリウイルソンと横文字の名の椿はやはりピンクです。光源氏、紅麒麟(こうきりん)、崑崙黒(こんろんこく)、眉間尺(みけんじゃく)、古金襴(こきんらん)。椿の名はどれもみな、コったものばかり。その一角にアッサム茶が咲いていていました。白い花がほろほろと。

山茶花（さざんか）は満身を花にして、冬のうたをうたっていました。人だかりしているのはダリアの前です。コダチダリアといって、見上げるほどに丈高く伸び、うす紫の花弁をゆっさりとたらして咲いていました。冬のはじめの名花のようです。

でも私の目は、地を這うように咲く野菊に吸い寄せられました。日だまりに顔と顔を寄せあって群れ咲く野菊。〈サツマノギク〉は白の大輪、〈アシズリノジギク〉も白ですがやや小ぶり。野菊には、どんなところにでも咲いて見せるという意地が感じられます。

おや、花ニラもあります。春さき小さな星型の白、うす紫の花をつける道ばたのアイドル。私のベランダでも毎年少しずつ増えています。

＊

薬草園（薬草保存園）も見ておきましょう。フクジュソウ、イノコヅチ、トクサ、ツワブキ、ワレモコウ、シャクヤク、ボタン、ミソハギ、イカリソウ、スイセン、ノイバラ……なじんできた花や草のほとんどが、薬草という一面を持っていたのでした。

薬草だったからこそ大切にされ、ひとびとが身近に置いて、後世の私

たちに残してくれたと言うべきなのでしょう。

陽もだいぶ傾いてきました。お別れ前にニュートンのりんごの木と、メンデルのブドウにあいさつしました。

ニュートンが万有引力を発見するきっかけをつくったというニュートン家のリンゴから取りわけられた株が育っています。一九八一年からお目見得(めみえ)して、人気スポットになっています。もうすっかり冬眠に入りましたという風情の裸木のりんご。

そのすぐ隣りにメンデルのブドウの木が二本。遺伝の法則を発見したメンデルが研究用に選んだブドウの木の子孫にあたります。この木の株が、メンデル記念館に里帰りしたというエピソードもあるとか。

枯木のようなブドウの木ですが、その体内には、造物主(ぞうぶつしゅ)が秘めた深いナゾの物語がかくされているのでしょう。

木を見に行く、木に会いにゆく。それは思いがけないショーにめぐまれること。葉、幹、花、姿、香、色、風情。みんな違ってみんなすてき。もっと親しくなったらきっと一本一本の木とおしゃべりが交わせるようになるでしょう。また来ます……。

そういって、植物園の門を出ました。

小石川植物園は地下鉄都営三田線白山駅下車。A1番口を出て徒歩十分ほど。開園・午前9時〜午後4時30分、休園日・月曜（祝日の場合はその翌日）、入園料・四〇〇円、電話・〇三・三八一四・〇一三八

ほうれん草のタルト

吐く息が白くなる季節になると、おいしさを増す野菜のひとつが、ほうれん草でしょう。

霜にあたりながらスクスクと育った葉っぱは、深い緑色で厚みがあり、ゆでるとトロリと柔らかく、それでいて頼もしいほどの存在感があります。こんな時期のほうれん草は、さっとゆがいて軽くしぼり、生醤油をちょっとかけるだけで、その甘みがぐっときわだちます。

そんなほうれん草を待ちわびてつくるのが、このタルト。このときば

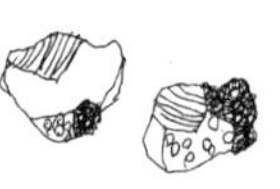

かりは、気合いをいれて、きちんとタルト生地から作るのが私流。中にいれるのは、ほうれん草と相性のいいゆで玉子。まとめ役は生クリームとチーズです。

＊

では、さっそく生地作りから始めましょうか。これは、前の日にやっておくと楽です。

粉は、薄力粉と強力粉を１００グラムずつ。合わせてふるってから、冷蔵庫で冷やしておきます。バタ１２０グラムは5ミリ厚ほどに切り、そして水がカップ半杯と塩少々。これも冷やしておきます。

ボールに粉とバタと塩を入れ、ナイフで、バタをザクザクと刻みながら混ぜます。バタはあまり細かくしないように。ここに冷水を加え、手で軽く混ぜながら、全体をひとまとめにします。

台に少し打ち粉をして生地をのせ、麺棒で細長く伸ばします。これを三つに折り、こんどは九十度回して、また縦長にのばして三つに折ります。これをもう一、二回繰り返したら、三つにたたんでビニール袋に入れ、冷蔵庫で休ませます。これで20センチのタルト型2台分にちょっと

多いくらいですから、余ったら冷凍にしておくといいでしょう。

＊

次の日に、1台分として、休ませた生地を半分弱とりだし、麺棒で厚さ3ミリ位に円く伸ばします。これをタルト型のフチまできっちり敷き込み、一度空焼きします。

焼くときはアルミホイルにバタを薄くぬり、この面を生地に合わせて軽く抑え、タルト用の重しを敷いて200度で十五分ほど焼きます。

具の用意をします。玉子2コは固ゆでにし、粗く刻んでおきます。ほうれん草200グラムはさっと塩ゆでにし、3センチ位に切って水気を絞っておきます。

フライパンにバタをたっぷりめに溶かしてほうれん草を入れ、塩コショーして炒めます。ここに小麦粉大サジ1杯ふってさっと炒めたら、生クリームをカップ三分の二杯加え、全体にクリームを行きわたらせながら火を通します。固めなら牛乳を適当に加えます。火を止め、粗熱をとっておきます。

空焼きしたタルトの底に、まずほうれん草を少し敷き、刻んだ玉子と

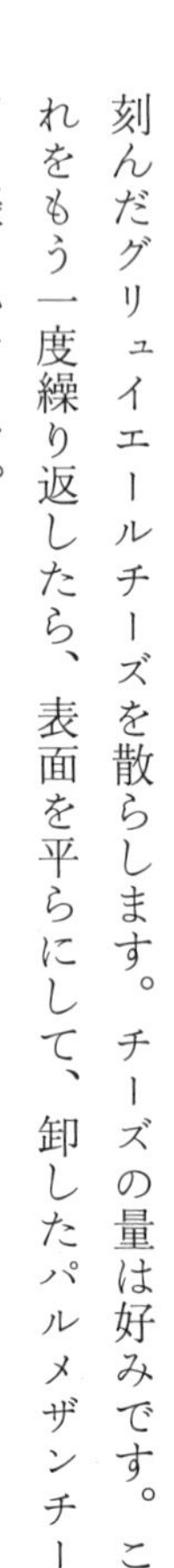

刻んだグリュイエールチーズを散らします。チーズの量は好みです。これをもう一度繰り返したら、表面を平らにして、卸したパルメザンチーズを振りかけます。

オーブンを２００度に温めてタルトを入れ、真ん中がふくれて、きれいな焼き色がつくまで約三十分焼きます。粗熱がとれたら型からはずします。

焼きたてのサックリしたパイ皮を壊さないように、放射状に切ります。ランチなら、サラダとコンソメでもそえればＯＫ。ティータイムならミルクティーでもそえてください。

冷めたら、くれぐれも温めてから召し上がってください。

カレンダーいろいろ

久しぶりに会った友だち数人と、ランチをいただきながら、カレンダ

ーの話が出て、とてもおもしろかったので。
毎月、月末になると、新聞にはさんで「来月のカレンダー」が配達されてきますね。小さめですが、一カ月分の書込みができるようになっている、ちょっと便利なカレンダー。そのカレンダーのお話です。

＊

1 私は、食器棚の前に張って、夕食の献立をメモしています。だれが食べたか、家族の名前も書いてあって、もう五年分くらいは、たまっています。ときどき献立に困ったときなど、前のを見て、あ、そろそろ空豆の季節だわ、とか、みょうがのおつゆにしようかな、とわかるんです。とても具合いがいいの。
2 私は、家計簿をつけていないけれど、その日の出費をメモしておいて、もう三年分くらいたまっています。ざっと足し算をするとその月の合計も、その年の合計もほぼわかるので、台所の冷蔵庫にはって、毎日の出費をつけています。
3 私も冷蔵庫に貼っていますけれど、それは家族の予定なの。なにしろ成人になった子どもが二人もいるので、夕食を食べるか食べないか、

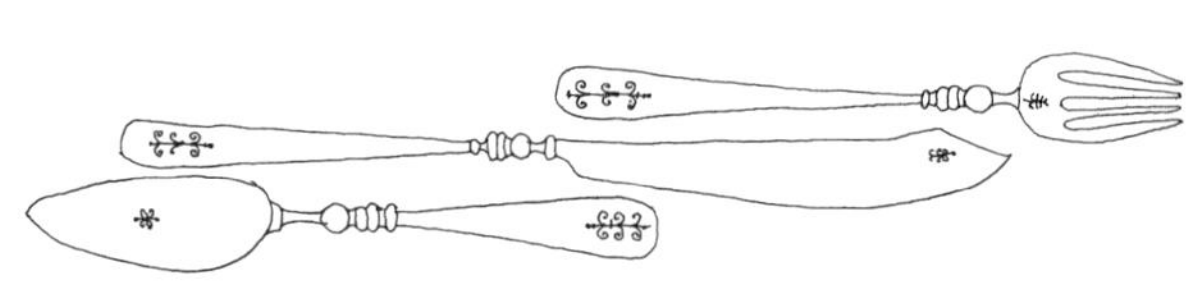

という情報がとても大切です。それで家族四人、夕食の有無を中心に、ざっとスケジュールを書くようにしました。家族の出張の予定、わたしの外出予定など、それぞれが冷蔵庫をあけるときに見ているようです。
4　私は、毎月老人ホームにいる母のところに持って行き、ベッドサイドに張ってあげています。母は、家族が行くと、そのたびに名前を書いて、今週は孫が何人来たとか、どんな話をしたとか、楽しい確認をしているようです。孫たちも、行くのが遠のくと、もう何日来ない、なんて言われてしまうので、出席表みたいになってしまっています。
　お母さまが眺めてたのしんでいらっしゃるご様子が、目に見えるようでした。
5　私は、その日に着たものをメモして、クロゼットに張ってるんですよ。どこへ、どういうものを着ていったか、すぐわかり、この前とおなじ格好で行ってしまうこともなくなり、何を着ようかと迷うことも少なくなって重宝……。

＊

チラシといっしょに入ってくる、ヘンテツもないカレンダー。

でも、ずいぶんいろいろな使い方があって、役立っているものだ、とお互い発見しました。

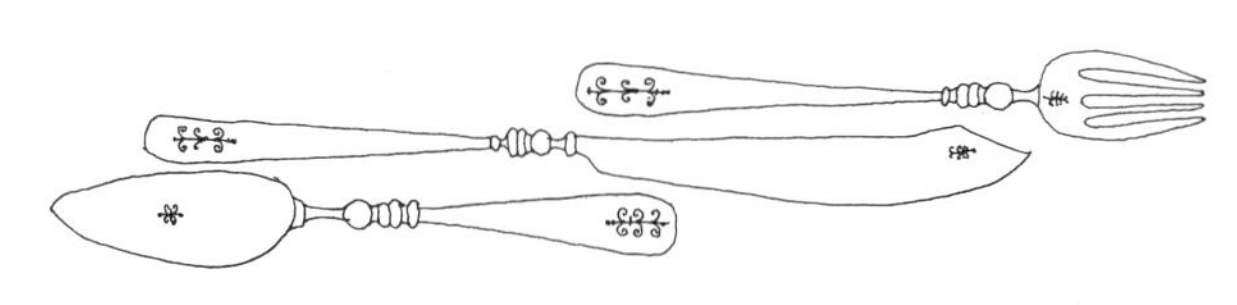

秘められた想い

平成十六年一月の終わりに東京ドームで開かれた「東京国際キルトフェスティバル」は、連日、大勢の人たちで賑わいましたが、そのなかに、フランスのプロヴァンス・キルトのコーナーがありました。

雪のように真っ白なキルトに、1センチに5針とか7針、すごいのは10針もの縫い目で模様を刺し、そこにコードのような綿を刺し込んで、模様を立体的に浮き出させる、ブティという手法を使った、精緻を極めたすばらしいキルトが何枚も展示されていて、みんな立ち止まっては、すごい、すごい、と見入るばかりでした。

そのなかの一枚に、ついていた説明文の前で、足が止まりました。

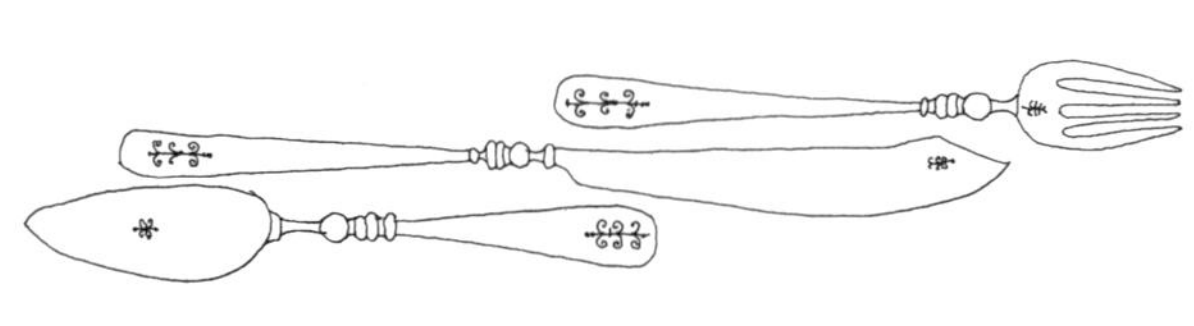

それによると、このブティの綿を刺し込む仕事は家庭での夕べのくつろぎや長い冬の日々になされ、手を休めることなく針の抜き刺しに気を凝らし、将来への期待をこめる祈りの気持ちと愛情が、作品から湧き出しているとあり、なるほどと納得のいくものでしたが、そのあとに、こんな文がつづきました。

「19世紀の女性たちは、口をつぐみ、ときに教えられた詩の一節を口にすることはあっても、社会的地位によって決められた通りの行いをするだけであった。それ故に、ブティを手にすることは、当時の婦人にとって意味深いものだった。慣例の記号を使い、ひそかな想いや人に言えないことを、布の上に表記することができたからである」

キルトが、さまざまな想いを伝えるためにも使われることとは、知ってはいましたけれど、このような、まるで専門のお針子さんの手になるとしか思えない整ったキルトにも、ひそやかな想いが隠されていること、それにもまして、キルトのなかでしか自分の思いを語れなかった当時の家庭の女性たち、そしてまた、そのためにこの細やかな端正なキルトが生まれたのかと思うと、複雑なため息を抑えきれませんでした。

りんご入りパンケーキ

わが家のクックブックの棚には、最近手にした、新顔のしゃれた料理書やお菓子の本といっしょに、ずっと昔から、まるで主のように鎮座している古参の本が、何冊も並んでいます。たとえば、ふた昔も前に旅先で求めたスープの本、友人からプレゼントされたケーキの本、そして母の形見のおかずの本……。

それらを時々とり出しては、ページを繰りつつ眺めるのが、私の大好きなひとときです。この『APPLES』も、そんな一冊。

およそ25センチ四方と大判で、50をこえるリンゴ・レシピが載っています。もう十年以上も前にアメリカで出版されたものなので、写真の雰囲気はレトロですが、それがなんともホッとするというか……、いい感じです。

先日、コーヒーを飲みながらこの本を繰っていて、ふと目にとまったのが「リンゴとピーカン入りのオートミール・パンケーキ」。

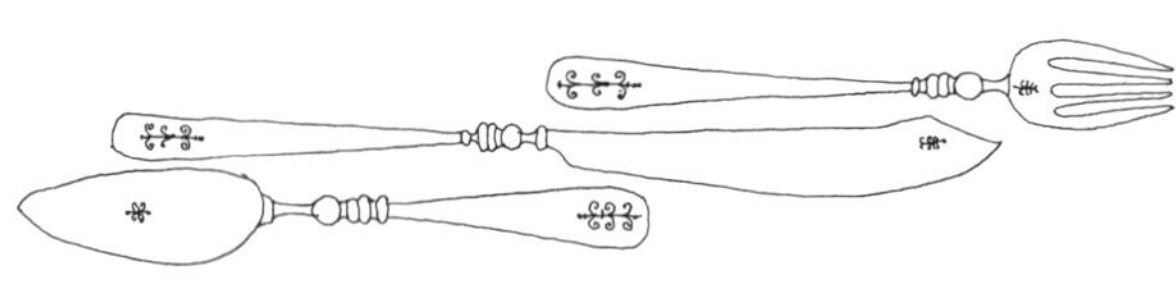

白木のテーブルの上、クリーム色のシンプルなカントリー調のお皿にのったパンケーキが三枚。カリッ、フワッと、おいしそうに焼けています。上にちょんとバタ、そして、たっぷりのメープルシロップ。ながめているうちに、食べたくなりました。レシピをみると、材料も作り方もシンプルです。やってみよう、という気になってきました。
材料は、オートミールと玉子、小麦粉、砂糖、ミルク、バタ、それにリンゴとペカンナッツです。ペカンナッツはピーカンナッツともいい、クルミの仲間で味も似ている、甘みとこくの強い木の実です。もし手に入らなかったら、クルミで代用してください。
では、順をおって、作ってみましょう。

＊

まず、オートミールをカップ1杯半に、同じ量の熱湯をそそいでサッとまぜ、五分おいておきます。

小麦粉1カップに、ベーキングパウダー茶サジ2杯加えて、ふるっておきます。

玉子1コをといておきます。

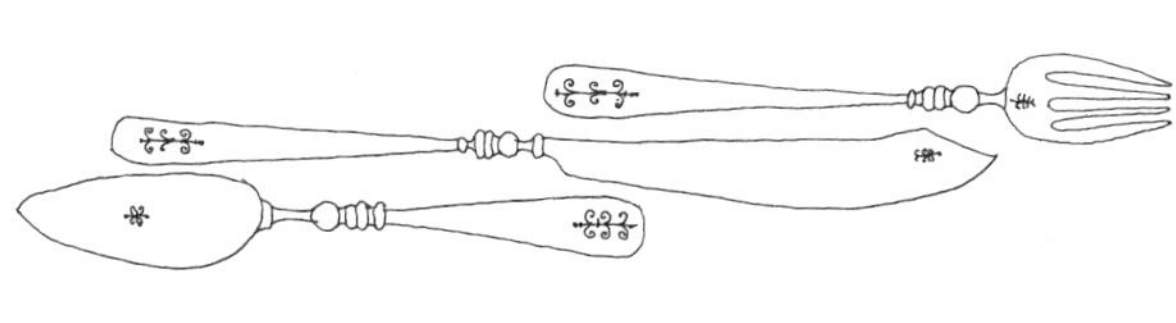

柔らかくなったオートミールのなかに小麦粉、とき玉子、塩ひとつまみ、砂糖を大サジ2杯加え、よく混ぜ合わせます。

つづいて、牛乳1カップ、溶かしバタ大サジ3杯をそそぎ、混ぜます。

リンゴ1コの皮と芯を除いて、細かく切り、これを加えて混ぜます。

ペカンナッツも、カップ半杯を刻んで混ぜます。

ぜんぶ均一にまざったら、パンケーキの種のできあがりです。

＊

フライパンを中火にかけ、バタを茶サジ1杯入れます。バタが溶けてジクジクいってきたら、種をテーブルスプーンですくってのせ、平らに広げながら、丸く8センチくらいにします。

しばらくして、こんがりと焼き色がついたら、ひっくり返し、ちょっと火を細めて、なかまで火を通します。

焼けたら、お皿にとって、バタとメープルシロップを。

アツアツの焼きたてを口に入れてみました。しっとりとしたパンケーキの間に詰まったリンゴが甘酸っぱく、なかなかのアクセント。

オートミールの口当りを楽しみつつ、メープルシロップを絡めながら

いただくと、こってりと濃厚です。シロップの代わりに、甘く煮たフルーツを添えたり、パウダーシュガーを軽く振りかけてもいいでしょう。これで四人前くらいでしょうか。休日のブランチや、ちょっとしたお茶うけに、香りのいい紅茶をそえて、おすすめです。

正座のおすすめ

このごろなんだか肩が凝って、からだ全体がかたくなっている、という自覚症状はあったのですけれど、小さな椅子をちょっと不用意な姿勢で持ちあげたとたん、腰にピッと痛みが走りました。ぎっくり腰です。

昨年の秋、重いかばんを持ちあげてなって以来、ずいぶん気をつけていたのですが……。

だんだん痛みが増してきて、かがむことが出来ません。靴下をぬいだりはいたり、ズボンをぬいだり着たり、いつもの三倍ぐらい時間がかか

り、そのたびに痛みが走ります。歩くのは、そろりそろりと中腰。

ぎっくり腰になると、いつもかけつけるのは鍼のお医者さま。そして腰にはサポーターをつけて、冷やさないように、なるべく安静に……。そんな風に腰をいたわって暮らしていると、二、三週間でなんとか元通りになることはなるのですが。

ぎっくり腰やっちゃって……とお約束をキャンセルしたり、音楽会をあきらめたりしていると、同じ経験をもつ方が多いのにおどろきます。腰が痛いのはどんなに苦しいか、みんなとても同情的です。そして、経験にもとづいたいろんな処置のしかたがあることも、わかりました。

毎晩寝る前に、仰向けになってひざを曲げておいて上体をひきおこす運動を十回、腹筋をきたえることが、ぎっくり腰にならないコツ、と教えて下さった方がありました。ただし痛いときは絶対ダメ。

一日、十五分、背中をのばして正座してごらんなさい、ぎっくり腰よさようなら、です。と教えて下さったのは、毎年苦しんだという友達のアドバイスでした。

ふだんきちんとひざを揃えて、お茶室に坐るような正座をする機会は

めったにありません。すっかり洋風の暮らしになって、ふだん腰をきたえることが、なくなったのかもしれません。
うすい座布団を敷き、あまり胸をはらずに、らくな姿勢で正座してみました。背中がしゃんとのびます。下腹に力が入る感じがします。
これ、いいかもしれない、と思えてきました。もう十日以上、毎日十五分、正座をしています。はじめは足がしびれていたのが、日に日にらくになりました。背筋がピンとのびると、おなかから息が出て来て、吐く息が長くなります。血行もよくなるような、気持のよい時間です。
いいことを、教えていただきました。腰に自覚症状のある方に、正座をなさってみませんか、とおすすめしています。

蒸し野菜ランチ

用事があって、午前中に友だちをたずねました。私鉄の駅から歩いて

七、八分の住宅街にあるお家は、明るい陽ざしがよく入る居間に、大きな食卓を置いて、原稿書きもアイロンかけも、なんでもそこでなさるということでした。

用事がすんでお昼になり、おいとましようとしますと、友だちは「簡単なランチですけれど、召し上がっていらして」と引きとめます。

「蒸し野菜ランチなのよ」

はじめて聞く「蒸し野菜ランチ」の名。好奇心につられて、つい、「はい」といいお返事をしてしまいました。

またたく間に、テーブルには花柄のランチョンマットが二枚。ナイフとフォーク、スプーンが並び、その真中に、瀬戸ひきのキャセロールの上に耐熱ガラスのお鍋がのった蒸し器が、ドンと置かれました。

キャセロールの中にはお湯が入っていて、ガラス鍋の底にあいた穴から蒸気が上がる仕組みです。

ガラスの蓋をとると、中には……、じゃがいも、ズッキーニ、長芋、人参、キャベツ、それに中華料理に出てくる花巻パンが二個、おいしそうに湯気を立てています。

黄色の大皿を一枚、ランチョンマットにのせて、お野菜をとりわけ、好きな味でいただくのです。小さなお盆の上には、レモンと塩、マヨネーズ、ゴマの入ったドレッシング、柚子入りのおみそ。赤いソースはツナとマヨネーズとケチャップを合わせたものとか。

どの野菜にどのソースをあわせましょうか……。わくわくしながら、少しずつ試してみました。長芋には柚子みそがぴったりでしたし、キャベツには赤いツナ入りソース……。おもしろくて、次々とたくさんの野菜をいただきました。あたたかい野菜は、体の芯まであたたまる感じです。

花巻パンをちぎって、ソースをふきとりながらいただきました。

「お野菜は、あり合せ、なんでもいいんです。かぼちゃ、セロリ、いんげん、白菜。玉ねぎもおいしいですよ。ソーセージやしゅうまい、冷凍のえびなどを、添えることもあります。

蒸し野菜が残ったら、ミキサーにかけて、ブイヨンキューブと牛乳でのばして味をつけ、スープにすると、またいいですよ」

思いがけない、豪華なランチとの出あいでした。

ドロさんへ

……一週間、空家にしてあったので、帰りついて家のカギをあけた時にはドキドキしてしまいました。なにかおきているかと。

なにしろ、飛行機の中で、家を出る前にコーヒーを飲むためにお湯をわかして、ガスをつけっぱなしで出てきたのではないかと、気になりだして、とうとう台北の空港につくとすぐ、ガス会社に電話して、ガスのメーターがまわっているかどうか、もしまわっていたら元栓をしめて下さい、って頼みました。

ちゃんとガスは消してあって、大丈夫だったのですが、何かほかにもと、自信がありません。おそるおそる居間に入ってみたら、食卓の上に置いておいた五万円の現金とメッセージがそのままあって、なんだか、とっても得したみたいな気分になってうれしかった。

ずっと前に空巣に入られたことがあって、そのときお金を探したらしく、家中がめちゃくちゃにされていて、後片づけにまいってしまったん

です。見せ金を置いておくといいという事を聞いて、そうしようと思って、そして手紙もつけたんです。
●家中、どこを探してもこれ以外の現金はありませんので、他のところをひっくり返さないで下さい。お願いします。
って大きな字で書いて、むきだしの一万円札五枚と一緒に、すぐ見えるようにして置いておいたけれど、ドロさんはおいでにならなかったみたいで、なんだか拍子ぬけしてしまった……。

奥さまに先だたれてひとり暮しのEさんにとって、敗戦のときに生活していた台湾への思い出の旅は、出発までが大変な大旅行でした。

その人からの電話の報告。なんともユーモラスなお話でした。

希望の椅子

昨年の暮れに、赤い封筒に入ったクリスマスカードを頂きました。

「富士ベンディング」の廣瀬篁治（たかはる）さんからのもので、「足掛け十一年、なんとか整理が完了いたしました」と書きそえてありました。

廣瀬さんといえば、学校を出るとき、一台のコーヒー自動販売機を、東京水道橋のタクシー会社に運びこんで、「富士ベンディング」を起こし、またたく間に、自動販売機四万七千台、年商五百五十億、従業員二千二百名の綜合食品事業グループを創り上げた人です。

しかし、不運にもバブルの荒波にのみ込まれて、店じまいの憂き目を見ることになってしまったのです。

＊

廣瀬さんは、こどもの頃、小児マヒを患い、命はとりとめたものの、ひどい後遺症が残って、まともに歩けなくなりました。

小学校五年生のとき、給食当番で食事を配っていたら、クラスメートの一人が、虫の居どころでも悪かったのか、お前のさわったものなんか食えるか、病気がうつる、と言うなり、つっかかってきて、廣瀬少年はお盆ごとはねとばされてしまったのです。

人一倍、勝ち気な少年は、あまりのくやしさに、誰もいない部屋にと

びこんで、泣きつづけました。
誰が呼びにきても教室に戻らず、そのまま家に帰っても泣きつづけ、翌日も、その翌日も、学校へは行きませんでした。
ところが、泣きくたびれて我に返ったとき、思いがけず、自分の歩き方がおかしいのを人が変に思うのは当たり前で、相手がぜんぶ悪いのではない、という気になっていたのです。たとえあいつが悪いとしても、それはせいぜい70パーセント、30パーセントはこちらも悪いのだと気がつき、その次の日から、学校へいくようになりました。
それから廣瀬さんは、たとえ目の前がまっくらになるような、不安という名の大きな椅子が現われても、どこかに必ず、希望という名の椅子があると考え、強い精神力で、その希望という名の椅子に座ってきました。

＊

後年、廣瀬さんは、「人生においては、ただ目の前に現われた椅子に座るのではなく、希望という名の椅子を探して、それに座りつづける人にしか道は開けない。人生を振り返って充実感を覚えるのは、苦労を乗

り切ったとき、努力して希望の椅子に座りつづけたときです。雨の日も、風の日も、いつも希望の椅子に座りつづけてほしい。すべては、自分自身の心の持ち方できまるのです」と、しみじみと言っておられました。

＊

こうして店じまいから足掛け十一年、希望の椅子を離さずに歩きつづけてこられたのです。

バブル崩壊後の冷たい風は、やむこともなく激しく吹き荒れていますが、廣瀬さんのように、希望の椅子を手放さずにいたい。

このクリスマスカードを、私は大切にしています。

（平成14年）

ベージュのフロアで

キイロいゴム長の足が、あらわれました。

ちょこちょこと、乳母車からおりてきた坊や。郵便局のドアをあけた

とたん、キイロい小さな足が、目にとまったのです。

そしてベージュのフロアに、まるでレイアウトされたみたいに、五つ、六つ、七つ、いろんな靴をはいた足です。

季節のせいか、みんなクロです。ブーツの人もいます。ハイヒールはありません。思い思いの方向をむいて立っている、ふだん着の足です。

両方揃っていたり、ちょっと寄りそって、思案しているような足もあります。

パンタロンと靴とクツ下。よく選んであります。

スカートと靴のあいだもきれいです。

びっくりしました。パリの人って、やっぱり、かなりのおしゃれなんだ……。

その間を、キイロのゴム長だけが、アニメのように動きます。

彼のおかげで、郵便局のフロアがおもしろい絵になりました。

生きてきた足。

生きてゆく足。

すてきな足たち――。

たくさんの手紙

お茶のお招きをうけて、おたずねしたときのことです。

お部屋に通される間に、ふと、廊下のそこここに置かれた、大きなカゴが目にとまりました。

そのカゴの中には、きれいなリボンで束ねたたくさんのカードや手紙が入っていました。

手紙の整理法、などという本もあるほど、溜まった手紙のしまい場所には、なやむものですが、こうやって部屋の飾りの一つとしておくのも素敵なアイディア。リボンの彩りもよく計算してあるようです。

それにしても、なんという手紙の数でしょう。

招いて下さった方はテーブルコーディネートの教室を開いておられ、たくさんのお弟子さんやお知りあいにめぐまれていますが、連絡には電話やＦＡＸでなく、なるべく手紙を書かれるそうです。

その数は年に六百通をこえるとのこと。お返事もたくさん来て、それ

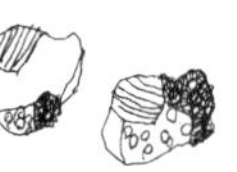

がカゴのなかを飾っているのです。

きびきびと、山のような仕事と家事をこなされる毎日ですが、「一日のおわりを、皆さんからのお手紙を読み、お返事を書くことでしめくくりますと、自分とゆっくり向きあえるようで……。それは私にとって、とても大切な時間なのです」。

そう語る、聡明な美しい笑顔が、とても印象的でした。

大根と柿の種

暮れに、外灯をとりつけるため、知りあいの電器屋のIさんにきてもらいました。Iさんの故郷は新潟県の魚沼です。魚沼には高齢のお母さん、県内には兄弟がおられるときいていました。

「地震で大変だったでしょう、被害は……」と心配すると、「そんなひどい被害ではなかったようだけど、やはり車の中で寝ているようです。

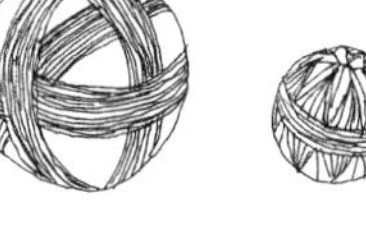

来週なんとかして様子をみにいこうと思ってます」と言います。これから雪もふるし、寒さも厳しい地方です。

仕事を終わって帰るIさんに、心ばかりのお見舞いをお渡ししました。「義援金を送るのもいいけれど、あなたのご家族に直接役だてていただくほうがいいから、どうぞ」。Iさんはとてもよろこんで、「お預かりします」と帰っていきました。

一週間ほどして夕方、玄関のベルが鳴り、出て見るとIさんでした。葉つきの見事な大根を一本、小脇にかかえています。

「この間は、有難うございました。幸い母も元気で、みんなで力をあわせて暮らしています。でも寒くってね。姉が母の世話をしているのですが、とてもよろこんで、よろしくお伝えくださいと言っていました。ささやかなお礼ですけれど……」とその大根と、柿の種のおかきが入った網袋をおいてゆかれました。

大根はさっそく、昆布をいれてふろふきにしました。葉っぱはゆでて刻んでおかかとまぶしました。ほっかりと甘くてびっくりするようなおいしい大根でした。

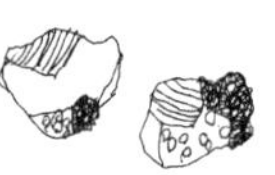

柿の種はピーナッツの入っていない、お米の産地魚沼らしいおいしいおかきでした。

ぼりぼりと食べ出したら、おいしくてとまらないのです。柿の種にこんなにも違いがあるなんて、はじめての大発見でした。

ちょっとした心づかいをしたとき、こんなにシンプルでおいしいお返しを頂いたこと、そう多くはありません。

気取らずに、今できることを素直にする。そんなことがとてもうれしくて、一度も会った事がない魚沼の方たちを奥ゆかしく思いました。

もう地震がおきませんように、大雪がきませんように、温かくすごせますように、願っています。

大根一本が運んでくれたぬくもりでした。

（平成17年）

二月の章

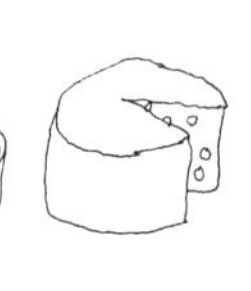

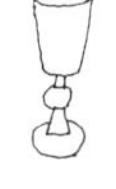
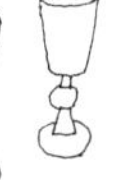

魔法のはがき

いつものように、郵便受けをあけました。中にははがきが一葉。見慣れた筆跡が目に入ります。一昨日、お会いしたばかり、そして昨夜も、電話でお話をしている方からです。

この方からは、いつもそんなふうに、思いがけないときに、はがきが届きます。それは、電話で話したことの繰り返しだったり、ときには読んだ本の感想だったり、健康を気づかって下さったりで、つまりは、電話で事足りる内容なのですが、読んでいくうちに、気が安らいでいくのを感じます。

たった一枚のはがきなのに、私のために、わざわざペンをとって書いて下さる方がいると思うと、うれしくなって、心が満たされるのです。

ペンをとって手紙を書くって、簡単なようで面倒です。第一、文章を考えなくてはなりません。だから私はつい面倒になって、電話ですませてしまいます。

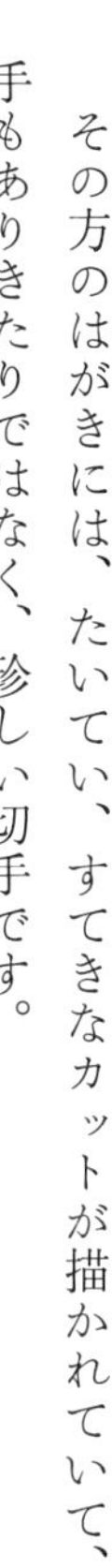
その方のはがきには、たいてい、すてきなカットが描かれていて、切手もありきたりではなく、珍しい切手です。

いつもお忙しいのに、手紙を書いたり、珍しい切手やはがきをさがす時間がよくおありだと、不思議です。

あるとき電話で、どうしてそんな時間がおありなの……、とうかがってみました。

「はがきを書くのは、私の気分転換、おたのしみの時間なの。毎日、パソコンで仕事をしていると、やっぱり気分を変えたくなるの。そんなときペンで字を書くと、肩のこったのがほぐれていくような気になるのです。あなたこそ、私のたのしみにつきあって下さって、ありがとう」

でも、ほんとうはそれだけの理由ではないと、私は思っています。

なぜなら、お会いしたり、電話で交わした話の内容が、楽しいことでないとき、必ず、あとからはがきが届くのです。それは、私へのさりげない激励なのです。

そして、私も知らず知らずのうちに、リラックスしているのです。

私は、その方からのハガキを〝魔法のはがき〟と、名づけています。

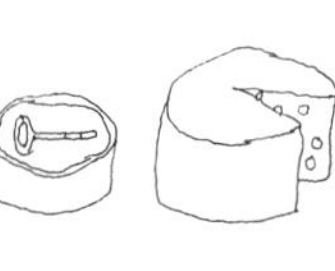

お魚好きになるお箸

長いこと使っていたお箸の先がすりへって塗りもはげおち、ちょっぴり生地がのぞいてしまいました。

細身の、とても使いやすいお箸でしたがザンネンです。同じようなお箸を探しました。

京都にいく用事ができて、まさにチャンス到来。まっさきに、お箸の専門店、堺町通り四条下ルの市原平兵衛商店にまいりました。

あれやこれやと迷った挙句、やっぱり細身の塗り箸にきめました。

お箸を包んでいただいているあいだに、近くに並んでいる竹箸に気がつきました。スリムで、いかにも使いやすそうです。

じつは前に、お料理屋さんで出して下さった竹箸が、軽くて繊細で、おどろくほど使い勝手がよかったので、「ほしいな」と思っていました。目の前のお箸はよく似ています。

「どうぞ、お手にとってみて下さい」と、お店の方にいわれて、指に

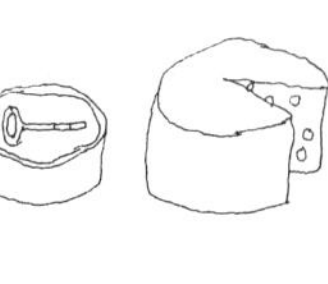
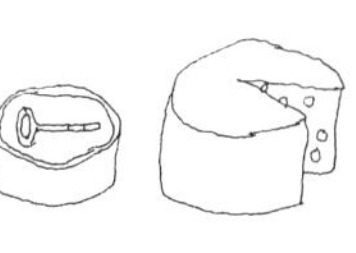
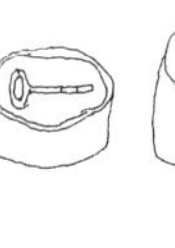

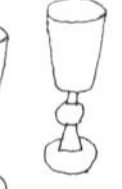

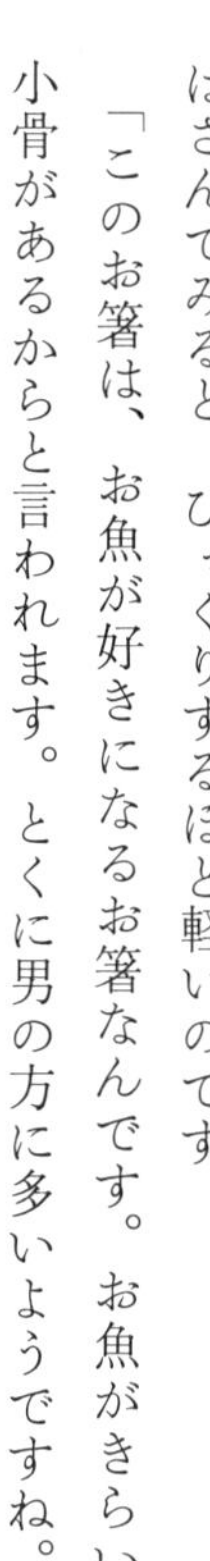

はさんでみると、びっくりするほど軽いのです。

「このお箸は、お魚が好きになるお箸なんです。お魚がきらいな方は小骨があるからと言われます。とくに男の方に多いようですね。

このお箸は、先がこのように細くなっておりますから、小骨がちゃんとはさめます。使われたお客さまが、ほんまやった、と、またお求めになります。

これはすす竹といって、茅葺きの家の天井裏に使われていた竹です。囲炉裏でいぶされて百五十年も経っていますから、丈夫なんです。

この竹でなくては、先を細く削ることはできません。うちとこで、独自の方法で手作りしています。大事につこうていただいたら、十年はもちます」

ふと、知人を思い出しました。

その方は、若い頃に「魚は小骨があるから食べない。切身ならいいけど」といっていらしたのです。

何十年もお会いしていませんが、このお箸を送ったら、お魚好きになって下さるかしらと思いました。

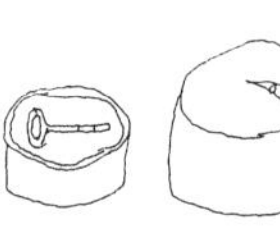

私の木

ゆきかえりの通りみちに、ケヤキの木があります。歩道の三角地帯になったところに、一本だけ立っています。のびのびと四方に枝を張って姿、形がとてもよいのです。

私は、ひそかに〝太郎ちゃん〟と名前をつけています。

ここを通るようになって、もう二十年にもなるでしょうか。

幹も、私の両手では、まわりきれないくらい太くなりました。

落葉樹ですから、四季それぞれに目をたのしませてくれます。

夏は青々として元気一杯、そして、その緑の中にちらほら黄色がまじってくると秋。冬はすっかり丸ぼうずで、下を通る人にお日さまの光をわけてくれます。

でも何といっても、二月ごろ、まだ冷たい空気の中で、ほんの少しの若芽のふくらみを見つけたときのうれしさは格別。ああ、今年も春を迎えられた、としみじみ思います。

歩道のまん中に立っているので、いままでも何度も、いろいろなことがありました。道路工事のたびに、赤い三角帽子やタイガーもようの鉄柵が、根元のまわりに積まれます。

まわりが囲まれて、近づけなくなったことも何度もありました。そんなときは遠くから「太郎ちゃーん、元気？　私も元気よ」と呼びかけるより仕方がありませんでした。

何年か前のことでした。何か元気がなくなって、そばに建った大きなビルのせいか、一本、太い枝が枯れてしまいました。心配していたら、ある日、木のお医者さま？のような年輩の方が見えて、根元をみたり、枝を見上げたりしていました。

おもわず、「私の大事な木なんです。どうか元気にして下さい」ってお願いしてしまいました。

この木は区の木だそうで、私の木なんて言ってはいけないんでしょうけど、その方は、笑って「大丈夫ですよ」って言って下さいました。

しばらくは、木のまわりに布がまかれたりしていましたけれど、あの方のいわれたとおり、また、元気で青々とした緑を輝やかせてくれるよ

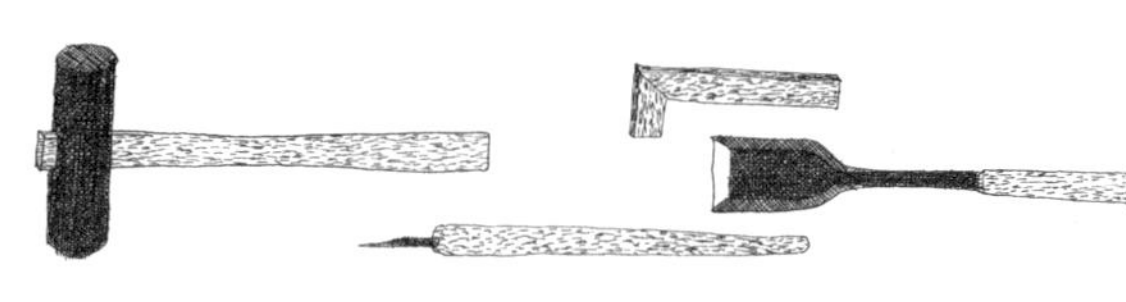

うになりました。

夜、帰りがけ、私はいつもそばにいって、幹をなでてあいさつします。「太郎ちゃん、今日はちょっとブルーな気分よ」っていうと「なに、そんなことぐらい。さあ、元気を出して」っていってくれます。

太郎ちゃんの肌は、あたたかく、手のひらを当てていると、心の中まで安らぐようです。それで私は、また元気をとり戻して、おやすみなさいをいって帰るのです。

「あら、ない」

久し振りに「夕食をご一緒に」と電話をいただきました。気のあう友達です。次の日、三軒茶屋の中華料理店でゆっくりとお料理を食べながら、いつものように、話に花を咲かせました。

映画の話、老いについて、この頃の小説について、流行のおしゃれに

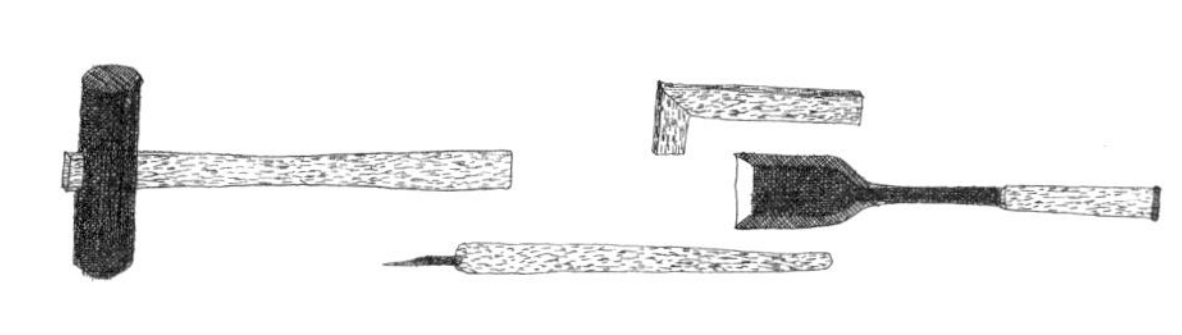

ついて、ブランド品について……、話題はつきません。

楽しいひとときがすんで、レジでお勘定をする段になりました。いつもきっちり割カンです。三千八百四十円ずつ。私がお財布をごそごそかきまわしていると、友達が大きな声を出しました。

「あら、ない」

お財布の中からとり出したのは千円札一枚、なさけなそうな顔。

「お金を入れてくるのを忘れちゃった、午前中にお買物に行って使っちゃったあと、そのまま……。どうしよう……」

「私が払っておくから大丈夫」

幸い、二人分の代金ぐらいは持っていました。

「すみません、借金ね、このつぎに会うときまで貸しておいて」

「いいですとも。利息をたくさんつけておきますよ……」

思いがけない会話が飛び交って、笑ってしまいました。

私にしたところで、うっかりカラのお財布を持って出ることが、たまにはあります。スーパーであれこれ品もので買物かごをいっぱいにして、レジでお財布をあけたら「あら足りない」と赤面して、品物を返したこ

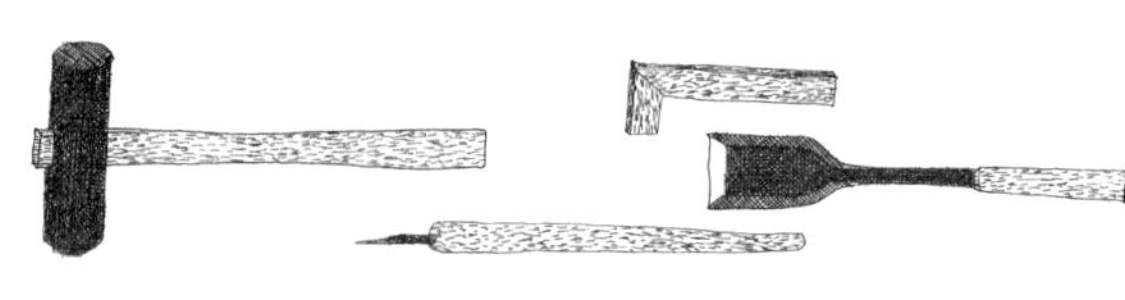

ともありました。
そんなときのために、お化粧ポーチの中に五千円札を一枚、いつも予備に入れておくのよ、と教えて下さった方もありました。
でも……友達の、なんだか可愛い「あら、ない」が聞けて、印象深い夜のお食事会になりました。

やさしい声

ニューヨーク、朝、八時四十五分。

グランド・セントラル・ターミナル駅。郊外から通勤客をのせた電車が、ホームにすべりこみます。

つぎからつぎに、吐き出されるように電車を降りた人々が、黙々と出口に向かって歩いていきます。

朝の通勤風景は、どこも似たようなものだと、旅行者の私はリュック

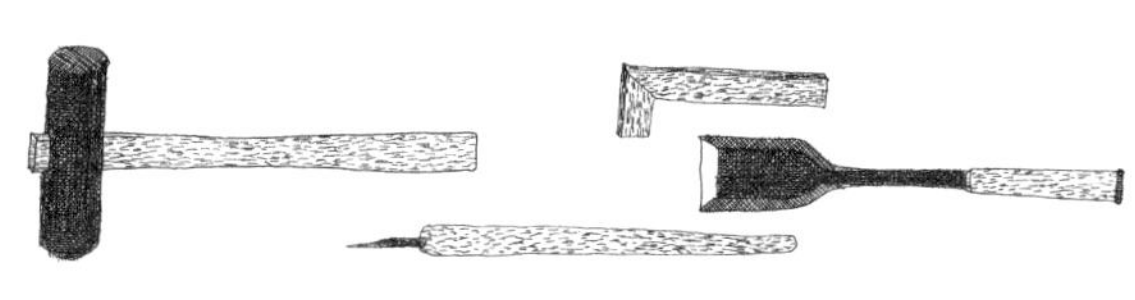

を肩に、人の列をじゃましないように、小走りで、その中のひとりになって歩きました。

「See you tomorrow」

またあした……人の声です。

足音だけのホームにふときこえたあたたかい男の人の声。仕事の声ではない、自然の人の声。ほほえんでいる声。

ふり返らずにはいられない、やさしい声なのです。

年輩の車掌さんです。

さっきキップを切りにきた、丸いメガネをかけて、制服のたっぷりした、この職業をずっとつづけてきた人らしいこなれた姿が、そこにありました。

きっと、顔見知りの通勤客に声をかけたのでしょう。

いい声をききました。

元気でいってきます。有難う。

私はそんな気持になって、背すじをしゃんとのばして、前へ前へと、長いホームを進みました。

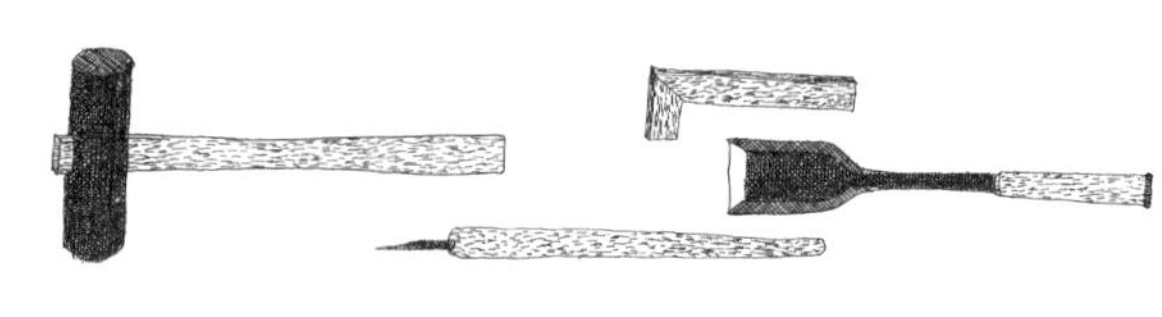

クルミのケーキ

午後の昼下がり。今日はとてもいいお天気です。風もないので、外へ出てもポカポカとあたたか。思わず深呼吸をしてしまいます。こんな日は、からだが伸びやかに動きそうで、やる気もむくむくとわいてきます。何をしようかしら……。

そうそう、久しぶりにケーキを焼こう。さっそく私のお菓子ノートを出してきて、ページを繰って探してみます。

どれもおいしそう、と、むかし作ったときのことを思い出しながら眺めていると、ふっと「クルミのケーキ」が目に止まりました。

クルミを粉にしてたっぷりと混ぜ込んだ、私の大好きな、シンプルなバターケーキ。クルミは去年の暮れに、信州のお友達がたくさん送ってくれました。あれを使いましょう。

＊

焼き型は、18センチの蛇の目型です。この型の内側にバタをぬって、

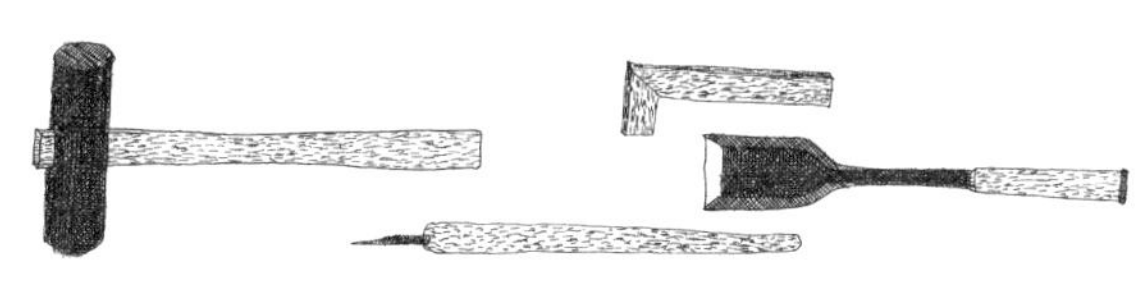

小麦粉を薄くまぶしておきます。クルミは、殻から出してありますが、薄い皮がついているので、まずこの皮をむきます。

オーブンを高温にし、天板に、クルミ160グラムを平らにして焼きます。焦がすと苦くなりますから、くれぐれも気をつけて。

オーブンから出したら、フキンにつつみ、もむようにして皮をむきます。皮は少しくらいなら、残っていてもかまいません。

これをフードプロセッサーで細かくくだいて、粉末にします。

つづいて、ケーキの材料を合わせましょう。バタを室温において、へラがすっと通るくらい柔らかくしておきます。ボールにバタを120グラム入れ、泡立て器で、少し白っぽくなるまでかき混ぜます。ここにお砂糖120グラムを三、四回にわけて混ぜながら入れます。

つづいて、玉子3コを、このバタのなかに1コずつ加えて混ぜます。最後にラム酒を、大サジ2杯加えます。全体がよく混ざったら、クルミの粉と小麦粉50グラムを入れ、泡立て器を使って、さっくりと、ていねいに混ぜます。

これを型に入れて、表面を平らにし、さっと霧を吹いて、180度に

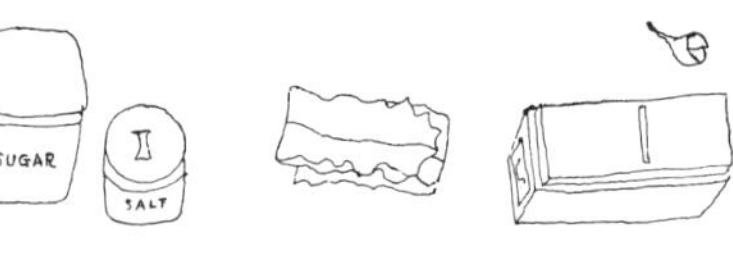

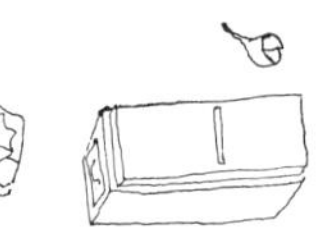

あたためたオーブンに入れます。十分くらいしたら170度に落として、二十五分から三十分焼きます。焼き上がったら、型から出してさましまス。

さましている間に、ケーキに添えるホイップ・クリームを、用意します。ボールに生クリームを半カップ入れ、コーヒーリキュールかラム酒を少々加えて、トロリとした感じに泡立てます。

ケーキを好みの大きさに切ってお皿にのせ、このホイップ・クリームをとって、ケーキにからめながら、いただきます。

このクルミのケーキには、紅茶よりコーヒーが、よく合います。

約束の白いリボン

会場の後の入口から、すっきりした黒いスーツ姿で入っていらしたカレンさんは、女性たちと握手しながら、前にすすまれました。

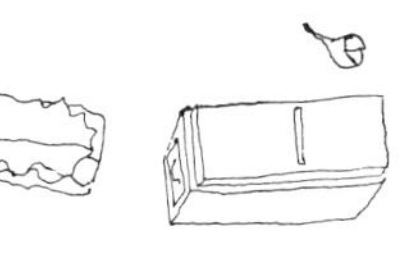
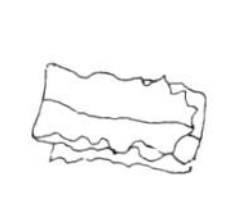

きちんとセットした金髪、はりのある肌、しっかりと前を見つめる情熱的な目には、いまもなお闘士の面影があります。

軍隊をもたない国として有名な、中央アメリカのコスタリカ。この争いの多い世界で、どのようにして、まったく軍隊をもたずにいられるのか、ぜひ知りたいと思いました。

コスタリカが軍備を廃止したのは一九四八年、故フィゲレス氏が内乱を制したときに「今後は紛争を解決する手段として殺し合いをしたくない」と宣言したときからです。

フィゲレス夫人のカレンさんは、七十四歳の現在も、政治の世界でご活躍ですが、そのカレンさんのお話を聞く会でのことです。

「平和はたんに戦争がない状態をいうのではありません。ひとつの決意をもった行動が、平和だと考えます……」

軍備をもたないためには、公正な選挙制度、民主主義を徹底させることと、それには教育や福祉が大事であること、生命を産みだす女性の力を活用することが、かかせないことなど、カレンさんのお話は、言葉はわからなくても、思わず聞き入ってしまう力強さにみちていました。

「平和を創ることは容易なことではないのです」

たしかにコスタリカも、いままでに何度か、平和をおびやかされる目にあっています。

近くのキューバの革命が飛火してお隣りのニカラグアで内戦がはじまったときは、アメリカから基地をつくるようにとせまられましたが、当時のモンヘ大統領はそれをはねつけて一九八三年「非武装積極中立」を宣言しました。次のアリアス大統領も積極的に平和外交をして、戦乱をおさめるための努力をしました。

カレンさんは「国民一人一人が平和を獲得しようという情熱をもたなければなりません。大事なのは、人を幸せにしようという気持ちです。夢に向かって闘いましょう」とお話をしめくくられた後、最前列に座っていらした池田眞規(まさのり)弁護士に向かって、こう言われました。

「池田先生、覚えていて下さってありがとう。先生の胸の白いリボンをみなさんに見せてください」

池田先生の背広の胸には、ちいさな白いリボンがついています。

「このリボンは、二年前、池田先生たちがいらしたときお約束したの

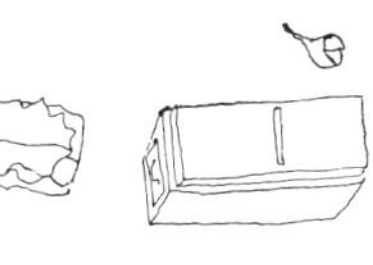

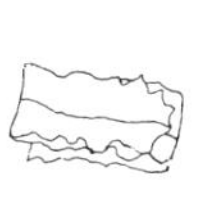

です。毎月一日には、白いリボンをつけてください、と。白いリボンをつけていると、みんな、何ですかそれは、とお聞きになるでしょう。そこから対話がはじまります。

対話をして、お互いの立場や考え方の違いを理解しあい、尊重しあうことが、争いをさける秘訣です。コスタリカでは、白は平和のシンボルです。みなさんもお国に帰ったら、毎月一日には、白いリボンをつけて、平和についての対話を始めてください」

池田先生は、二年前カレンさんにお会いして以来、毎月一日には、リボンをつけていらっしゃるのだそうです。その日は二月一日でした。

リボンをつける。簡単なようでも、いざつけるとなると勇気もいり、忘れもします。その難しい約束を、きちんと実行しておられる池田先生。その約束のリボンを目ざとく見つけられたカレンさんに、なみなみならぬ平和への決意を感じました。

世界中のみんなが、毎月一日には平和のシンボルの白いリボンをつけて、戦争のない平和な社会にするための対話をはじめたら、どんなにすばらしいことでしょう。

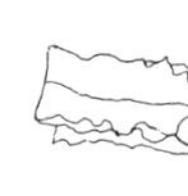
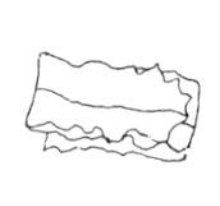
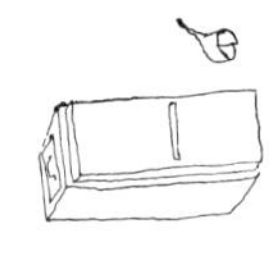

持つべきは友

朝の九時頃でした。

子機で電話をかけようとしましたら、かかりません。電池が切れたのかしら、と思いつつ、ふとみると、親機が外れていました。どうやら、昨夜、うっかりさわって親機を外してしまっていたようです。

しばらくして電話が鳴りました。受話器をとると、「ああ、よかった。ゆうべ、かけてもかけても掛からないので、どうなさったかと、心配で……」。受話器の向うから、不安と安堵の入り交った友だちの声が、届きました。夜おそくに電話をかけ合う友だちです。

友だちの話はこうです。

「いつものようにかけたら、お話し中だったので、しばらくしてかけたら、まだお話し中。もう少したってまたかけて、またかけて……、と何回かけてもお話し中だったのよ。長話にしては度がすぎていると、電話局に問い合わせると、受話器が外れていますから、しばらく信号音を

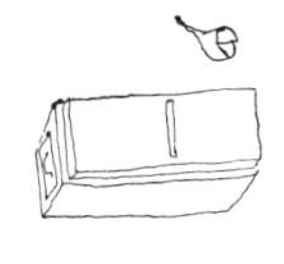
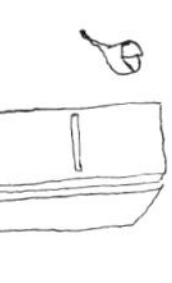
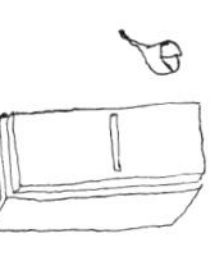

出してみます、と言って下さった。

それで、改めてかけたのに受話器はまだ外れたまま、もう一度電話局をわずらわせて信号を送ったのに、効果なし。

独りぐらしに何か起こったのではないだろうか。

不安な夜が明けて、もう一度かけて電話に出なかったら、様子を見にいこうと思っていたの」というわけです。

「ありがとう、あなたのおかげで独りぐらしの老女、死後一週間、孤独な死……、なんてことには絶対にならないわね」と冗談を言いながら、私は胸を熱くしていました。

持つべきものは友なり——幸せを実感した、ある朝の出来事でした。

お子様ランチ

おひるどき、デパートの食堂は混んでいました。

「相席をお願いします」とウェイトレスさんが、私の前の席を指しました。椅子にかけたのはちょっと白髪の女の方でした。

「お子様ランチおひとつですね」の声に、これはきっと、お孫さんといっしょだろうと想像しました。

でも、まるで違っていました。

「お子様ランチの注文を、お笑いにならないでね。私、どうしても、これが食べたかったので……」と、その方は、少しはにかみながら、気さくに話しかけてきます。

「じつは、今日は私の誕生日で、これは自分へのプレゼント。小さいとき、うちでは、誕生日のプレゼントがお子様ランチでした。四人姉妹なので、年に四回、お子様ランチの日があったのです。食糧の乏しい時代のお子様ランチは大ご馳走でしたから、みんな、前の日から眠れないほどでした。オムライスに挿してある旗を、誰が一番あとまで立てておけるか競争しあったり、オマケのオモチャを見せ合っては興奮したものです。今度の日曜日に子供や孫たちが誕生パーティをしてくれるそうですが、このデパートが間もなく消えてしまう、というので……」

そうです、街の中心にあるデパートは駐車場の狭いことや、道路拡張に一部がかかることで廃業し、別なお店になると報道されています。私も残念なことと思っていました。

ケチャップの香りとともに、お子様ランチが運ばれてきました。

女の方は、小さく手をたたきました。目が輝いて子どもの日に帰ったみたい。

「いただきます」といいながら、感慨ぶかげに見つめています。

可愛いお山のオムライス、チューリップ型のウインナ、おいしそうなポテトサラダ、半月のパイナップル、兎の耳をもつリンゴ。

ほんとうに忘れていた、なつかしいご馳走ばかり。

「母は、父を戦争で亡くしたので、朝早くから夜おそくまで働いて、私たちを育ててくれました。一度に四人分のお子様ランチは、そのころの母にとっては、大きな出費だったでしょう。それを年に四回も。母は、七十七歳で亡くなりましたが、私も今日、七十七歳になりました……」

胸が熱くなりました。

「お誕生日、おめでとうございます。よろしかったら、私に、コーヒーをプレゼントさせていただけますか」

思わずいいました。

「あら嬉しい。よろこんで……」

さて、上手にお山の旗を倒さずに召し上がったでしょうか。オマケのオモチャは何だったでしょうか。私はデパートの最上階にある食堂をふりかえりながら、一足お先きに家路についたのでした。

歌声でお別れ

同じ東京に暮らしながら、ここ何年も会っていなかった叔父が亡くなりました。お葬式は故人の希望で無宗教で行なわれ、読経の代わりに音楽が流れました。

曲はクラシックのレクイエムではなくて「花」「故郷（ふるさと）」「荒城の月」「海」「赤とんぼ」など。ドラムも入って今風にアレンジされていますが、懐か

しい小学唱歌ばかりです。これは叔父の息子の選曲によるものです。

生前のことを思いだしながら、耳を傾けていたところ、突然、カラオケの歌声に変りました。

「花も嵐も踏み越えて……」

いい声です。それは、遠い昔、田舎の家でいっしょに育ち、よく聞かされた叔父の歌声でした。こんなところで、こんなふうに聞くなんて……、涙がポロポロこぼれました。

子どもがまだ小さい頃に妻を亡くし、親一人、子一人の叔父の人生が、この歌の歌詞に重なります。

それは、昨年の春のお花見を兼ねた高校の同窓会のあと、みんなでカラオケに行ったとき録音したものでした。友人の一人が「彼は歌が好きだった。それに上手でした。みんなに聞かせてあげたいと思って……」と持ってきて下さったのでした。

歌は、この一曲だけでした。「旅の夜風」もよかったけど、もっと聞きたかったのは「誰か故郷を想はざる」や「人生の並木路」。お棺に花を添えながら、心の中でそういって、叔父に別れを告げました。

まぐろご飯

ときどき私が作る、カンタンでおいしい〝まぐろご飯〟のことをお知らせします。

これは、「もうすぐご飯よ」と、声をかけながら作る、そういうふうなものです。もちろん、ご飯が炊き上った時です。

材料は、三人分として、マグロのお刺身、２５０グラム。あと、わさびと三つ葉にのり。

まず、わさびをすりおろしておきます。わさびは、生なら申し分ありませんが、練りわさびでもけっこうです。

お刺身に切ってあるマグロの一切れをさらに二つか三つに切ります。ボールにわさびを大サジ軽く1杯ほどとり、おしょう油を大サジ3杯ぐらいかけて、よくとかし、マグロを入れます。ときどきかきまぜておしょう油をしませせます。漬けている時間は好きずきですが、だいたい五分から十分ぐらいでしょうか。

炊きたての熱つ熱つのご飯をお茶碗にもって、マグロを三等分してこの上にのせて、きざんだ三つ葉を散らし、その上から焼きのりをもんで、かけます。カンタンなわりに、みんなが好きなものの一つです。
「なににしようかしら……」と困ったときにいい一品です。

お先に……

軽い病気で月に一度ほど通っている病院でのことです。

いつになく混んでいて、私の予約時間はもうすぎているのに、まだの患者さんが何人か、並んで待っていました。

病院だから仕方がないことと承知していても、私は薬をいただくだけで、診療はすぐすんでしまうのに、と、そのあと人と約束していたこともあって、イライラしてきました。

そのとき、名前をよばれて、先客の女のひとが立ち上がりました。き

れいな方でしたが、診察をうけるために、お化粧をおとしておられるらしく、青白いお顔で、なにか弱々しく、大丈夫かしら、と思ったほどでした。立ち上がったその方は、微笑みながら、まわりに「お先きに……」と頭をかるく下げて、診療室に入っていかれました。

その場の空気が、ふわっとやわらかくなりました。私もなにかほっとしてラクになりました。考えてみると、その方はご自分も具合いが悪いのに、まわりの人に気づかいをなさり、一方、私はたいした病気でもないのに、自分のことしか頭になくて、イライラしていました。

「お先きに……」っていい言葉。こんどから、あの方の真似をしなくちゃと、後姿を見送りながら、自分によくよくいいきかせました。

カタツムリ

うちに家族がふえたのよ……ツムという名前。そう言って、みんなに

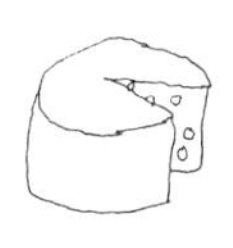
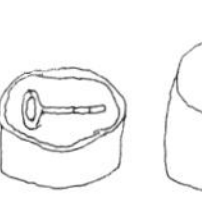

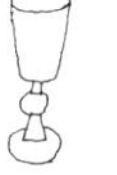

びっくりされたり、呆れられたりしています。

ツムはカタツムリ。去年の十一月末の寒い朝、台所で小松菜を洗っていたら、葉っぱの裏にくっついていたのです。

最初は、わたしも驚きました。カタツムリを見るのは何年ぶり、どころか、何十年ぶりでしたから。

葉っぱのかげに隠れて、我が家にきたことにも、家中でちょっぴり感動しました。あとで外に放そうと思ったのですが、外に出てみると、とても寒くて、「春まで、家においておきましょう」ということに。

差しわたし十五センチ、高さ七センチくらいのプラスティックの容器に、しめった土を半分くらい敷いて、そのなかに、レタスの葉っぱをひとひら。

「当分ここにいなさいね」と言ってきかせたところ、気に入ったらしく、昼間はたいてい土にもぐってすごし、夜は出てきてレタスを食べているようです。「ようです」というのは、朝見ると、食べたあとがギザギザになっているので。ごくたまに、レタスの葉のふちなどで、ゆうゆうとストレッチをしているのを見かけますが、右巻きの殻をちょこんと

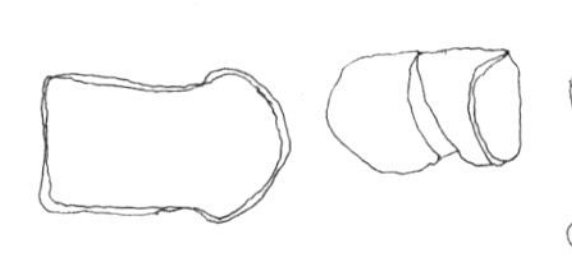
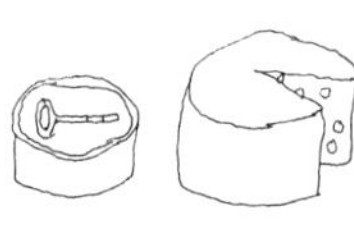
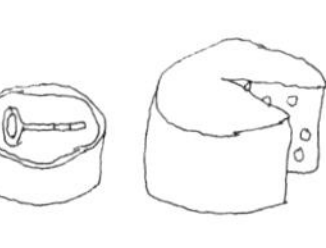

背中にのっけ、思い切りすんなりと伸びた姿はなかなかです。

家族は「バレリーナなみ」と、しきりに感動していますが、わたしも同感です。ところが、このバレリーナ、百科事典で調べてみたら、「農作物を食べる害虫」となっていたので、ショックでした。人間にとって都合のよくないものは、なんでも「害」だなんて……。

英国の詩人、ブラウニングは、こんなふうにうたっています。

時は春
日は朝（あした）
朝（あした）は七時
片岡に露みちて
揚げ雲雀なのりいで
蝸牛（かたつむり）　枝に這ひ
神そらに知ろしめす
すべて世は事もなし

ヒバリのさえずりが聞こえる暖かい季節がきたら、ツムを広い場所に連れていき、似合いそうな灌木のしげみに放してあげようと、そう思っているこのごろです。

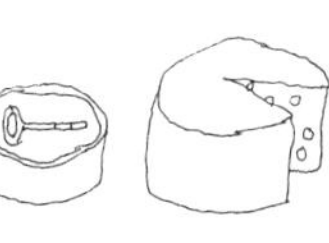
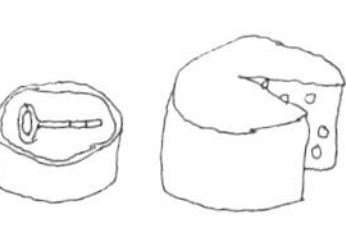

モンシロチョウの飛ぶ日

朝、カーテンを開けたとたんに、さっとまぶしい日が差し込むような日は、心がはずみ、なんとなくうきうきします。

青い空を見上げて深呼吸を三回。お掃除もせっせとすませて、今日は前から見たいと思っていた映画に行こうかしら、あの展覧会も、終わらないうちに行っておこう、などと計画がつぎつぎにうかびます。

それがまあ、どんより曇った陰鬱な日になると、大違い。肩に重しをかけられたように身体が動かず、冬ならコタツにはいったまま、テレビを見たり、本を読んだりするくらい。何をするのもおっくうで、夕飯

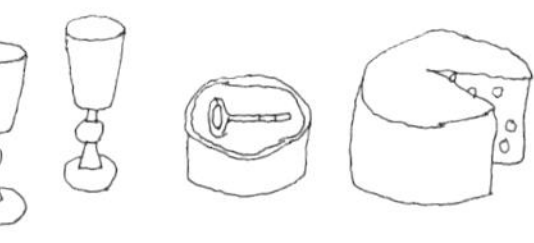
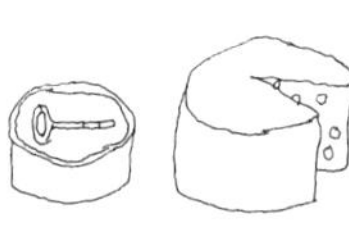

だって、ありあわせの材料をコトコト煮るだけのスープか、切るだけでいいお鍋になりがちです。

昨年、動物学者日高敏隆（ひだかとしたか）先生の「似たような白い蝶なのに…」というエッセイを読んだとき、「私もモンシロチョウのようだ」と思ってしまいました。これは新潮社の雑誌『波』に連載されている「猫の目草」の一章（平成十六年七月号、第１０２回）でモンシロチョウとスジグロシロチョウという、見たところ同じような二つの蝶について書かれたものです。要約してみると……。

――蝶は恒温動物ではないので、気温によって体温が変わりますが、飛ぶためには人間と同じくらいの体温にならないと筋肉が動きません。どちらの蝶もほかの多くの蝶と同じように、太陽熱を吸収して体温をあげますが、モンシロチョウは日光が照りつけるところで熱を吸収してひらひら飛びます。

林の蝶といわれるスジグロシロチョウは、反対に強い日光が苦手、木漏れ日くらいで熱を吸収できるので、少し曇った日や夕方遅くなっても元気に飛ぶことができます。

ところがモンシロチョウは、太陽がでない曇りの日や夕暮れになると飛べなくなって、草の葉にとまって、じっとしています——。
エッセイはチョウの生態から、日本列島の森林の盛衰、近年の都市文明にまで及ぶ深い内容のものでしたが、私にとっては、日なたで元気なモンシロチョウのことが、自分に重ね合わせて印象的で、それ以来、気持ちよく晴れた日には、自分がモンシロチョウになったような気分になるのです。
もうすぐ蝶の群れ飛ぶ、明るく暖かい春がやってきます。

櫛田ふきさん

百歳のイメージをすっかり変えてくれたひと……が、櫛田(くしだ)ふきさん。

クルマ椅子に乗っておられますが髪はふっさり、お声は若いものが負ける張りの強さ、そして、何といっても〝ことば〟のなかみが、豊かで

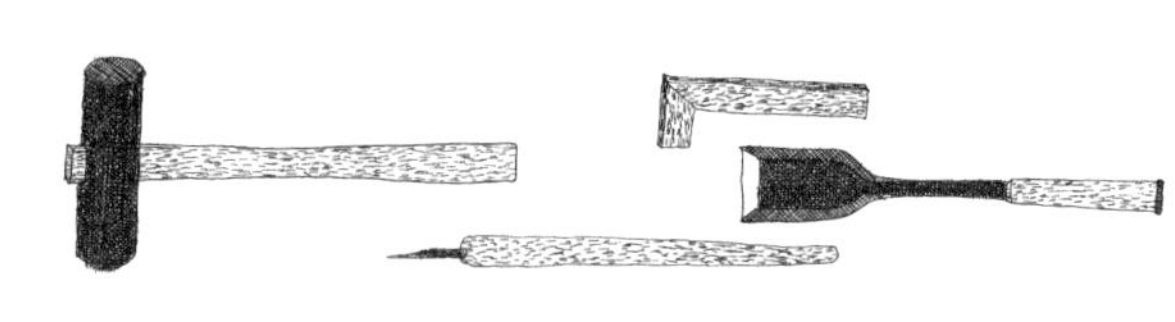

たのしいのです。

二月十七日が櫛田さんのお誕生日です。ことしの二月十七日は、まさに百歳のかがやける日でした。一八九九年（明治三二年）からまるまる一世紀を。そしてそれは、この二十世紀をまるごと生きてこられた勘定になります。

毎年、この日には誕生会を開きます。ことしは東京麹町のホテルを会場に、二百六十人がお祝いにかけつけ、庶民的でヘルシーな中華料理で歓談しました。寅さん映画の監督の山田洋次さんや国語学者の寿岳章子（じゅがくあきこ）さんたちのスピーチのあとに、いよいよ櫛田さんのごあいさつです。

俳優の真田広之（さなだひろゆき）さんからおくられた薄紫の花束を抱いてマイクをにぎります。赤や黄や緑の小花の散ったストールの下にはレースで飾られたブラウスがのぞいて、ロマンティックなファッションです。

「花園のなかにいて幸せです。きょうは、北海道、九州からもおともだちが来て下さっています。私の生き葬式の日と思っていましたが、みなさんのおはげましで、また寿命がのびます」とにっこり。

「生きていてよかった、とつくづく思うのです。そして誰もが、生き

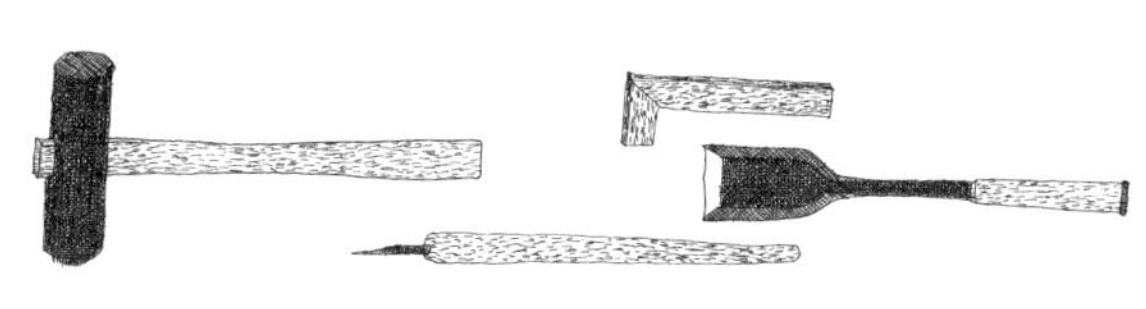

ていてよかったと思える人生を送ってほしいのです。日本に生まれてよかった……と思える日本にしたい。二十世紀をまるごと生きてきて、それでは何をしたかというと、私はまだお返しをしていない気がするのです。お返しをしなければ死ねません。自由で平和な、いとしい祖国にしたい。そのためには憲法九条（戦争放棄）を、どこの国にも、花咲かせたい。そうして安心して死にたいのです。……」

拍手が、櫛田さんを包みました。涙が出ました。うたがはじまりました。この日のためにつくられたうたです。〈わたしの希望〉。詞は櫛田ふきさんです。

たった一つの青い地球　ただ一度の人生　青い地球は永遠に青かれ
何人（なんびと）も幸福な人生を　それがわたしの切なるねがい　希望なのです。

＊

当日配られた小さな冊子がありました。〈櫛田ふきの一世紀〉というタイトルがついていました。

櫛田さんは百歳でなお現役の社会活動家です。日本婦人団体連合会の

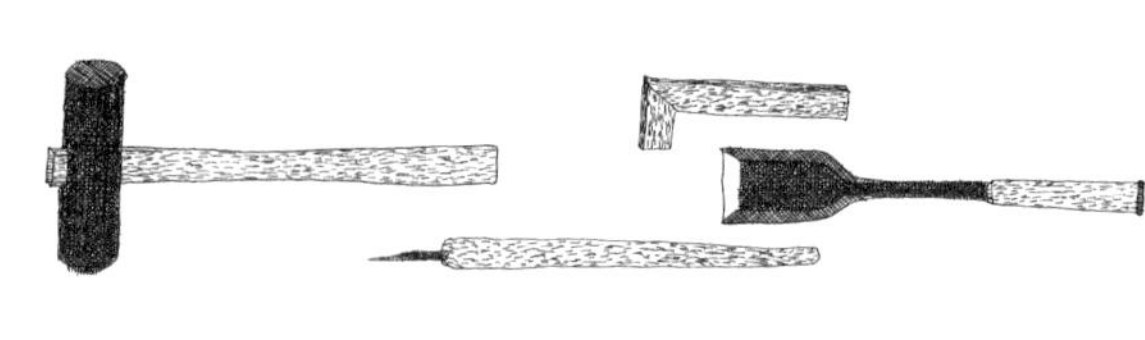

会長をつとめておられます。中心的なお仕事は〝平和運動〟。そしてひろく女性の地位向上に力をつくしてこられました。ひらたくいうと、「元始、女性は太陽であった」と書いた平塚らいてう（一八八六年―一九七一年）のあとつぎとして、生きてこられました。らいてうと同じ、日本女子大学の出身でもいらっしゃいます。その〈一世紀〉のあしあとを見ると、やはり波瀾万丈のことばがふさわしいと思います。

山口県の萩で生まれて東京で少女時代を過ごしますが、十八歳のとき父の急逝にあいます。父上はドイツ語の研究家。その縁で、愛弟子だった櫛田民蔵（たみぞう）氏との結婚が決まります。

民蔵氏は、朝日新聞の記者から転進して、経済学者になったひと。ところが、民蔵氏も急逝してしまうのです。昭和九年、ふきさん三十五歳のとき。十四歳の長女と十三歳の長男がのこされました。

女ひとり。当時のことです。女性にはふたりのこどもを自力で養ってゆくほどの経済力が、まだ難しい時代でした。ふきさんは、亡夫の蔵書を売って生活費にあてました。

夫に内緒でかけていた生命保険とあわせて、なんとか暮しのメドは

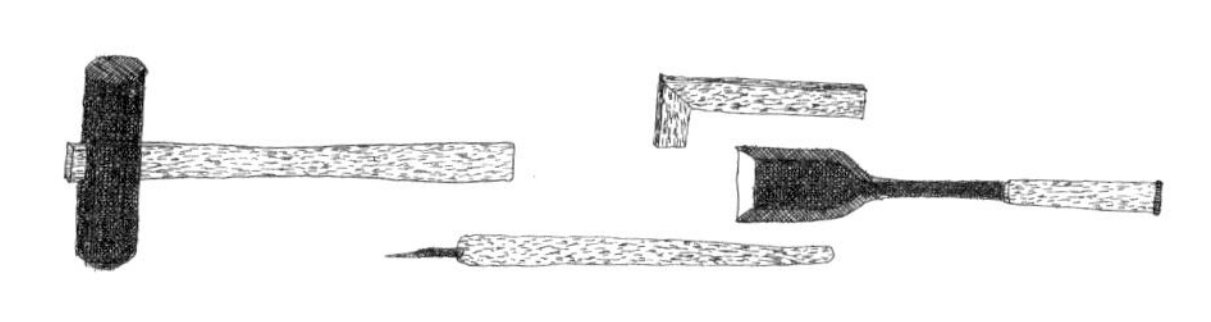

立ったのですが、ふきさんはじっとしていられません。洋裁学校に通ってやがて洋裁研究所を開きます。しかし日本は戦争前夜、おしゃれなどとんでもない時代へと、突き進んでゆきます。

商売不振、ふきさんは保険会社の勧誘員になって、糊口をしのぎました。成績は抜群だったそうです。性来の人なつこさと、こども二人を何とか守りたい迫力が、ふきさんを元気にしたのでしょう。

一九四五年（昭和二〇年）三月十日、東京は大空襲に見舞われます。ふきさん一家は無事でしたが姉妹とその家族を失いました。骨も遺品もない死でした。敗戦まぢかの六月、こんどは長男に召集令状がとどきました。長女の婚約者も、戦場へ送られていました。

櫛田さんが〝平和〟に強くひきつけられるのは、身をもってさきの戦争の悲しみ、苦しみを体験されたからでしょう。もっとさかのぼれば、幼時、たまたま自宅に泊った七人の出征兵士が、日露戦争に参加、ひとりも帰らなかった悲しい思い出があるのです。

ようやく戦争は終りました。櫛田さんにもあたらしい時代がはじまります。四十六歳になっていました。長男そして長女の婚約者も、あぶな

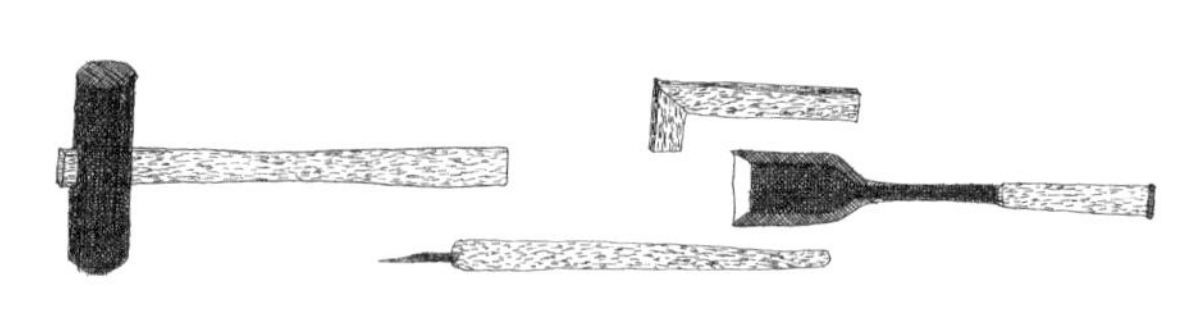

いところを助かりました。女が、こどもが、誰もが泣かないで生きられる〝平和〟なくににしたい思いが胸をかけめぐったのでしょう。たまたま家が近所で知りあっていた作家の壺井栄さんや、その縁で知りあった宮本百合子さんたちに呼びかけられて「婦人民主クラブ」を立ちあげ、やがてその機関紙の編集長をまかされるようになります。

戦後は女性運動が一気に花開いた時代です。市川房枝さんを中心とする婦人有権者同盟、消費者運動をすすめる奥むめおさんの主婦連合会をはじめ、原水爆禁止運動をリードしたのも女性たちでした。

こうしていくつもの女性の織りなす運動団体が生まれたのですが、一九五三年、とくに〝平和運動〟に志をもやす団体を横につなげるものとして、平塚らいてうさんが心をつくしてまとめあげた日本婦人団体連合会ができます。櫛田さんはさっそく参加、このときから、活動範囲は一転、世界にひろがります。

世界中にひろがる平和運動。当然のことです。平和は文化や意見を異にする国同士が、話しあいを通じてはじめて実現するのですから。

世界の各地で開かれる国際会議に、櫛田さんは日本の平和を語るため

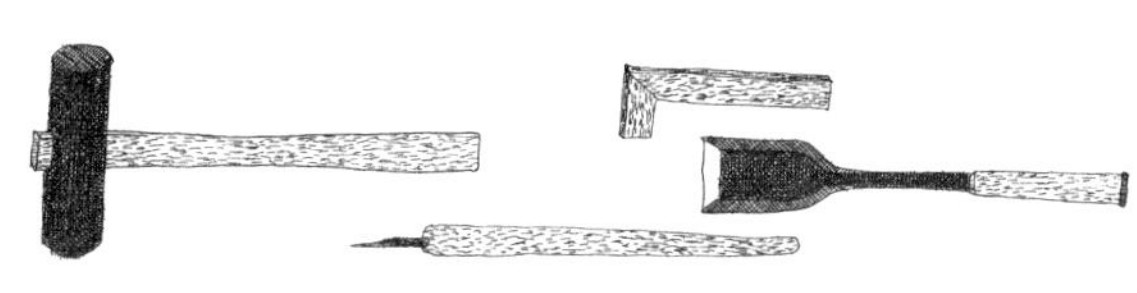

づくのです。

に出かけました。一九五八年にはその婦団連の会長に推され、いまにつ

＊

ベトナム戦争のときには、医療器具をたずさえて、爆撃下のハノイに入りました。ちょうど歌手のジョーン・バエズも来ていて、壕のなかで歌ったそうです。ふきさんは歌が大好き。若さの秘密のひとつは、ひまがあれば歌うことかもしれません。心が明るくなるというのです。

おしゃれも大好きです。明るい口紅をきちんとつけて、一日をすごします。長女で画家の伊達緑さんと二人ぐらしです。

緑さんは、罌粟（けし）の花だけを描く画家です。もしかしたら、それは母ふきさんの肖像画かもしれません。なぜなら櫛田ふきさんはポピーのように愛らしく、でも根強く生きてきた百歳だからです。

お誕生会から八日目の二月二十五日、ふきさんはクルマ椅子に乗って、戦争を招き寄せるこんどの〝周辺事態法〟案に反対の意志を示すべく、銀座をデモ行進しました。言葉と行動をひとつにできる百歳に、沿道の人びとが思わず立ちどまって、見入っていました。

（平成11年）

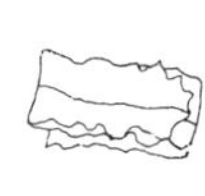

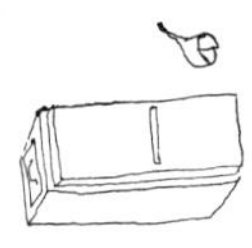
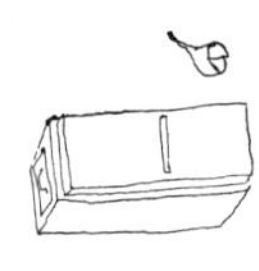

夜のお守り

久し振りに友人とお食事をしました。デザートをいただいていると、「あ、そうそう、あなたはいつも帰りがおそいから、これを差し上げようと思って……」。

プレゼントされたのは、長さ10センチぐらい、直径が1センチほどのメタルシルバーの細長い筒状のものです。何でしょう。鎖で、直径5ミリ、長さ5センチほどの小さな棒と、つながっています。

「これ、ペンライトと笛。ほら、ここを押すと、ライトがつくでしょう。笛はここを吹くと音が出るの、あとで試してみてね。この頃は、ひったくりがあったりいろいろぶっそうだから、用心するに越したことはないわ。いざという時のために、ハンドバッグに入れておいてね」

帰り道、急にメモを見る必要が生じました。あいにく街灯も遠くで、字が読めません。友だちはすかさず、「ほら、ほら、こういうときは、ライトのご登場よ」。催促されて、早速使いました。ほんとにライトは小さ

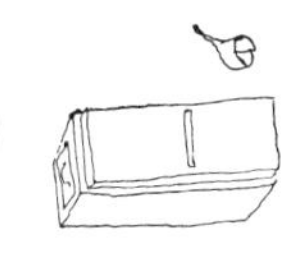

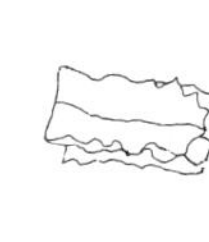

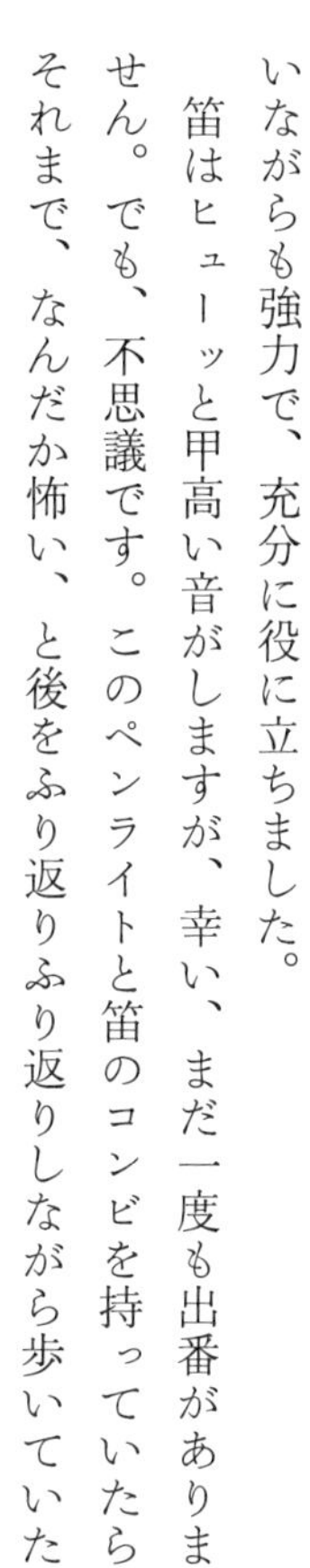

いながらも強力で、充分に役に立ちました。
笛はヒューッと甲高い音がしますが、幸い、まだ一度も出番がありません。でも、不思議です。このペンライトと笛のコンビを持っていたら、それまで、なんだか怖い、と後をふり返りふり返りしながら歩いていた夜道が、ちっとも怖くなくなったのです。不思議です。

はじめての雛飾り

日差しがいかにも春を感じるようになった午後、少し早いけれどお雛さまを飾りました。大正二年生まれの母のお雛さまです。

まだ小さかったときは、お雛さまを飾るというと、うれしくてうれしくて、学校から飛んで帰ってきて、ひな壇に飾るのを手伝ったものでした。でも、そのうち、どうでもよくなって「お雛さまを飾ったから見にきて」という母の誘いにも、仕方なく見る私になっていました。

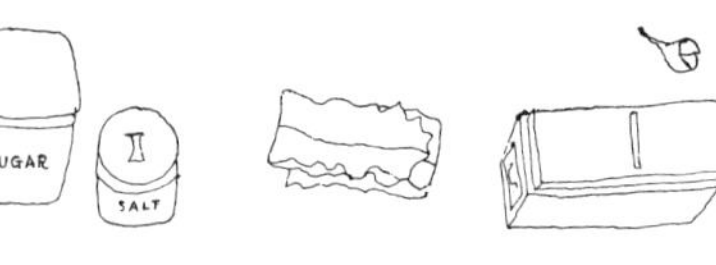

母は自分ひとりになってからも、毎年、飾っていました。小さな食器にはいつも、お赤飯や煮物が盛ってありました。娘の私は、仕事からの帰りに菱餅やひなあられを買って行ってひな壇にのせ、立ったままちょっと見て、それでおしまい。それでも母は嬉しそうでした。

その母が八十八歳で亡くなったのが去年の五月。八十をすぎてからはさすがに気弱になって、ときどき、「わたしがいなくなったらあなた飾ってね」というのでした。そんなわけで、今年から私が雛を飾ることになったのですが、お雛さまにさわるのは何と五十年ぶりです。

正直、何がどこにあるのかわからない有様。探したすえに一応の道具は戸棚の中にあることがわかりました。が、ひな壇が見つかりません。そういえば、近ごろは段を組むのは大変だからと、棚とテーブルを使って飾っていたのを思い出しました。

飾るのは大仕事でした。雛を収めた桐の箱は、古びてゆがんでいます。そっとていねいにフタを開けると、顔を京花紙で目かくしした上、真綿できちんとくるんだ雛たちが出てきました。

まず毛氈（もうせん）を敷きます。これはまだ新しく、ほんの二、三年前に買った

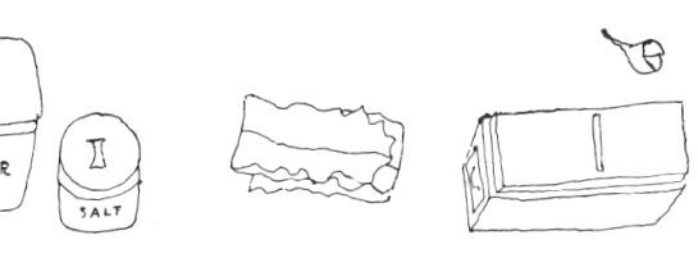

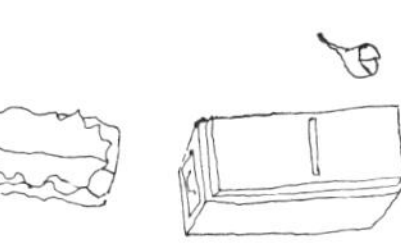

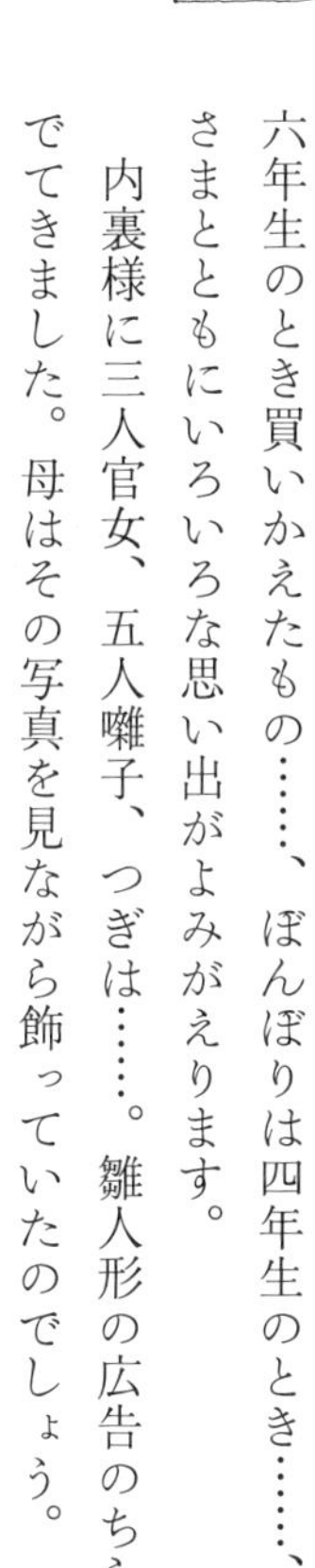

ばかりのようです。それを形よく垂れ下がるように、余分は後ろで折り込みます。びょうぶ、内裏様を並べ……この金びょうぶはたしか、私が六年生のとき買いかえたもの……、ぼんぼりは四年生のとき……、お雛さまとともにいろいろな思い出がよみがえります。

内裏様に三人官女、五人囃子、つぎは……。雛人形の広告のちらしがでてきました。母はその写真を見ながら飾っていたのでしょう。

まだまだ飾るものがあって、台に載りきりません。テーブルを大きく引き出して、毛氈から敷きなおしです。そんなことを繰り返して、なんとか雛を置き終りました。

あとはお道具。雛は内裏様が15センチと小さなものです。冠のひもを結ぶのがなんと大変なことか。人形の手を折らないように太鼓を持たせる、脇差を差す、お銚子を持たせる、弓入れを背負わせる……それでも行き場のわからない道具が、いくつか残ってしまいました。

長い間には壊れたり失くなったりしたのでしょう、女雛の扇は金色の折紙です。五人囃子の太鼓も、牛乳びんのふたに赤い絹糸を張って作ってあります。

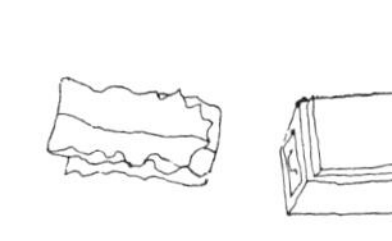
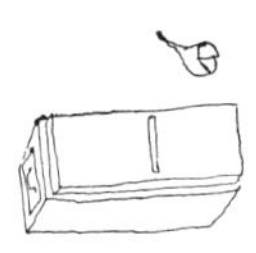

防空壕の中で戦火に耐え、なんどかの引っ越しをしたお雛様を、母がいかに大切にしたかが分かります。もっと優しく見てあげればよかった。いろいろなことを考えた、はじめての雛飾りでした。

スカーフで楽しく

スカーフは、細長いの、真四角の、シーツみたいな巨大なの、と形もさまざま。素材も絹、ウール、化繊、手織りなどいろいろです。

ふつうは、衝動買いはおすすめしないけど、これ、と閃くものに出会ったら、買っておくといいものはスカーフではないでしょうか。

着るものの表情を変えるのに、こんなに役に立つものはありません。旅行に持っていってもかさばらず、おしゃれな人の、最大の味方。

スーツで、ちょっと固いかなというとき、肩かエリもとに、うつりのいいスカーフを。そうすると、雰囲気がずっとすてきに。派手なスカー

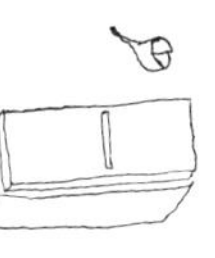
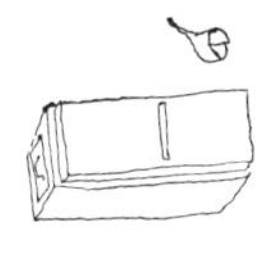

フを首にあしらうと華やぎます。旅行して、エアコンや隙間風で首がスウスウしたとき、ジョーゼットの長めのスカーフは、あなたを風邪から守ってくれます。また旅先きで思いがけず強い日差しにさらされたら、スカーフを頭に巻けば、帽子代わりに。

セールで、真っ黒いジョーゼットの大きなスカーフを買ってきたときには、「すてきだけど、そんな黒いの、使うときがあるかしら」と言われたものですが、寒いときのお葬式に役立ちました。

安いスカーフにも、すてきな色や柄のものがありますから、私は、好きだと思ったら、ためらわずに買っておきます。

紙風船

何でも惜しくて捨てられない世代の一人ですから、空箱や空カン、包装紙、チョコレートの紙、リボン、きれいなひも……。

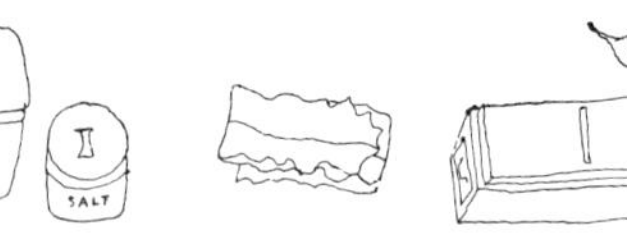

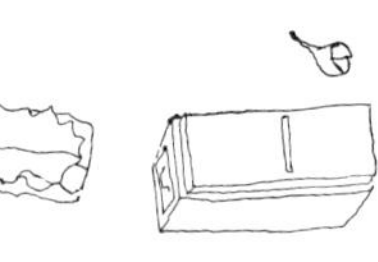

たまりにたまって、どうにもならなくなりました。とうとう一大決心をして処分することにしました。

それでも、きれいなリボンやカンを手にすると決心がにぶります。見て見ぬふりをして、ゴミの袋の中へ入れてゆきました。

チラッと赤い色が見えました。ひっぱり出すとたたんだ紙風船です。ずいぶん前に、商店街のサービスかなにかでもらったものです。ゴミ袋に手がのびました。その瞬間、ちょっとふくらませてからにしよう……と思いました。このまま捨ててしまっては可哀そう……。赤、白、黄、紫、緑の小さな紙風船、手のひらいっぱいぐらいの大きさです。

ポンとついてみました。くるっとまわって、またついて……。

手のひらに、紙のやさしい感触です。当たったところが、へこむようになじんで、忘れていた感じを思い出しました。しばらく片づけるのはやめにしてポンポンとついて楽しみました。紙は軽くて、手で強くつくと、思いがけない方向に、飛んでいってしまったり……。

風船は、そのままテーブルの上に残りました。家に帰ると、ご挨拶のように、まず、この風船をポンポンとついて楽しんでいます。

三月の章

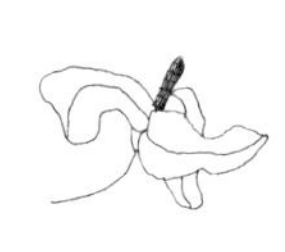

京のなたねめし

頬をなでる風が、やわらかく春めいてくると、そうだわ、今晩は〈なたねめし〉にでもしようかしら……。

「なたね」というのは、ぽろぽろ炒った玉子のこと。つまり、炊きたてのご飯の上に、たっぷりと炒り玉子がのったご飯のことなのです。

はじめて作ったのは、もうずいぶん前のこと、いまは亡き大村しげさんの『京のおばんざい』という本を読んだときでした。

大村さんは、京都の祇園に生まれた随筆家ですが「京都に古くからあった暮しぶりを語りついでいくのが私の仕事」とおっしゃって、その日常を美しい京言葉で綴られました。なかでも、しっとりした京のお惣菜にあこがれた私は、本をたよりにいろいろと作ったものです。

「それぞれに自分の味があるから、自分の口にあわせて味をととのえてほしい」というお考えにも納得し、どれも私なりの味におちつきました。この〈なたねめし〉も、そんなわたしの家の定番になったひとつ。

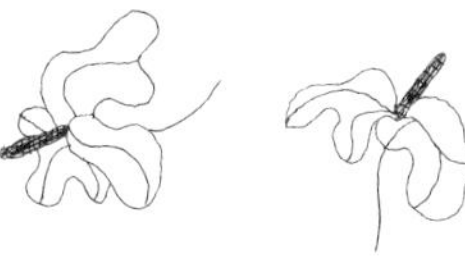

まず、お米をといでザルにあげ、昆布だしをとって、日本酒と塩と、ほんのひとたらしのおしょう油で薄味をつけておきます。炊飯器にといだお米を入れ、ふつうの水加減まで昆布だしを張って、スイッチを入れます。

ご飯が炊けるころを見はからって玉子の用意をします。玉子の量は好みですが、まあ一人に2コくらい。お好きなら増やしてもいいでしょう。よくといてから、お砂糖としょう油少々で味をつけます。これを厚手のナベに入れて火にかけ、菜箸を四本くらい握って、玉子をかきまぜながら、ぽろぽろ玉子を作ります。ご飯のスイッチが切れたところで、このぽろぽろ玉子をご飯の上に広げ、すぐまたフタをしめて蒸らします。

いただくときは、お茶碗に盛って、上に小さく切った三つ葉を散らします。うっすらと塩味のついた炊きたてご飯と、うす甘いぽろぽろ玉子がなんともおいしい春のご飯です。

＊

このご飯のおかずにピッタリなのが、〈まめさんとふき〉。

えんどう豆はサヤから出して、さっと下茹でします。ふきも湯がいて皮をむき、3センチくらいの長さに切ります。太いところはタテ半分にしておきます。ふきと豆をナベに入れ、ひたひたの水で火にかけ、煮たってきたら砂糖、塩、日本酒、しょう油少々で味をととのえ、けずり節をひとつかみ入れ、落とし蓋をして煮あげます。

＊

〈なたねめし〉と〈まめさんとふき〉がそろえば、食卓はもう春の景色です。これに、ちょっと贅沢して西京漬けか粕漬けのお魚と、おとうふのおつゆ、それと、漬物もとり合わせよく二、三種……。

やっぱり、春っていいですねえ。

明日こそは

もうずいぶん前のこと、日本橋の丸善の洋書の棚で、フランスししゅ

うの本をみつけました。

フランス語は読めませんが、表紙は、粗めに織った麻布にすてきな赤い糸で、誰でも出来そうな、やさしく可愛いししゅうがしてありました。ししゅうは女学生のとき習ったあと、まねごとのように、少しやっただけでした。

その本を、なつかしい思いで手にとってみました。むずかしいものはのっていなくて、小さい花とか鳥などが、初歩のやさしい刺し方で、刺されています。ナプキン、テーブルクロス、ベッドカバー、カーテン、ピロケース、クッション……、久し振りでフランスししゅうをしたくなり、その本を買いました。

そして、そのまま、日がたちました。

でも、ときどき、その本を開きます。そしてはじめから、一頁一頁、見てゆきます。そして「ししゅうをしよう」と決心します。そしてそのことをまた、いつしか忘れてしまうのです。

そしてまた、半年ぐらいたったあと、その本を手にとって、やっぱりししゅうをしよう、と思い立つ、そんなことをくり返して、もう五、六年もたってしまいました。

でも、その本を手にとっているときは「明日からししゅうを」と、いつも思っているのです。そのときはとってもたのしいのです。

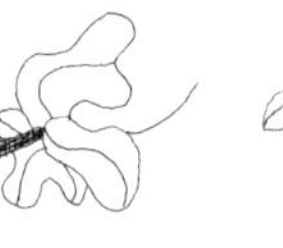

私のお雛さま

デパートのエスカレーターで、もう一階下へ行こうとしたとき、ふっと足が止まりました。

三年前、ちょうど雛の季節に近く、京都の作家のお雛様の展示中でした。どれも男雛と女雛の一対です。なかでも小さな、6、7センチの土雛に、心がひかれました。黒い漆のお盆の上に、立ち姿の男雛、そのかたわらにすわる女雛は、長い黒髪を背中いちめんにすべらせて、金の扇ではずかしそうに顔を半ばかくして男雛を見上げています。

女雛をいとおしげに見守る男雛のやさしさ。しばらく眺めているうち

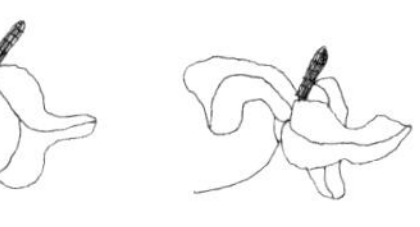

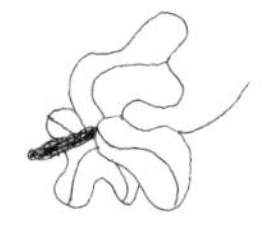

に、いろいろなことが思い出されました。

私もかつて、小さいながら、何段かの飾り雛を持っていました。はじめての子どもだった私のために、若かった父母が、揃えてくれたものです。お友だちからのお祝いだという胡蝶の舞の人形や、箪笥長持などの道具を、いまもおぼえています。

そのお雛様が、いつからか飾られなくなりました。小学校に入って、日中戦争がはじまり、だんだんにお雛様どころではなくなったからでしょうか。でも母は、「お雛様を飾ると、いつも、なぜかあなたが病気するから」といっていました。

そういえば、雛壇の前に寝かされて、母がつくってくれたちらしずしも味がなく、熱にうるんだ目で、ぼんやりとお雛様を見上げていた記憶があります。わが家では雛を飾ると病気をするという言いつたえも、あったのかもしれません。

飾らないままに、その雛も、昭和二十年四月の空襲で、家と一緒に焼けました。それから五十余年、私にもいろいろのことがありました。家庭も持たず、雛とは無縁の日々でした。

さまざまな想いがかけめぐり、立ち去りかねている私の前に、男の方が近づいてきました。

「お目に止まりましたか。これは私が、父に弟子入りして、初めて作った雛なのです。私にとっても大切な雛です」

そのお話に拍車をかけられ、自分のために、お雛様を買ってもいいかなと、そんな気になって、そのお雛様を買いました。

三月三日がくる度に、想いをこめてお雛様を飾っています。幸い、病気することもありません。

さりげないおよばれ

「今夜、もし、あいていらしたらうちで、ご飯をご一緒できないかしら、と思って……」

友達からのお誘いの電話です。

「うちにあるししゃもを焼いて、小松菜を炒めて、かぶのお味噌汁。それだけなのだけど。ごはんは昨日たくさん炊いてしまったので、チンであたためるだけ、いいかしら」

シンプルなメニュウを聞いて、かえってうかがいたくなりました。ご馳走がならぶお誘いでしたら、ちょっとお断りしたい感じの体調だったのです。

友達とは、もう四十年もの長いおつき合い。歩いて五分ほどのところにお住まいで、夕方、すっかり戸締りをしてから、ゆっくりうかがいました。その日の夕食にと作っておいた、切干し大根と油揚げの煮たのと、たらこを持って行きました。

お友達夫婦、私たち夫婦、還暦もすぎた四人には、こんなホッとするメニューの夕食がなによりです。

目の前でししゃもをこんがり焼きながら、話がはずみました。健康管理のこと、好きなピアニストのコンサートの話、これからの生き方についてなど、しみじみとした話がつづきます。

友達は時折り、席を立って、小松菜をシャキッと炒め、昆布でだしを

とって、お味噌汁を作り、ベテラン主婦の手早い仕上げです。切干し大根の煮たのとたらこも、ぴったり合って、和食のおかずがほどよくそろった食事になりました。食後は、ほうじ茶と干し柿。しぶいおもてなしです。ついつい時のたつのを忘れました。前々からお約束して、用意して、というより、こんなさりげないおよばれもあることを、ついお知らせしたくなりました。

セーヌとかもめ

アルプス。
雪山の遭難のニュースがつづきました。
セーヌの水かさが増しています。
泥色の水が、渦を巻きながら、走っていきます。
いつもは、どちらへ向かって流れているのかわからない、おとなしい

川なのです。

遊覧船も橋の下を通れません。水が上がっています。

ふだん散歩する川岸にも水がのぼって、ベンチも水の下に沈みかけています。川幅が広がりました。

セーヌは今日、大きな、あらあらしい川です。

いつもの橋までくると、中ほどあたりに、カモメが舞っていました。一羽や二羽ではないので、遠目にも華やかな乱舞とみえます。

セーヌのカモメは、寒くなると海から上がってきて、このあたりで冬をすごすのです。

誰かが、パンをちぎって、投げかけています。

勢いのあるカモメに囲まれているのは、小柄なおばあさんです。次から次へ、パンを投げています。その彼女の背中に、小さな赤いリュックが……。

黙って、しばらく、眺めさせてもらいました。

パリの空の下、あのシャンソンにあるように、セーヌは今日も流れています。

かきのスパゲティ

お友達のお宅で、なんともおいしいお昼をご馳走になりました。「退職後、料理の楽しみに目覚めたらしくて、簡単なものだけど、お昼はほとんど彼が作ってくれるの。これはどこかのシェフがテレビでやってたのを見て覚えたみたい。そのときはレタスだったらしいけど、青梗菜(ちんげんさい)もおいしいし、色合いはこのほうがいいのよ」と解説つきの、ご主人の手になる、牡蠣のスパゲティでした。

周りがこんがりと焼けてぷっくり膨れた牡蠣と青梗菜の緑、ところどころに散らばる唐辛子の赤が、象牙色のスパゲティにくっきりと鮮やかで、見ただけで、ワクワクするような一皿です。私も牡蠣好きで時期の間はよくいただきますが、パスタははじめてでした。早速フォークに巻きつけて、一口、頬張ると、ニンニクの香りで倍増された牡蠣のうまみが口いっぱいに拡がります。丸々と膨らんだ牡蠣は歯応えとジューシーさを兼ね備えてボリュームがあり、いっぺんでとりこになりました。

早速、作り方を伺って、今年から我が家の定番の一つになったので、ご紹介します。材料は、二人前で、スパゲティ200グラム。牡蠣8コから10コ。青梗菜の葉4、5枚。ニンニク1片。赤唐辛子1本。小麦粉、オリーブオイル、塩、コショー。

スパゲティは、やや固めに五、六分、茹でますが、上げる一分前に二つか三つにちぎった青梗菜も入れて一緒に茹でます。

唐辛子は、タネを取って小口からきざみ、ニンニクはミジン切りに。

牡蠣は軽く洗って水を切ったら、水気を拭き、塩コショーして小麦粉をまぶします。洗ったとき出た水は捨てずに布でこしておきます。

フライパンにオリーブオイルを熱くし、粉をつけた牡蠣を並べて両面をこんがり焼いて別皿にとります。

そのあとにニンニクと唐辛子を入れて炒め、こしておいた牡蠣のおつゆをカップ半杯ほど入れます。煮立ったら、スパゲティと青梗菜を入れて塩で味をつけ、汁がなくなるまで炒め、最後に牡蠣を合わせて、エクストラバージンオリーブオイルを少々振りかけて出来上がり。

牡蠣はまだしばらく楽しめます。ぜひお試しになってみてください。

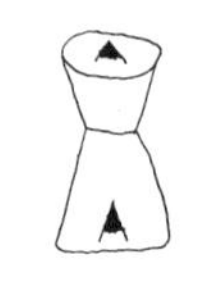

春がきて

空の色がめっきり春らしくなりました。いつも通る道に、花の苗や種を売るお店があります。今日もその前を通りかかると、ご主人から、「そろそろ蒔いてもいいかもしれませんよ」と声をかけられました。

そろそろ蒔いても……というのには、わけがあります。二月の、まだ寒かった日、店先に並んだいろとりどりの花の種袋に目をひかれ、足を止めました。ひとつひとつ見ているうちに、なんだか、袋のなかに、春がかくれているような気がしてきて、いくつか買ってしまいました。

お金を払って、おつりをもらうとき、ご主人から、「蒔くのはまだ早いですよ、種は寒いのがきらいだから、蒔きどきはその袋に書いてあります」といわれたのです。

ご主人は、そのときのことをおぼえていて、「そろそろ……」と言ってくださったのです。買ったのは、ハーブと花。ハーブはスイートバジルとペパーミントと青じそ。花は、フレンチ・マリーゴールド。

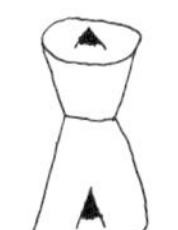

おかしなことに、去年蒔いたのとおなじものです……。

去年は、ベランダの小さなプランターに初めて種を蒔き、ベランダ菜園と名づけて、五月から九月まで楽しませてもらいました。

そして蒔きどきですが、マリーゴールドは「桜の花の咲くころに」と書いてあります。青じそは、「三月から八月」とありますから、やはり桜の咲く頃でいいでしょう。スイートバジルとペパーミントのほうは「八重桜が咲いてから」、フレンチ・マリーゴールドは〈サファリレッド〉という名がついていて、濃い橙色の花の写真がのっています。

こんなきれいな花が咲くんだな、と思うと、心が躍ります。

それにしても、植物のタネって不思議なものですね。小さな小さな粒なのに、黒い土に蒔いてやれば、芽が出てすくすく育つのです。

種には、光や、希望、うれしいものが、いっぱい閉じこめられているのかもしれません。

種屋さんの店先の籠のなかで、今日は、カナリヤがきれいな声でさえずっていました。そろそろ種を蒔いてもいい季節。種が喜ぶような暖かい日を、待っているところです。

写されるときは

プリントになった写真を見て、あらまあ、とがっかりすることはありませんか。せっかくお友だちとの再会で写した写真や、楽しい旅の記録が、目をつぶっていたのでは台無しです。

「チーズ」で微笑むことは、写すひとが声をかけるから、たいてい忘れずにやりますが、「目パッチリ」のほうは、誰もいわないので、あまり気づきません。でも、トシがいってくると、目はいっそう気をつけてパッチリ開けないと、写真写りがわるくなります。

もうずいぶん前のことですが、石垣綾子さんにお目にかかったとき、言われた言葉が、いまも心に残っています。

「いつもおしゃれでステキでいらっしゃいますね」と申し上げたら、にっこりと、「ありがとう。でも、トシをとると、だんだんまぶたが下がってくるのよ。気をつけて、目を見張るようにしないと」

そのときは、私も、若くて意味がわかりませんでしたけれど、でも記

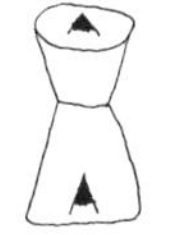

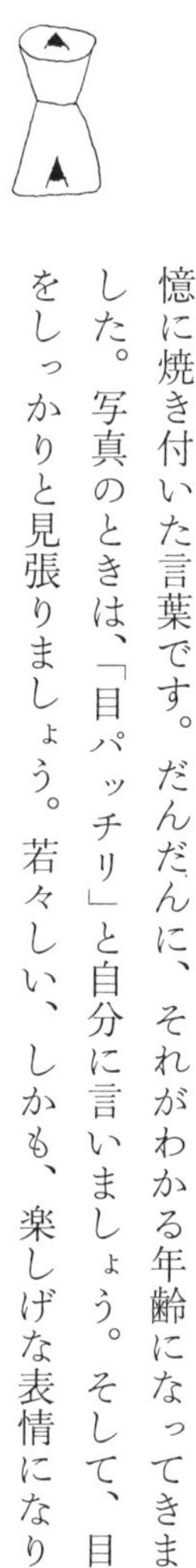

憶に焼き付いた言葉です。だんだんに、それがわかる年齢になってきました。写真のときは、「目パッチリ」と自分に言いましょう。そして、目をしっかりと見張りましょう。若々しい、しかも、楽しげな表情になりますよ。

紅茶でたのしく

春めいてきた空の色についさそわれ、コートなしで出かけたのが裏目に出ました。ビルのあいだを吹き抜ける風の、なんと冷たいこと。ひとつ、ふたつと用事をすませていくうちに、すっかり体が冷えてしまいました。初めの予定にはなかったのに、あるデパートの裏手からの入り口に飛びこんだのは、そんなわけからでした。

でも、それが、ラッキーだったのです。入ってすぐの紅茶売場で、長いこと探していたバラの花びら入りの紅茶を見つけました。

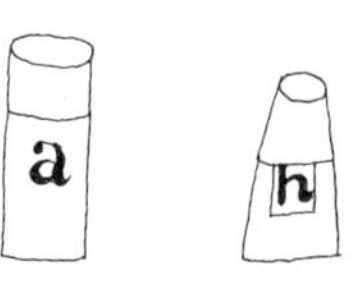

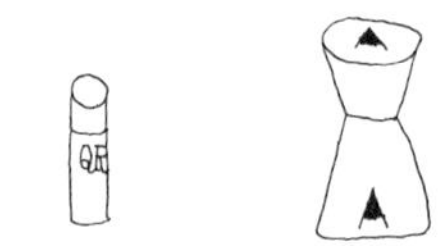

売場には、ほかにもたくさんの種類の紅茶がならんでいました。スタンダードのものから、さまざまな香りのする新作紅茶まで。

たとえば、華やかな香りのトロピカル。色とりどりのフルーツをちりばめ、ザクロをベースにしたボンボン。ブルーベリーの爽やかさにバニラをまぜたのは、ムッシュ。

そのほか、エデン、セントバレンタイン、シロッコ、ネプチューン、バースデイ……。名前だけでも心をそそられます。

フレーバードティーのルーツは、中国の由。そういえば、中国のお茶には、お馴染みのジャスミンや、金木犀の花入りのがあります。

この日はバラの花びら入りのと、マンゴー入りのを買い、ほんものの春を手に入れた気分で、帰ってきたのでした。

私流の紅茶のいれかたは、お湯をたっぷり沸かし、カップとポットをじゅうぶんに温めておきます。ポットのお湯をすてて紅茶の葉を入れ、グラグラ沸かしたお湯をそそぎ、待つこと五分ほど。

待っているあいだ、ポットにお茶帽子をかぶせておくと冷めません。

ミルクティーが好きなので、牛乳をたっぷり、あたためておきます。

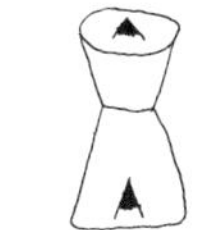
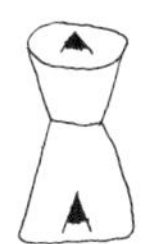

紅茶の葉が開いたら、カップのお湯を捨てて、牛乳を少しずつ入れます。最後に紅茶を入れます。
クッキーやお菓子など甘いものがあるときは、お砂糖は入れません。
早春の昼さがり、香りのよい紅茶でひとときを、どうぞ。

マレーネ・ディートリッヒ

ディートリッヒ。そう聞いただけでゾクッとするのは私だけでしょうか。あの広いひたいをよぎる弓型の細く長いマユ、その下の底しれない湖のような瞳（め）、高い鼻すじ、しっかりととじられた唇、ふしぎなほほのくぼみ。たっぷりとした太もも、シャープな下肢。凛然としたパンツスーツ姿。そしてやや低目の音声。リリー・マルレーンとつぶやくようにうたうマレーネ・ディートリッヒ。

黒が似合いました。スクリーンにふっと姿をあらわすだけで嵐を感じ

させるドラマチックな女優でした。一九九二年五月六日、パリで九十歳の生涯を終わったというニュースが流れたとき、強い喪失感を味わったものでした。あれからすでに十年をこす月日が去りましたが、何とディートリッヒが還ってきてくれたのです。ドキュメンタリイ映画『真実のマレーネ・ディートリッヒ』になって。

東京渋谷の文化村ル・シネマ2へ私はかけつけました。一時間四十五分、こんなに間近にこんなにこまやかにあなたを見知ったのははじめてと思いました。あなたは何ものにもたじろがない一途なまなざしのまま生きましたね、まっしぐらでした。捨て身で生きたと言うべきでしょう。映画をみたあと、あなたの一人娘である作家のマリア・ライヴァの書いた評伝『ディートリッヒ』(上・下　幾野宏訳・新潮社)を読みました。

あなたはハリウッドで観客が映画女優に求める美しさや夢や希望を実現するのに、観客以上のどん欲さで顔をつくり、からだの線をつくり、ファッションを考え出した。狂気一歩手前までゆく努力。すさまじい執念でした。スクリーンのなかで、完璧なまでにあなたは美しかった。老若男女をとわず、観るものはあなたの創る美に酔いました。ほほのくぼ

みも、もともとあったのではなく、かげりをつくり出すためのヒミツ、奥歯を抜いたと、これは『永遠のマレーネ・ディートリッヒ』（和久本みさ子編著・河出書房新社）で知りました。

一九〇一年十二月、ベルリンで生まれ、二十一歳のとき劇場デビュー、結婚、長女を産み、やがてハリウッド映画の看板女優へと飛躍して行ったあなた。しかしその後故国ドイツではヒトラーが政権をにぎり（一九三三年）ユダヤ迫害を強めてゆきます。そのあおりはあなたにも及びました。つまり、映画産業はユダヤの資本で支えられている、そこで寵児となっているディートリッヒは裏切者であるというのです。これがナチスの論理。

ディートリッヒ、あなたの最高傑作のひとつ『モロッコ』（一九三〇年）は、そのナチスの手で上映禁止処分にされました。ところが一方でナチスは執拗にあなたのドイツ帰国を求めました。

人気絶大のディートリッヒが戻ればユダヤに勝利したことになると考えたからです。映画のなかで、娘のマリアが言います。

「彼らは不気味で恐ろしかったわ。スターウォーズみたい。ピカピカの

レザーを着てたの。母をドイツに連れ戻しに来たのよ。ドイツ最高のスターになってほしいと。しつこく来るので、母は激怒。母は言ったわ、『嘆きの天使』のガーターベルトはヒトラーに渡すもんですか」（注『嘆きの天使』はディートリッヒの二作目の作品で代表作の一つ）

ディートリッヒ。あなたはナチスにさからった。そうして第二次大戦（一九三九年）がはじまると同時に、米国の市民権をとります。翌々年、あなたはのちにフランスの名優となるジャン・ギャバンと出あう。マリアの書いたあなたの評伝によるとギャバンが主演した『大いなる幻影』をすでに見ていて「あのすごい俳優」と絶賛していたそのギャバンと。あなたはたちまちギャバンをとりこにし、またとりこになった。四十歳のころでした。

＊

こうして映画はマレーネ・ディートリッヒの足跡を丹念に追って行くのですが、とりわけ第二次大戦末期、軍服をまとって（その着こなしが抜群です）ヨーロッパを転戦する連合軍の慰問に再々出かけ、ステージで歌う、文字通りたたかうディートリッヒをしっかり描きます。ジャ

ン・ギャバンも自由フランス軍の一員として戦場に出ていました。そのあとを追うかのように、あなたも戦場へ。うたったのは、あの〈リリー・マルレーン〉でした。〈リリー・マルレーン〉はもともとドイツ生まれのうたです。ドイツ兵のあいだで知られ、やがて連合軍の兵士にひろまるのですが、あなたは作詞をしなおして自分流でうたいました。

暗闇の底から夢のように
君の恋しい唇が現われます
真夜中の霧が訪れる頃
誰が街灯の下に立つのでしょう
リリー・マルレーンと一緒に
リリー・マルレーンと一緒に

ひそやかなメロディー、つぶやくような哀切なうた声。息子を戦場にとられた母親の悲しみが、どこかにひそんでいるようなぬくもりも感じさせます。ディートリッヒがラジオを通して歌った〈リリー・マルレーン〉は、ナチスに動員されたドイツ兵のあいだに、厭戦の気分をひろげたとナレーションが語ります。このうたはファシストに対する抵抗のう

ただったという声も収録されています。

ディートリッヒ。あなたは軍人だった父を六歳で失い、義父も十五歳のとき失いますね。第一次大戦時の負傷が死因だったといいます。

少女のとき、あなたは日記にこう記しました。〈私は平和を求めて走り続ける。この切ない願い〉と。この言葉は映画の冒頭に出てきますが、女優の仕事に情熱を燃やし、ギャバンをはじめ多くのスターたちとの間に恋の火花を散らしながら、仕事と生活のおおもとになくてはならない平和な日常を、あなたはどんなに強く求めていたか、だから矢もタテもたまらず戦場に身をさらし、自分にできる一つのこと、歌うことにひたむきになったのでしょう。

忘れられないあのひそやかな〈リリー・マルレーン〉。

ついにナチスは破れ、平和が戻ってきた一九四五年。ここから戦後のあなたがはじまります。ギャバンとの別れ、映画への復帰。五十代に入ったあたりからステージ・ショーを大切にしはじめます。歌手そしてエンターテナーとしてのマレーネ・ディートリッヒの出発。

あなたは七十五歳までうたい続けました。ステージに生きました。一

九七〇年には大阪で開かれた万国博覧会でうたいました。映画には出てきませんが私たちの記憶に残っています。

そのステージで、あなたは〈花はどこへ行った〉をうたいます。〈リリー・マルレーン〉はひそやかに、この〈花はどこへ行った〉は力強く、何ものかを見据えるように、心をこめて。

私に教えて、花はどこへ行ったの／花はどこにあるの　とはじまる歌。教えて、兵士達はどこへ行ってしまったの／兵士達はどこにいるの／教えて、兵士達はどこへ行ってしまったの
ディートリッヒ、あなたはこの歌について言いますね。

「いつも思うわ。戦争を愛する人間など世界に誰一人いないと。なぜ愚かな戦争が繰り返されるのか、私たちがいつになれば悟るのか、この歌は問いかけてるわ」

あなたは七十五歳を区切りに仕事をやめ、以後はパリで孤独に暮らしました。選んでそうしました。あの美しい脚をいためて、からだはむしばまれていました。誰にもそれを見られたくない、見せないために、たった一人で九十歳のさいごの日までを過ごしたのです。

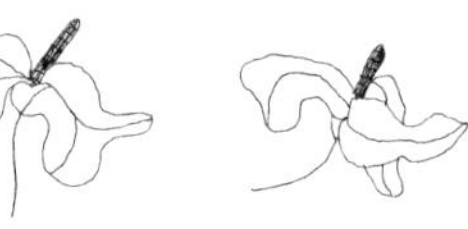

パリからベルリンへ運ばれた柩がシェーネベルクの墓地に向かったとき、その柩に降るように花束が投げこまれました。これがラストシーンです。重なってあなたのうた声〈アウェイク・イン・ア・ドリーム〉が流れます。

＊

この映画をつくったのは、ディートリッヒのお孫さんのＪ・デイヴィッド・ライヴァさんです。ひろくよびかけて戦場でのディートリッヒの映像フィルムを集め、ゆかりのひとの証言を豊富にちりばめ、マレーネ・ディートリッヒという伝説的な大女優の精神を貫いていた〈平和を求める志〉をクローズアップしました。

戦争の絶えないいまの世界。あなたの志を、あらためてかみしめたいと思うのです。「花はどこへ行ったのか」と。

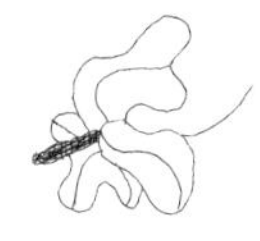

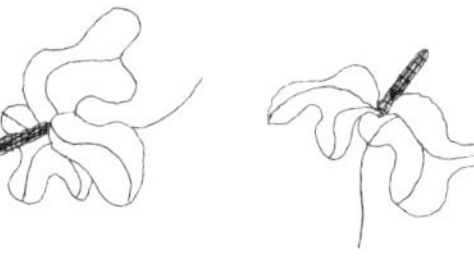

かたくりのお花見

今ごろになると思い出される、すてきなお花見をお伝えいたします。

二、三年前の三月のこと、しばらくお会いしていないお友達からハガキが来て、片栗のお花見に誘われたのです。写真を見たことはありましたが、片栗の花が実際に野に咲いているところを、私は見たことがありませんでした。お誘いにうれしくなりました。

ハガキには「今年は花が遅いという話ですので、今月の三十一日ぐらいにいかがですか」とありました。

待ちかねたその日が来ました。ところがなんとその日は、雪がちらほら舞っています。でも雪のお花見なんて、望んでもなかなか叶うことではありません。かえって今日は、風流な一日になりそう、と思いました。

片栗が群生しているのは、東京の新宿から出ている京王線の、京王片倉という駅から歩いて十五分ほどの城址公園の奥、ということです。

久し振りに会ったお友達は、「せっかくいらしたのに、かたくりの花

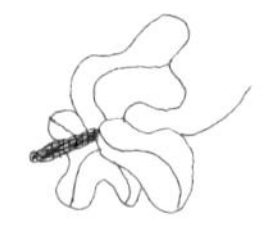

は、雨が降るとみんなうつむいてしまうのよ、雪でも、きっとそうでしょう」と残念がります。

せっかくのあこがれの片栗の花。下を向いていても、ぜひ会いたいと歩き出しました。

城址公園の奥まった斜面に、花はほんとに首うなだれて、ひっそりと咲いていました。赤みをおびた淡紫の花の群れは、どこまでも続いています。その上に雪が少しずつ積っていきます。

私たちだけで、他には誰もいません。片栗は花の色まで控え目にして身を縮めているようです。それがかえって、想像力をかき立ててくれます。晴れた日、片栗の花が、いっせいにお陽さまに向かって、華やかな笑顔を開いている風景を思い浮かべることができたのです。

後日、片栗の花は、

物部（もののふ）の八十少女（やそをとめ）らが汲（く）みまがふ寺井の上（うへ）の堅香子（かたかご）の花　（大伴家持）

と万葉集に詠まれていると、その友達から教えていただきました。

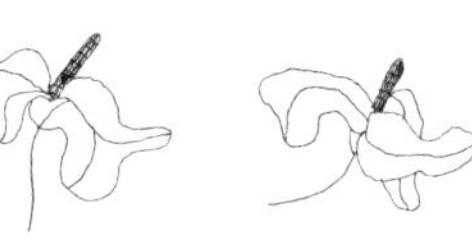

堅香子は片栗の古名、物部は八十にかかる枕ことばで、歌のおよその意味は、たくさんの少女たちが、入り乱れて水を汲んでいる寺の井のほとりに咲く堅香子の花の、なんと可憐なことよ、ということだそうです。

忘れられないお花見でした。

エビのおむすび

晩ごはんのあと、お釜にごはんが残っていると「やった！」とニッコリ。残りごはんでちょんちょんとむすんだおむすびは、家中の大好物だからです。小さなのが好きで、わざとゴルフボールほどに小さくむすんだおむすびが、だいたいいつも四つから六つぐらいできます。

藍のお皿に塩味のおむすびを載せてキッチンに置いておくと、いつの間にか二、三個なくなっていたり、明日の朝の食卓の支度をしながら、みんなでヒョイッとつまんだり、おむすびがあるという晩は、たのしい

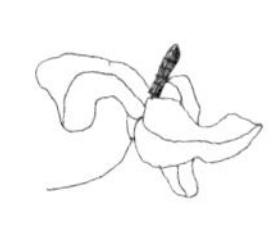

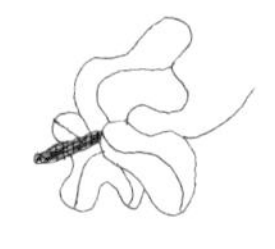

ものです。

甘酢味のきいたエビの揚げもの、宮保明蝦（くんぽうみんしゃ）を作った夜、大皿に四つか五つエビが残りました。明日のお昼に冷たいのを食べるのもいいけれど……と考えがひらめきました。

「そうだ、宮保明蝦のおむすびを作ってみたら、おいしいと思う」

エビの天ぷらを入れた海苔のおむすび「天むす」は、名古屋の名物です。エビと衣とごはんがこんなに合うなんて、食べるまで知らなかった。名古屋に行くと、必ず買って帰ります。

祖母に教えてもらったとおり、手のひらにちょっとお塩をつけてあたたかいごはんをのせて、そこに宮保明蝦と、生姜も一緒にのせます。

クルックルッ、たくみに手を動かすものの、祖母のは三角帽子のようにピシッと角のとんがった三角だったのに、私のはヨーヨーみたいに、まるめのおむすびです。

宮保明蝦は、油でごはんが、少しまとめにくくても、くずれても、やわらかくむすびます。食べるときポロッとこわれたら、海苔で巻けばいいのです。それよりもいちばん気をつけることは、エビと生姜の両方を

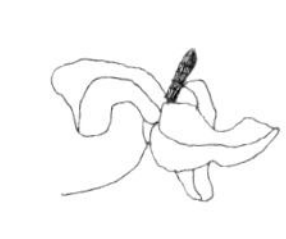

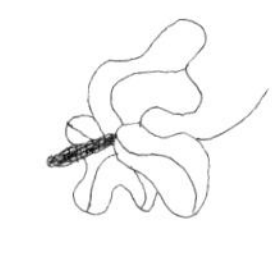

入れること。宮保明蝦の甘辛さに、さっぱりした生姜のしゃきしゃきした歯触りがたのしいのです。
お作りになって下さい。

明日館

「〈重要文化財の中で、響きを楽しむ早春のひととき〉に参加しませんか」。新聞のPR版のなかにあった一行を見つけて、めずらしく、行ってみようと思い立ちました。

フランク・ロイド・ライト。いまは犬山の明治村に移築保存されている、帝国ホテル旧館を設計した世界的な建築家です。そのライトの作品が、じつは東京に一つ残っていて、それが、西池袋にある自由学園の明日館（みょうにちかん）なのです。池袋駅から歩いて五分。そびえ立つ高層建築にとりかこまれた、芝生の庭の向うに、平屋かと思うような建物が建っていました。

明日館は、ライトとその弟子にあたる日本人の設計によるもの、という説明でしたが、大谷石をたくさん使った、モダンであたたかい雰囲気が特徴です。一九二一年に設計されて、完成は二五年、計画のときから数えて、八十余年の時を経た建物です。

自由学園は、いまは初等部や男子部もありますが、最初は、羽仁吉一、もと子夫妻が、娘たちを学ばせるのにふさわしい学校がない、と思い立って、創設した女学校からはじまりました。だからでしょうか、建物からも、なにか自由な息吹きがあふれるようです。

幸い一九九七年に、国の重要文化財の指定を受け、一九九九年から三年がかりで修理され、いまによみがえりました。

動態保存といって、文化財を使用しながら保存してゆくという新しい発想で、一部に現代的な冷暖房設備や新設のお手洗いなどをとりいれながら、誰でも中に入って見たり、楽しんだりすることが出来るようになっています。つまり、木造の幾何学的な装飾を使った内装や調度を、じっさいにさわってみたり、座ってみたりが出来るのです。食堂では結婚式の披露宴も出来ますし、ホールでは、クッキーやコーヒーなど喫茶を楽しむことも出来ます。ライトの自筆の設計画なども展示されている中二階。ただし、十五人以上が一度に入ると危険、と書いてありました。

文字通り、昔がいまに生き、明日につながる明日館、やすらぎの場の出現です。すてきな時間の流れる明日館です。お問い合わせは、電話〇三・三九七一・七五三五。自由学園明日館事務室へどうぞ。

イタリアふう揚げサンド

ホットサンドイッチの代表格といえば、なんといってもクロックムッシュ。食パンの間にハムとチーズをはさみ、こんがりとバタで焼いたアツアツのサンドイッチ。香ばしく、カリッと焼けた外側と、中からとろけ出すグリュイエールチーズ。こんな絶妙な組み合わせを考えたのは、どんな方でしょうか。

ハムの代わりに、鶏の胸肉をさっと蒸すかソテーして、薄くそぎ切り

にしてはさむと、クロックマダム。こちらも、さっぱりとしてなかなかです。なぜハムがムッシュで、鶏肉がマダムなのかはさておいて、ここでもうひとつ、このクロックムッシュのいとこのような、ホットサンドをご紹介しましょう。

〈モッツァレッラ・イン・カロッツァ〉という名前で、イタリア版のクロックムッシュとでもいいましょうか。聞くところによると、ナポリ生まれのサンドイッチのようです。カロッツァというのは四輪馬車。その馬車に、モッツァレッラチーズが乗っているというイメージです。

どんなサンドイッチなのかというと、薄切りの食パンに、チーズやハム、それにアンチョビなどの具をはさみ、溶き玉子をつけて油で揚げたもの。作り方を書いてみましょう。

＊

四人分として。サンドイッチ用の食パンを8枚。モッツァレッラチーズを1コ。ロースハムの薄切りを16枚。アンチョビを8枚。ほかに玉子3、4コをボールに溶いておきます。それに、小麦粉、揚げ油。

まず、アンチョビを細く切ります。ロースハムは半分にします。モッ

ツァレッラは8枚に薄く切ります。食パンは二枚一組にしてから、耳を切り落とし、対角線で二つに切り、三角形にします。8組になります。アンチョビを8つに分け、これ一つとモッツァレッラを、半切りハム2枚ずつの間にはさみ、溶き玉子をくぐらせてから三角食パンにはさみます。きちんとはさまったら、パンの三方の縁を軽く抑えて形を整え、ほかも同じように作ります。

揚げ油を180度に熱くし、パン全体に、まず溶き玉子をたっぷりつけ、それから小麦粉、さいごにまた溶き玉子をくぐらせてから、油にすべりこませ、チーズがとろけるまで色よく揚げます。

＊

これは揚げたてアツアツを召し上がってください。玉子のころものサクッとした食感と、モッツァレッラのトロリとろけたおいしさ、それと塩味のアンチョビが口のなかでひとつになって、クロックムッシュに負けない、とってもおいしいホットサンドです。

雑巾をぬう

廊下にさしこんだ、朝の光のなかに、ほこりが浮いています。春になって、日差しが濃くなってきた証拠です。

雑巾がけをしようと思い立ちました。でも冬を越してきた雑巾は、黒ずんだものばかりで「きれいにしよう」という私の気持にそぐいません。

雑巾を縫うことにしました。このごろは既製品もありますが、やはり手縫いが好きです。生地はタオル地で、それも、使ってちょっとだけ古くなったもの。洗いざらしてあまり堅くなったものはノーです。

戸棚を探しましたが、適当なのがなかったので、毎朝使っているタオルをおろすことにしました。縫うのはいつも、幅はそのまま、長さを四つ折りにしたのと、半分に切って二つ折りにしたもので、糸は木綿の縫い糸。両方ともヘムの縫い目をほどいておきます。

二つ折りの方は、切ったほうのハシを、ヘムの折り目の間にはさみこみ、待ち針でとめてぬいます。四つ折りのほうは、折り目を平らに伸ば

し、ヘムが、内側にくるようにたたみます。ヘムを合わせるときは、中央でなく、ちょっとずらした位置で突きあわせます。その方が、出来上りがきれいなような気がします。
白い布に白い糸で縫ったり、黒い糸で縫ったり……、やっているうちに、縫い目もだんだん細かくなり、きれいに揃ってきました。針仕事とはとてもいえないのですが、私にとっては久しぶりの、針をもった時間でした。

桜の道

川沿いの道は桜並木で、何キロもつづいています。一抱えもありそうな大きな桜もあって、枝が川面に垂れ下がるように張り出しています。ここ石神井川沿いの道は、都内でも有数の桜の名所。

そのすぐ傍に長く暮らしていながら、これまで、この道をゆっくり歩

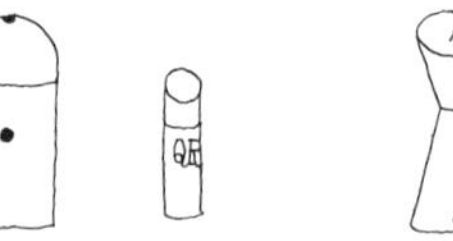
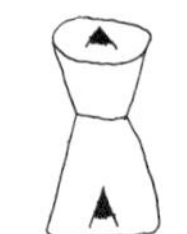

いたことがありませんでした。忙しい勤めをやめて、時間にめぐまれるようになり、運動のためもあって、この道を歩くのが日課の一つになりました。往復で一時間、気分がいいと二時間くらい歩きます。

途中ところどころにある、小さな休み場の一つに、「隅田川から九・五キロメートル」という碑があります。この流れが隅田川に出あう地点からのことでしょうか。碑の前の石のベンチで、ときどき休憩します。

歩き初めた頃は、こんなことに時間を使うなんて、大切な人生をムダにしているように思えて、悲しくなったこともありました。

でも、一年がたった今は、季節とともに移り変わる、まわりの景色を楽しみながら、歩けるようになりました。

ふと目に止まった、お花の美しい家の庭をのぞいたり、川に遊ぶ鴨をながめたり、まだ残っている畑の野菜の育ちぐあいをたしかめたりと、ゆったり過ごすのがうしろめたくなくなりました。

もうすぐ、桜の花が咲いて、この道が一番美しくなる季節です。日毎に変わる花の表情はもちろん、早朝や夕方の花も見ることができます。

去年の花吹雪の日でした。川一面に散り敷いた花びらが、ゆったり

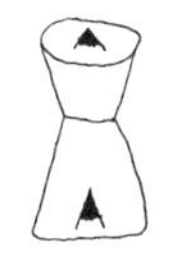
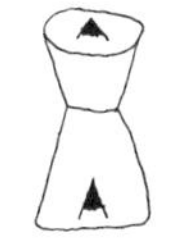

ゆったりと流れていくのに出会い、そのあまりの美しさに、時間も忘れてみとれたものでした。今年もぜひそんな日に会いたいものと、心待ちにしています。

黒文字の木

旅先のお昼に、おそばでもいただこうと立ちよったお店。同行四人がテーブルについて注文をすませますと、店のひとが、一人ひとりの前に十四、五センチほどの小枝を置きました。

箸置きでした。でもこの小枝、梅ではないし、なんでしょうと、手にとって鼻に近づけました。切り口からは、さわやかな香気が漂ってきます。

「黒文字です。楊枝にする、あれですよ。匂いをかいでみて下さい」

よくみると、黒みがかった枝のところどころに、白っぽい蕾らしいものがついています。

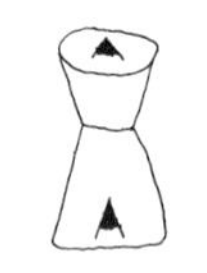

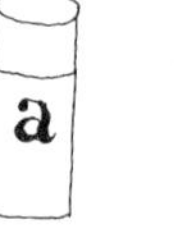

これがあの黒文字……。春を待って早くも蕾をつけたのでしょう。

久しぶりに訪れた二月の高山でのことでした。その年は雪も少なく、いつもと違う冬に、気の早い黒文字は、もう春が来たのかと蕾をつけたのかもしれません。

「これ、挿木したらつきそうね」四人のなかの植物大好きがいいました。捨てられて枯れそうになった草花を、見事に生き返らせる名人です。

「黒文字、いただいて帰っていいでしょうか」「どうぞ、どうぞ」お店の方の返事に四本の黒文字が、名人の手に託されました。

高山から名古屋までの列車のなかでも新幹線のなかでも黒文字は特別待遇、物が上にのらないようにと、大事にされての旅でした。

名人は、さっそく、黒文字を植木鉢に挿木しました。それからは毎日黒文字電話のやりとりです。「気のせいか、元気になったみたい」「蕾がふくらんで来たような気がするけれど……」

挿木して二週間、高山から東京に住まいを移し元気になった黒文字。

『原色樹木大図鑑』には、花はこんなふうに書かれています。

「四月に葉とともに開花。葉えきに淡黄色の小花を散形花序につける。

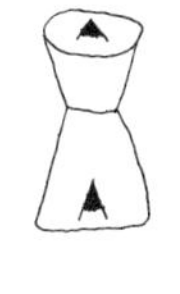
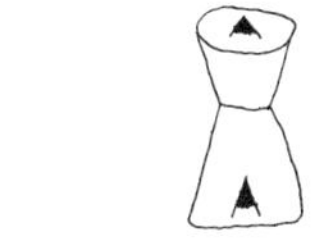
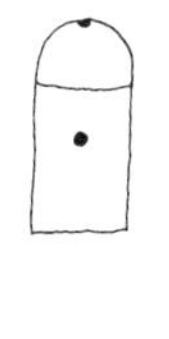

（略）液果は球形、十月に黒熟する」

ちなみに、黒文字という名は、緑黒色の樹皮に黒い斑点があることから、それを文字に見立ててつけられたそうです。

普通は二、三メートルになるという黒文字。友人の庭に黒文字の木が育った姿を想像しています。

私にもできることがある

平成十六年の三月に、池田香代子さんの講演を聞きました。

池田さんは、ベストセラーになった『世界がもし１００人の村だったら』（マガジンハウス）という本をつくられた方です。池田さんがこの本をつくられたきっかけは、アフガニスタンで医療活動をされている中村哲医師の講演を聞いて、じっとしていられなくなったからでした。

中村哲先生は医療活動のために二億円の募金を募っていました。なん

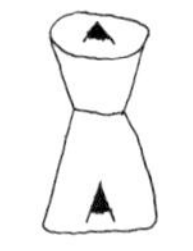

とか協力したいと思った池田さんの頭にひらめいたのが、パソコンのインターネットで読んだ、当時世界中を駆け巡っていた「100人の村」のメールです。そのメールは、いろいろな人の手で転送されるうちに、少しずつ語句を省いたり付け足したりしながら広まっていったのですが、いちばんの元は、アメリカの環境学者、ドネラ・メドウズさんが新聞に書いた、「ザ・グローバル・シチズン　村の現状報告」というタイトルを持つ一篇のエッセイでした。

あれを本にして、みんなに買ってもらったら、と思ったそうです。

世界の人口63億人を100人に縮めたこの村では、「75人は食べ物の蓄（たくわ）えがあり雨露（あめつゆ）をしのぐところがあります　でも、あとの25人はそうではありません　17人は、きれいで安全な水を飲めません」と、世界の環境問題や富の偏在を、大きな活字と、ソフトなクレヨンの絵で簡素にうったえます。遠くの人々も身近な人のように、みんながもっと愛しあいましょうと、静かに語りかける小さな絵本は、私たちにショックをあたえ、大きな共感を呼びました。たくさんの人が買いました。

「ですからずいぶんお金が入ってきたのですが、中村哲先生の方も、

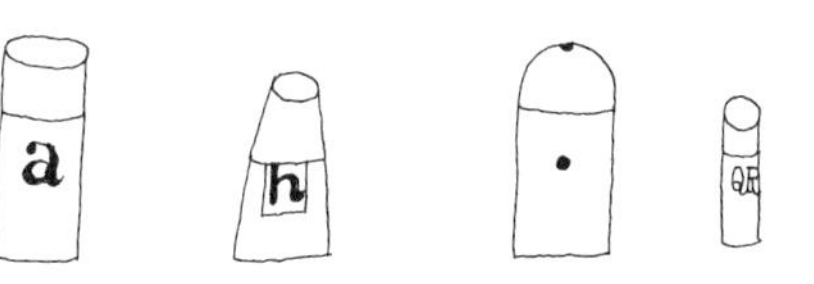

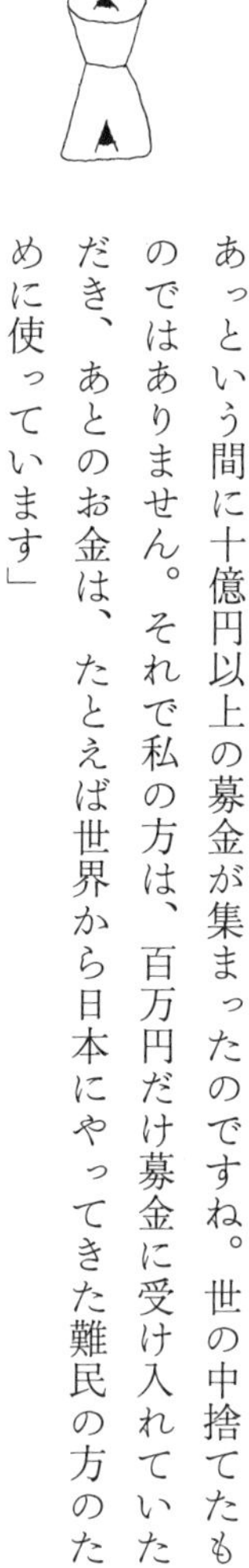

あっという間に十億円以上の募金が集まったのですね。世の中捨てたものではありません。それで私の方は、百万円だけ募金に受け入れていただき、あとのお金は、たとえば世界から日本にやってきた難民の方のために使っています」

日本は世界でもまれなくらい、難民の受け入れに冷淡な国です。テレビや新聞でときどきニュースになりますが、紛争のやまない国から迫害されて、命からがら逃げてきた人たちを、二年以上収容所に入れたままにしたり、親子を離れ離れにしたり、国に返そうとしたりします。

志のある若い弁護士さんたちが駆けずりまわって、やっと解放されることになっても、逃げない保証として国に納めるお金がない、そんなときの費用に使っているそうです。

池田さんの本来のお仕事はドイツ文学翻訳家ですから、書斎にこもっていることが多かったのに「100人の村」以来、平和や環境問題について、あちこちに講演に出かけることが多くなりました。私がお話をうかがったときも、前の日は松江で講演をされたばかりでした。

その日の朝、松江は大雪で予定の飛行機がとばず、新幹線を乗り継い

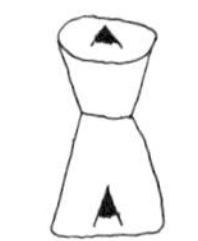

で、東京の講演会場にかけつけて下さいました。

　この本を作るのに、池田さんご自身、ずいぶんエネルギーを使われたはずですが、それには触れず、謙虚に「みなさまからお預かりしているお金は」という言い方をされるのに、お人柄がしのばれました。

　グリーンの縞柄のワンピースにベージュのカーディガンをはおった、ほっそりと、まだお嬢さんのような雰囲気の池田さんは、ほかにもいろいろと、私たちが日頃考えなければいけない大切なことを、やさしい声で話して下さいました。

　その一つが、テレビや新聞づくりの現場で働く良心的な人たちを支えてほしい、ということでした。そのために、たとえばできるだけ沢山の人に知ってほしいと思うような番組を見たとき、心に残る新聞や本を読んだとき、「あのことをもっと知りたい」「感動しました」と、投書をすることが、いい番組や記事を育てる力になります、と……。

　一人一人の力はわずかでも、集まればメディアを動かし、より多くの人を動かすことができるかもしれない。私にもできることがある、と元気をいただいた、すてきな講演会でした。

四月の章

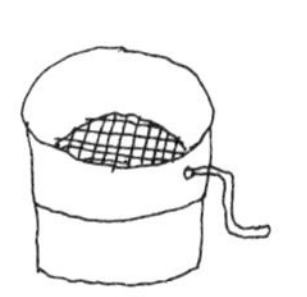

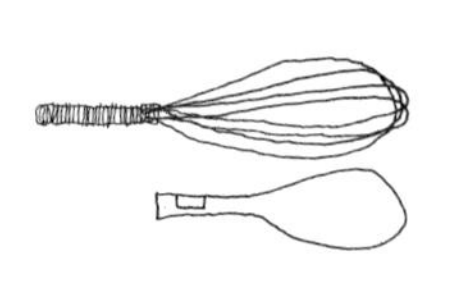

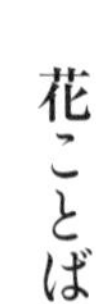

花ことば

四月、さくらの花の季節です。

三月、九州に咲きはじめた桜は、四月いっぱい北へ北へと進んで、四月の末には東北から北海道へと、海をわたります。

その桜の花が咲くころはまた、移動性の高気圧と低気圧が代わる代わるやってきて、陽気の変わりやすいころでもあります。

昨日はポカポカと暖かかったのに、今日は一転、冷たい風に、しまいかけた厚い上衣をまた……、空気もどんよりとよどんで、なにかするにも物憂く、咲きかけた桜もかすんでいます。

そんなとき、ふっと口にのぼってくることばがあります。

「花ぐもり……」

なにかしんどいお天気も、こうつぶやいてみると、そこに満開の桜のイメージが重なり、くもった空も、心なしかのどかに感じられます。

ほかにも、桜の花が咲きそうな気配をいう「花もよい」、咲き乱れる

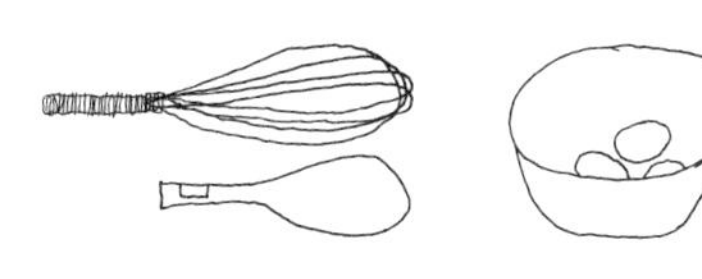

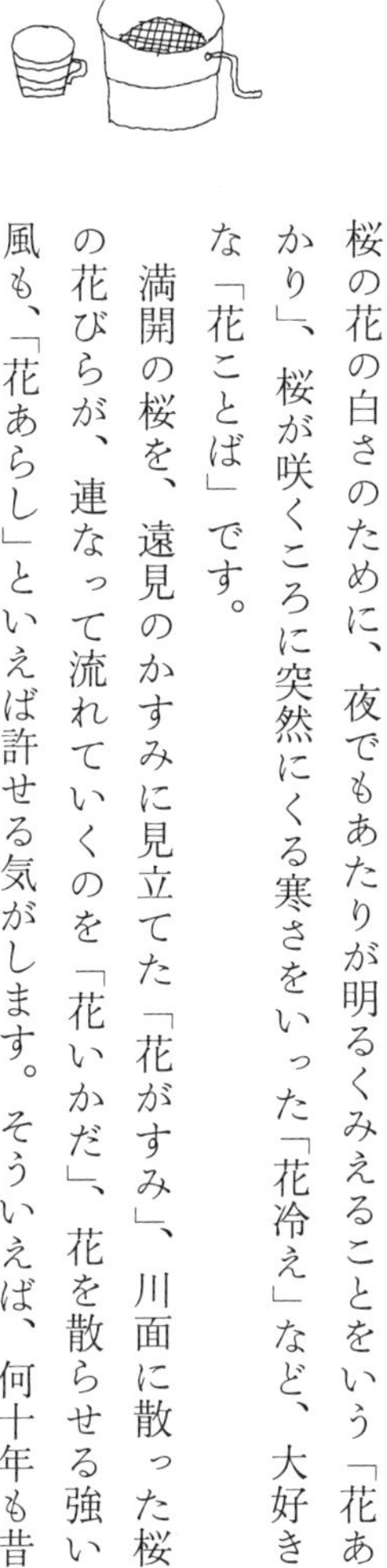

桜の花の白さのために、夜でもあたりが明るくみえることをいう「花あかり」、桜が咲くころに突然にくる寒さをいった「花冷え」など、大好きな「花ことば」です。

満開の桜を、遠見のかすみに見立てた「花がすみ」、川面に散った桜の花びらが、連なって流れていくのを「花いかだ」、花を散らせる強い風も、「花あらし」といえば許せる気がします。そういえば、何十年も昔の幼いころに、友だちと「花いちもんめ」で遊びました。

いつごろから言われていることばでしょうか。むかしの人は、まわりを見まわして、ゆたかな自然を暮らしにとり入れ、頭が痛くなるようなどんより曇った日にも、急な寒さの朝にも、美しさを見いだしながら過ごしてきました。いまその知恵を、しみじみと感じています。

花ぐもり掃きだすあひだ待ちにけり

久保田万太郎の句です。

白とピンク

今年の流行色はピンクです、って聞いても、もう動揺しなくなりました。なんと言っても白、と決めてしまったのね。若いときは美しい色や柄に魅せられて、身のまわりに色がいっぱいあったのだけど……。

アメリカのミシガン州に住む旧い友だちの家を訪問したときに、ちょっとショックを受けたのです。

窓にかかっているのは白いレースのうすいカーテンと、少し重量感のある生なりの木綿のカーテン。

白いカーテンって汚れやすくてお洗濯がたいへんではないか、と気になって友だちに聞きました。そしたら、ぜいたくなものと考えていたけれど、洗濯機に入れて洗えるから、なんでもないの、って。

ソファにも、同じ白い布のカバーとクッション。花びんには、かすみ草のような白の小花。テーブルクロスもお皿も全部白一色。

なんてすっきりして美しい、とほれぼれしてしまいました。

それから私の、色へのこだわりがはじまったわけです。なにか買うときにはまず白いものを探す。こうすると、とてもシンプルで決めやすいことを発見しました。

真白なパジャマ、なんだか贅沢な感じ。白いセーター、白い上着、白いパンツ、白のキルティングのコートは、ずいぶん長いあいだ着ることが出来て、四月の肌寒い日だって大丈夫でした。ふとんカバーも、敷布もタオル類も、みんなこのごろは白。食器も白にしています。そして、白い器は食べものを引きたててくれることも発見。白いマグカップは、紅茶やコーヒーの色をよくわからせてくれます。

白って、なんとたくさんのメッセージをもっているのでしょう。他の色とはそこのところが違います。おしゃれは白にはじまり、白にかえる、と言ったひとがいましたけれど、白はすべての色のはじまりなのだ、ということが、このごろよくわかりました。

ベゴニア、デージー、ゼラニウム、白い花を玄関先に咲かせてみたら、とてもすっきりして、大人の感じになりました。

白って、ほんとにすてきです。

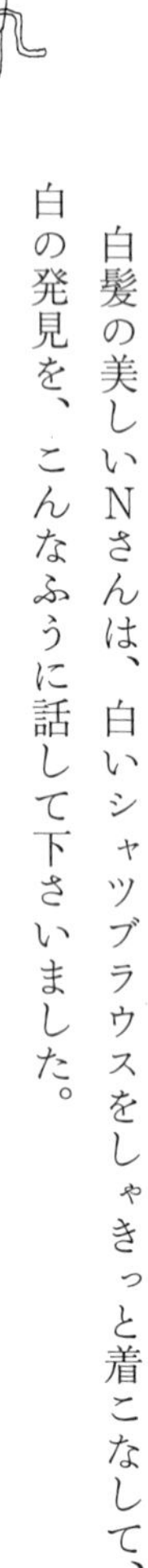

白髪の美しいNさんは、白いシャツブラウスをしゃきっと着こなして、白の発見を、こんなふうに話して下さいました。

幻のほろほろ

「ほろほろ」。若芽若葉のころになると、毎年なつかしく思い出される食べものです。

誰が名づけたのでしょう。はかなげな名を持つその食べものは、折りから萌え出たウコギの芽や葉をサッとゆでて、大根のみそ漬けと胡桃の三つを、おなじように細かく刻んで混ぜあわせたものです。

いまから六十年以上も昔、母がつくって、炊きたての白いごはんの上に、はらりとかけてくれました。

緑、茶、ベージュの入りまじったきれいな色、若葉の香り……、いまでこそ、なかなかすてきだと思いますが、とても、こども向きとは思え

ないこの食べものを、忘れられないのは、なぜでしょうか。
とびつくようにおいしかったわけでもない。母が何度つくってくれたのか、それもさだかではありません。その後、日本は戦争に突入し、空襲に家は焼かれて、そのあと口にしたことはありません。今はもう、ウコギを目の前にしても、とてもその葉とは思い出せないでしょう。

＊

思い立って辞書をひいてみると、「ほろほろあえ」というのが載っていました。「ほろあえ」ともいうそうで、「木の芽、蕗の葉などに味噌を加えて作ったあえもの」とありますから、すこし形は違うものの、由緒正しい名前ではあるようです。

ウコギは、昔はよく生け垣などに植えられていた、小さなトゲのある灰白色の枝がたくさん分かれた灌木で、中国では五加といい、若芽若葉は食用になるそうです。

東北に生まれた母が、子育てをしながら暮らす東京で、ふとどこかでウコギを見つけ、生まれ育ったころの食事を思い出して、懐かしさのあまりつくったのでしょう……、いまになってそう思います。

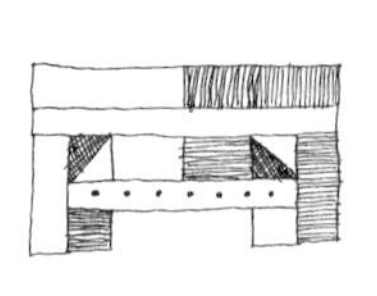

その母の想いが、どんな言葉で話されたのか、さだかには覚えていませんが、幼かった私のこころに「ほろほろ」という音と色、味は、くっきりと残りました。食べものは、母から娘へ、手をとって、あるいは口伝えに、つたえられていきます。私はそのまま、作り方を母にただすこともなく、いまは聞く術もありません。

＊

ほろほろには、いろいろな意味があります。

一　葉や花などが散るさま。
二　涙がこぼれ落ちるさま。
三　集まっていた人々が分かれ散るさま。
四　物が裂け破れるさま。こなごなになるさま。
五　雉子（きじ）、山鳥などの鳴く声を表わす語。
六　砧（きぬた）を打つ音を表わす語。

＊

いまの私には、五がいちばんぴったりに思えます。
山鳥のほろほろと鳴く声聞けば父かとぞ思う母かとぞ思う

懐しい「ほろほろ」……。いまでもどこかの食卓に、お母さんの味を受け継いでのぼっていますように。

窓辺の宝石

立春の前日、節分の日に、パンジーの苗を求めに立ち寄った花屋さんのレジの前で目に飛び込んできたのが、ちょっと奥まった棚に並んでいたこの鉢でした。提げ手のついた白いプラスチックの鉢に、元気いっぱいの大きな緑の葉、根元から伸びた軸の先に鮮やかな紅色を主張していた三角錐の苺。『ローマの休日』のヘップバーンのような、凜とした気品まで感じられます。

「四度以下にさえしなければいいのです。日当たりのいいベランダなら、日中は外で大丈夫ですよ」。お店の人のアドバイスです。

うれしいことに我が家の居間はベランダに面していて、一日中、陽が

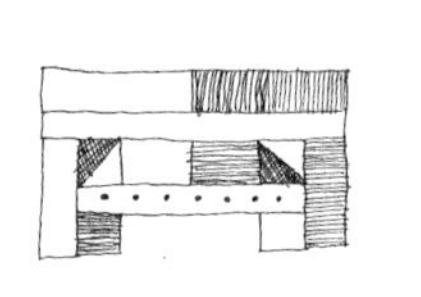

入ります。そのおかげで二年ぶりに三本も花芽をつけた、ミニ胡蝶蘭の隣りに置こうと即座に決めました。

家に戻って、鉢に挿してあったラベルに気がつきました。苺の名は、「とねほっぺ」。裏側には日照、温度、水やり、肥料と項目を立てて、育て方がていねいに書いてあります。

日照については「自然光の入る明るい窓辺が良く、開花時は、日中、そよかぜにあてると受粉しやすいです」とありました。

その日から我が家の同居人になった「とねほっぺ」王女。晴れて暖かい日はベランダで、普段はレースのカーテン越しのお日様を全身にあびること数日で、初々しい三角錐はふっくらと丸みを帯び、紅色はつややかさをまして、みごとな完熟までの過程を、目の当たりに見せてくれました。あまりのきれいさに食べるのが惜しくて、鋏をもつのを一日延ばしにしていたら、周りが傷み出してしまい、摘み時の美味を確かめられなかったのは残念でしたが、その四、五日後には、二番手と三番手が紅くなりました。

そのあとも青白くとがっていた小さい実が次々に大きくなり、おなじ

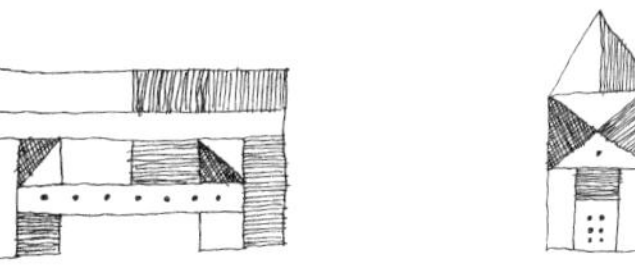

ように紅く色づいていきます。株の真ん中に埋もれていた花芽がいつのまにか順番に伸びて、次々と白い花を咲かせます。花は咲いたなと思うとすぐに散り、中心がそのまま小さな苺の形で残ります。

我が家の特等席は、その鉢置き台の前のソファーです。ソファーに座って窓辺の「とねほっぺ」王女を観察し、そのほのかな甘い香りを楽しむのが、私の至福のひとときになりました。

しかも、この思いがけない楽しみは、今年限りではありません。ラベルによれば、五月を過ぎたら鉢から抜き取り、土へ植えると、つるが何本かのびて地面に根をおろし、来年の苗が取れるそうです。

来年は、自分で新王女を育てることもできるのです。

たくらみ

学生時代からの仲良し4人が、久しぶりに集まりました。

おいしいものの話から、「あれはやめられなかったわ。お宅でよくご馳走になった……」とひとりが言い、「そうそう、タクラミね」とみんなでうなずき合いました。

それは、りんごと胡桃の入った素朴なケーキ。昔、わが家に友だちが集まると、よく母が作ってくれました。

天板に直接、種を流し込み、焼き上げては一口大に切って、どっさり出してくれます。しっとりとした生地にりんごの酸味と胡桃の香ばしさがマッチして、一つ食べると二つ三つと手がのびました。

あとをひくお菓子に「これは私達を太らせようとするたくらみのお菓子だわ」ということから「タクラミ」という名がつけられました。

「あの頃は、みんな競争するみたいによく食べたわね」

「レシピをいただいて、うちでもよく作ったのよ」

「りんごがないときは、バナナやキウイを入れてもおいしいの」

その日はひとしきり「タクラミ」の話に花が咲きました。あの頃の友だちが揃って母のお菓子を懐しみ、作ってくれていることを知ったら、母はどんなに喜ぶことでしょう。帰り道、八百屋さんの店先につやつや

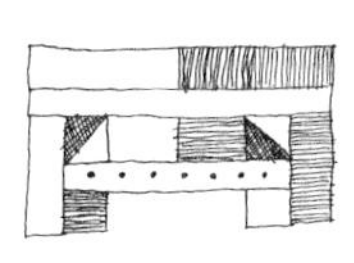

光る紅玉を見つけて、私も、しばらくぶりで作ることにしました。

*

作り方はいたって簡単。小さめの天板（25センチ×22センチ）１枚分の分量です。

薄力粉１５０グラムと重曹茶サジ1/2杯を合わせて、ふるっておきます。紅玉２コは皮をむいて芯をとりイチョウ切り、胡桃30グラムは粗みじんに刻みます。天板には、クッキングペーパーを敷いておきます。

大きめのボールにサラダオイル１００cc、砂糖１００グラムを入れて木しゃもじで混ぜ、そこへ小さめの玉子２コをほぐして入れ、よく混ぜ合わせながら粉を加えます。紅玉と胡桃も加えて全体につやが出るまで混ぜ、天板に流し込みます。

１７０度に温めたオーブンで二十五分ほど焼き、さましてから切ります。

紅玉がないときは、ほかのりんごでもけっこうですが、レモン汁で酸味を補うとおいしくできます。

長い手紙と短い手紙

古い日記帳の附録の頁で岸田理生(りお)さんの「長い手紙と短い手紙」という詩を読んだとき、そうなのよ、と思わず言ってしまいました。

一番短い手紙
さよなら
一番長い手紙
なぜ
一番やさしい手紙
遊びにおいで
一番かなしい手紙
帰ってくれ
一番こわい手紙
なくなりました

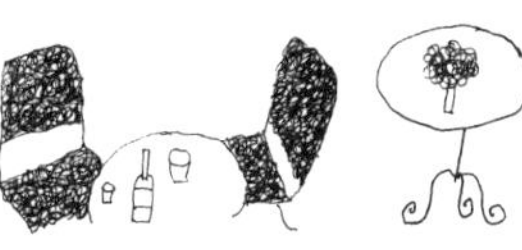

一番楽しい手紙
ごちそうしてあげる
一番いやな手紙
期限までに納めること
一番嬉しい手紙
明日帰る
一番びっくりする手紙
あなたの詩が当選しました
一番かっこ悪い手紙
住所間違っていました
そして一番書きたい手紙
愛しています

何千キロもはなれた海の向こうの人とだって、インターネットやファックスで、たちどころに連絡ができる便利な時代になりました。でも、白い封筒の中から出てきた、きれいな便箋に書いてある文章を読む

気分はまた格別です。
やさしい手紙や楽しい手紙をいただくために、まずこちらから、こまめにお手紙を出そうと思いました。

新しいおしゃれ

手に、シミやシワが目立つようになるのは、なにかとても残念な、くやしいことです。

若い人の、すべすべとのびやかな手をみると、やはり、なんとか手に若さを……と思います。

ちょっと年をとってきた、友だち三、四人でお昼をいっしょにしたとき、話が手のことになりました。そのなかの一人が、「赤いマニキュアをつけると、とても気持ちが華やぐの。外出の前の日には、赤いマニキュアをして、服は何を着ようかしら、って考えるんです。帰ってきても落

とさないで、二、三日そのままにしています」といいました。

たしかにマニキュアをすると、手のシミよりも赤い爪に目がいって、手がかわいく見えます。

この日彼女は、マニキュアと同じ色のセーターをのぞかせたスーツで、とても決まっていました。

「私は、くずダイヤの指輪を、ずーっとはめることにしているの」

もう一人が、左手を出して言いました。

小粒のダイヤが金のかまぼこ型の指輪に埋めこまれて、キラキラ光っています。

家にいるときもはめていて、ふとしたときにチカチカ光ってハッとしたり、なぐさめられたりするそうです。

「やっぱりダイヤって美しい宝石だし、つけていると、気分が上向くの。高いダイヤはとても持てないけれど……くずダイヤならね」

その人は、いたずらっぽく、手をひらひらさせました。たしかに、手のシワもあまり気になりません。

「でも……、そのくずダイヤっていう言い方、どうにかならないかし

ら……」

ひとりが異議をはさみました。

そのとき、いつも口数のすくないひとりが、口を開きました。

「こういう小さいダイヤのこと、メレダイヤっていうのよ。ふだんっぽくてシンプルで、かえって魅力があるの」

手の話から、いつしか私たちの興味は、このメレダイヤに移っていきました。

ダイヤをキラキラさせて、というと、ちょっと抵抗がありますが、このメレダイヤなら、たのしめそうです。小さいけれど、陽にかざしたら強く光ります。夕食の食卓でも、電灯に反射します。お風呂の中で、お湯に沈めてみても、キラキラはしませんが、やはりきれい。

手にできたシワを目立たせないために、どうしたらいいかを考えているうちに、新しいおしゃれの発見ができそうです。

さあ、今年も、おしゃれしてガンバラなくっちゃ、と思っています。

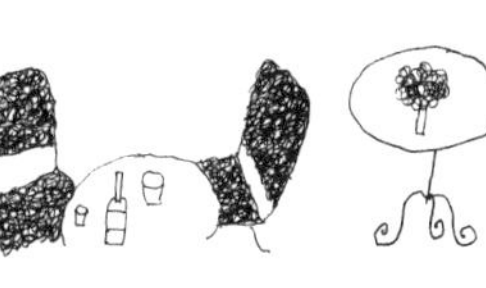

静かな笑顔

今度の旅で、無事にポンペイとナポリを見ることができたのは、あのふたりの看護婦さんたちのおかげでした。

その日、ローマは異常な寒さでした。その上、イタリア各地から百万人の労働者が集合してのデモがあったため、観光バスはいつもなら入れるはずの場所までいけず、私達のツアー客は、寒風の中をひたすら歩いて、名所めぐりをしました。スペイン階段も、トレビの泉周辺も、赤い帽子をかぶった人達であふれていました。

時計をみながら、四時間ばかり、ほとんど駆け足でした。ですからホテルについたときは、かなり疲れていたと思います。

そのせいか、バスルームの濡れたタイルに足をすべらせ、転倒。みごとに頭を打ってしまいました。間の悪いことに夫が部屋に居なくて、夢中でベッドに入りましたが、ショック状態で、死ぬほど寒いのです。後頭部がどんどんふくれてくるのも、わかりました。

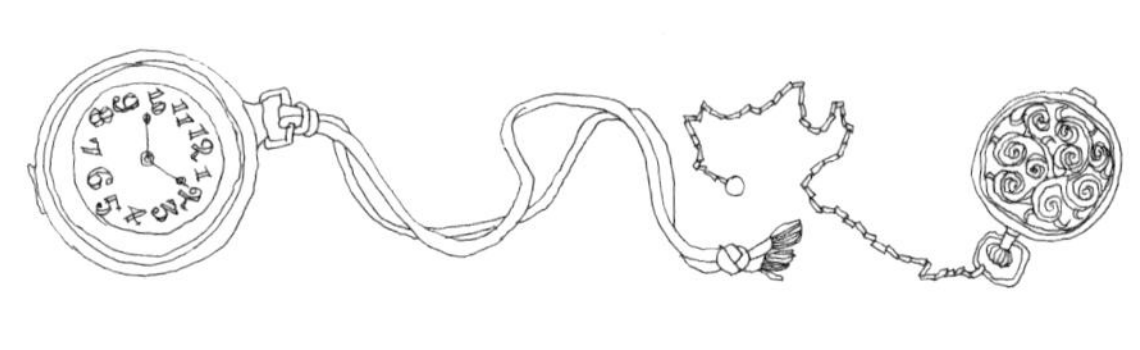

さあ、どうしよう。明日はツアーの最後の日。どうしても見たかったポンペイとナポリへ行く日です。行けないかもしれない。それどころか日本に帰れるかどうか。やがて部屋にもどってきた夫が、フロントから毛布を借りてきてくれましたが、寒さはあいかわらず。

そこへ、添乗員さんが、ツアーに参加していた二人の看護婦さんと一緒に、来てくれました。お二人とも若い人です。

ベッドのそばに来ると、一人の看護婦さんが静かな笑顔で脈をとりはじめました。手首をもってもらったとたんに、すーっと安心したのは不思議です。しばらくして、看護婦さんは「脈はふつうですね」といいました。それを聞いたらもっと安心しました。

もう一人の看護婦さんが「顔色も悪くありませんね」といいました。

その夜、よく眠れたのは、ひとえにそのおかげでした。翌朝、後頭部には、相変らず特大のコブがありましたが「だいじょうぶ、歩ける」と思いました。そんなわけで、予定どおり、ポンペイとナポリを見ることができたのでした。

ローマからの高速道路は、ときおりの吹雪、ヴェスヴィオ山も真っ白に雪をかぶっていました。私はあの旅のことは、一生忘れないでしょう。あの若い看護婦さん達のことも、感謝の気持ちとともに、たびたび思い出すに、ちがいありません。

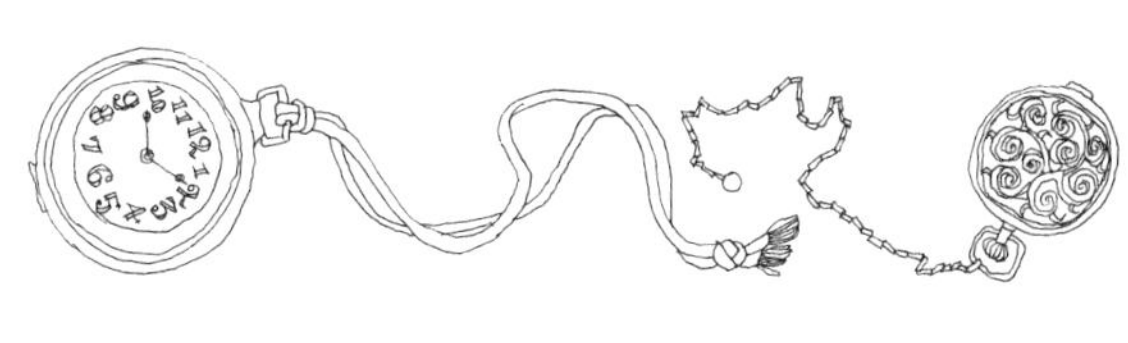

春のゼリー

先日、お友だちの家で、お手製の春らしいゼリーをいただきました。淡いピンク色のゼリーの中に、桜の花が浮かんでいて、口に含むと、ほんのり桜餅のような香りがするゼリー、私も作ってみたくなって、作り方をお聞きしました。

「水約半カップに、砂糖を大サジ3杯くらいくわえて火にかけ、やや濃い目のシロップをつくります。あら熱をとったシロップに、桜餅の葉を5、6枚入れて、ガラスビンなどに漬け込むと、春の香りのするシロップができます。桜の葉はわざわざ買わなくとも、桜餅をくるんだも

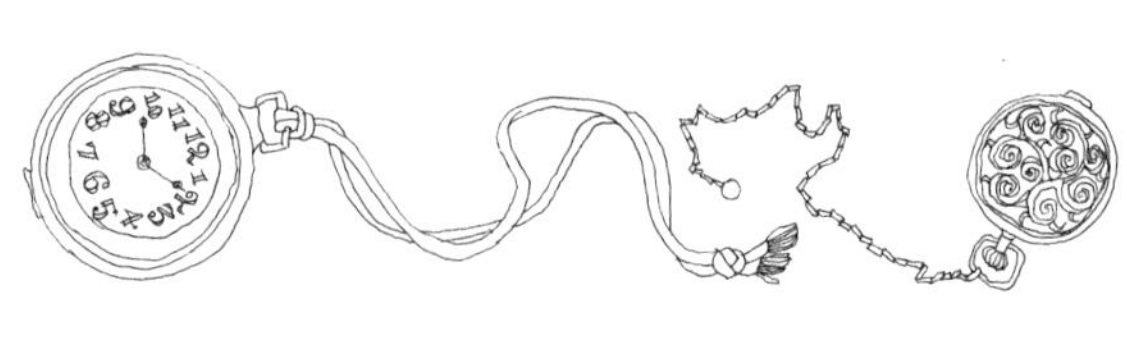

のをサッと洗って使えば充分です。

ゼリーの中に見える桜の花は、結納のようなおめでたいときに淹れる桜湯の花を使います。桜の花を塩漬けしたものなので、たっぷりの水につけて、よく塩をぬいておきます。何回か水をかえても、うっすら塩味は残りますが、それがこのゼリー独特の味になります。

淡いピンク色をだすためには、なるべく自然のものを使いたかったので、ハスカップという紫色の実のシロップを使いました。ブルーベリーやラズベリーのジュースやジャムでもかまわないでしょう。ジャムを使う場合は、茶サジ約1杯を大サジ1杯の水にといて、茶漉しでこして使います。

ゼラチン2袋（10グラム）を、お湯3カップ弱（約500cc）にふりいれ、お砂糖大サジ山3杯（60グラム）をくわえて、弱火にかけて溶かします。あら熱をとったところへ色の水をくわえ、桜色のゼリー液をつくることがポイントです。

ゼリー液を少しさました後、グラスにそそぎいれ、桜の花を浮かせます。桜の花はゼリーに浮いて、水中花のように花びらをひろげます。

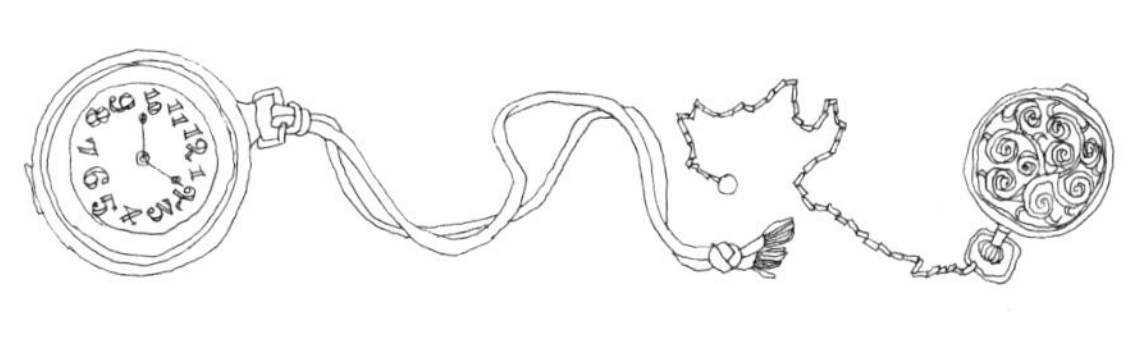

ゼリーがすっかり固まったら、桜の葉の香りのするシロップを大サジ1、2杯、上からかけます。型の大きさによりますが、これで5、6コできます。葉桜の季節だったら、グラスのまわりに1、2枚、新緑の葉を散らしてもすてきです。
この分量はだいたいの目安ですから、お好みで、お砂糖の量などは変えてください。ゼラチンのかわりに寒天で作れば、また趣きのちがう和菓子ができます。

ボタンの花

朝夕はまだ上衣が離せませんが、日中はブラウスで過ごせるようになりました。街の中でも白いブラウスを見かけますと、モンシロチョウがひらひらするようで、つい目で追ってみたりします。

私も白いブラウスが好きで、スーツやカーディガンによく合わせてい

ます。

そのブラウスの季節とばかり、箪笥から取り出したブラウスが、ボタンのひとつは欠け、もうひとつは失くなっていたではありませんか。クリーニング包装のまましまい込み、気が付かなかったのです。いぶし銀のしゃれたボタンで、実はその日それを着て、還暦のお祝い会の幹事役をつとめるつもりでした。

あわてて針箱をあけましたが同じボタンは二つとなく、取り替えようにも、他のは色と形はもとより、袖口と合わせて八個では数が揃いません。ワイシャツ用の貝ボタンの買い置きならたくさんあります。でもフリルのついたブラウスにワイシャツのボタンではそぐわない。

その時「還暦おめでとう」と書くように頼まれて、机の上に画用紙と赤マジックを置いていたのが目に止まりました。ふと、この赤いマジックでワイシャツのボタンを塗ってみたら……。

塗ってみました。すると面白いようによく染まります。念の為、洗剤で、きつく洗ってみましたが、流れ落ちることもありません。ボタンは材質が貝なので、光線の当り具合で時にきらりと輝きもします。

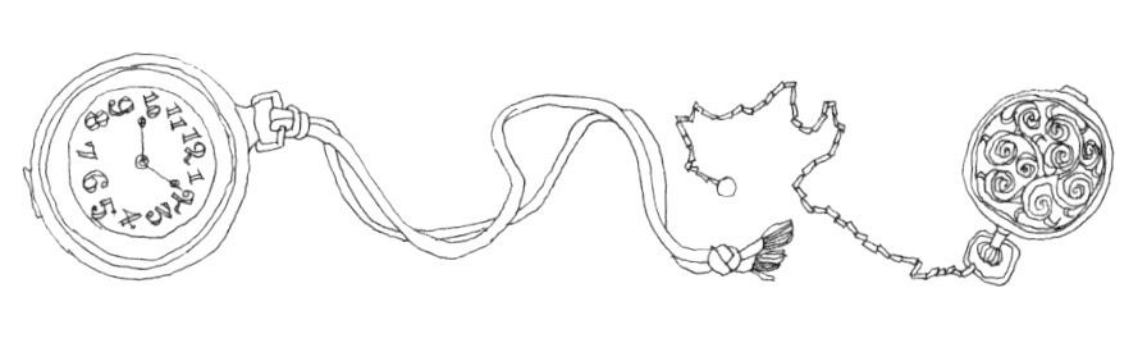

ついでに黄色や緑でも染めてみました。たちまちブラウスの胸に、色とりどりのボタンの花が咲いていきました。

ついでに残ったワイシャツのボタンにも全部色を塗り「還暦おめでとう」と書いた画用紙に糸で綴じつけてみました。画面はとたんに、立体的で華やかな、お花畑のようになりました。

その日の還暦祝いの席上、主賓はいたく気に入られて「還暦祝いにこの画用紙もください」とおっしゃいます。

そして「ボタンは優に60個はあるようですから、私の地味なチョッキに移し替えたいと思います。これで少しは若返った気分になり、散歩の折りに着てみたいのです」とお礼の挨拶をされ、会場からやんやの拍手を浴びました。

病気をされて散歩も止めていらしたそうで、傍の奥様が、誰よりも大きい拍手をなさいました。

思い付きの遊び心でしたことですが、こんなによろこばれるとは。私もボタンは戻さず、そのままにしています。今日もそれを着て、モンシロチョウになったような気分で街へ出かけました。

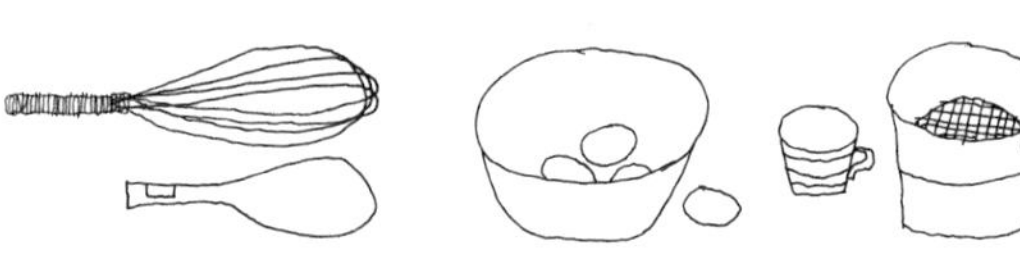

村中暁美さん

青い濃淡の桜の花が一面に描かれた、九谷焼の湯のみ茶わんを愛用しています。

作者にお会いしたくて、石川県小松市に、村中暁美(むらなかむつみ)さんをお訪ねしました。白山連峰を望む工房に迎えてくださった暁美さんは五十代。真紅のセーターがよくお似合いです。

山野草がここかしこに顔をのぞかせるお庭をはさんだ母屋で、お茶をいただきながらお話をうかがいました。

*

九谷焼の陶芸家、村中翠芳(すいほう)さんの四女として育った暁美さんは、じつは、長いあいだ九谷焼が嫌いでした。伝統的な重厚な色づかいや、文様を隙間なく描く手法が好きになれなかったのです。二十代になってから、父翠芳さんの背中にみる「自分の在る仕事」にあこがれて、会社員を辞めて陶芸の道を志しました。

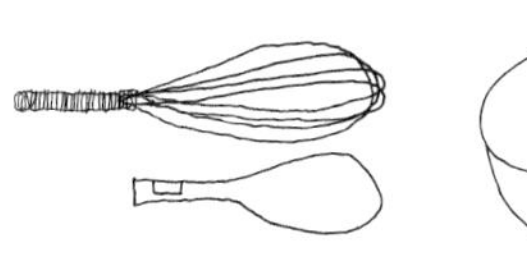

九谷焼は陶石分の多い陶土を成型し、素焼きしたあとに、絵つけ、焼きを繰り返し、仕上げられます。

暁美さんはモチーフとしてきた野の花のデッサンをゆるがせにしません。山に分け入り、これは、と心をとめた花は、何枚もデッサンを重ねて図案を考え、器には下絵なしに一気に筆を走らせます。

すみれや露草、ちごゆりやあざみなど、楚々とした花を好んで描いてきました。色は控えめで、必ずどこかに染め付けを使うのが常でした。

転機が訪れたのは二十年ほど前のことです。お友達と「満開の桜の下で女のひとは狂うという話は本当かしら」と話したことがきっかけで、京都の平安神宮へ、しだれ桜を観にでかけました。

ちょうど、爛漫の桜は散りぎわを迎えていました。つぎつぎに舞い降りる花びらで、足元は淡いピンクのじゅうたんを敷き詰めたよう。散りゆく花を仰いで、樹の下にどれぐらい佇んでいたでしょう。

帰宅後、ぼんやりと数日が過ぎて器にむかったとき、気がつくと、器一面にびっしりと桜の花を描きこんでいました。すき間なく文様を描く、九谷の伝統的手法を嫌っていたはずの暁美さんが、とりつかれたように、

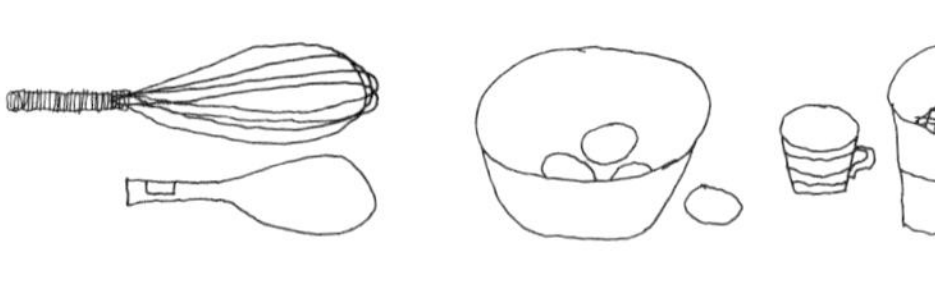

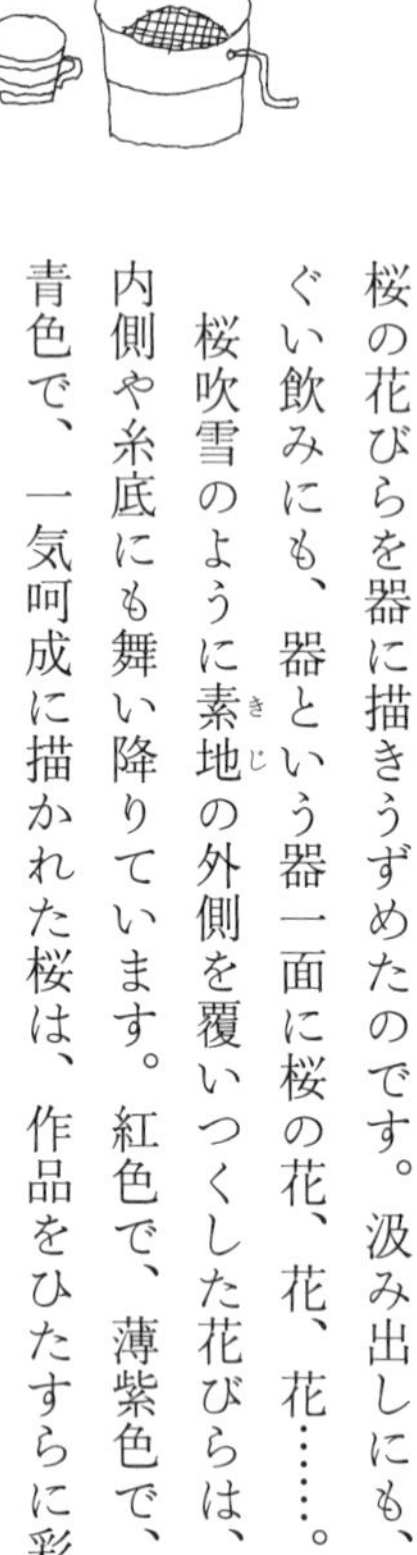

桜の花びらを器に描きうずめたのです。汲み出しにも、飯茶わんにも、ぐい飲みにも、器という器一面に桜の花、花、花……。

桜吹雪のように素地（きじ）の外側を覆いつくした花びらは、風にのって器の内側や糸底にも舞い降りています。紅色で、薄紫色で、あるいは明るい青色で、一気呵成に描かれた桜は、作品をひたすらに彩りました。

新しい作風の完成でした。

「桜はかれんで華やか、妖艶にして、したたか。やっぱり魅せられてしもうたね」と暁美さん。

＊

十五年前に翠芳さんが亡くなり、遺された道具類があります。使いこまれた道具は、使い勝手がよく、工夫が凝らされていました。小刀の持ち手に巻きつけられた布は、巻き具合が絶妙で、力をこめて仕事を続けても手に豆ができることはありません。荷造り用の帯でこしらえた帯カンナ、ます寿司の折を押していた竹を削ったへらなど、翠芳さん手製の道具は、暁美さんにとって何ものにも代えがたい宝物となりました。

暁美さんの器は、デザインが美しいばかりでなく、扱いやすく、よく

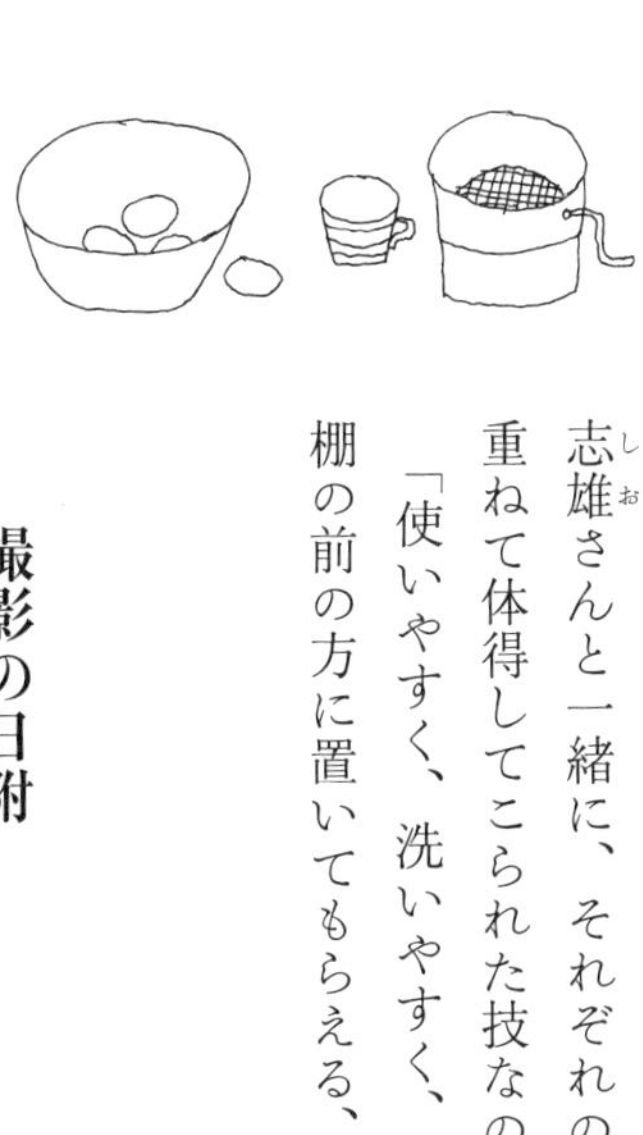

手になじみます。口づくりは厚からず、薄からず、ほどよい丸みを帯びています。それは、陶芸家であり、高校の陶芸の教師でもある、夫の外志雄（としお）さんと一緒に、それぞれの器を毎日食卓で使いながら、食器談義を重ねて体得してこられた技なのでしょう。

「使いやすく、洗いやすく、しまいやすい器を心がけています。食器棚の前の方に置いてもらえる、出番の多い器をつくりたいのです」

撮影の日附

撮っていただいた写真が、たまりました。アルバムを買ってきて貼ることにしましたら、ほとんどの写真の撮影年月日がわかりません。撮った日か、いただいたときの日でも、ちょっと書いておけばよかったのにと思いました。

机の引き出しを整理していましたら、茶色に変色した写真が出てきま

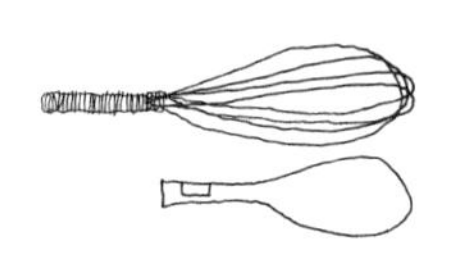

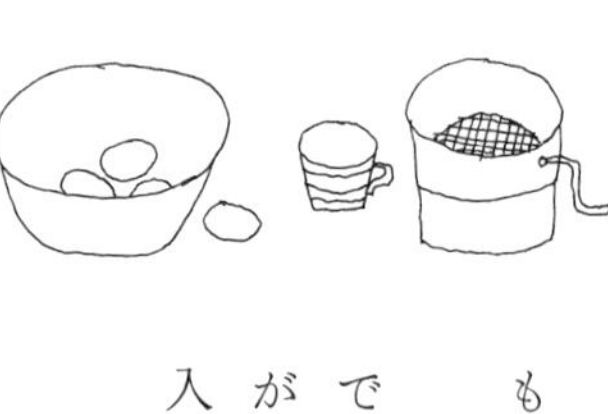

した。それは、父の写真でした。

父は三人兄弟でした。いつ頃の写真かしら……、八十年か九十年前のものでしょう。ちゃんと写真屋さんで撮っています。

三人とも紺ガスリの着物にハカマをはいていますが、おそろいの着物ではなく、それぞれ違った柄の紺ガスリに縞のハカマです。撮影の年月が入っていませんが、大正の何年頃に撮ったものでしょうか。日附が入っていたら、その写真は、もっと身近に感じられたでしょうに。

自分のアルバム。それは私の、小さい歴史です。

写真には、かならず、撮った日、撮っていただいた日、写真をいただいた日の日附を入れておかなくてはと、改めて思いました。

四人それぞれ

久し振りに会った、仲よしの友達四人……。早目の夕食に、鯛茶をい

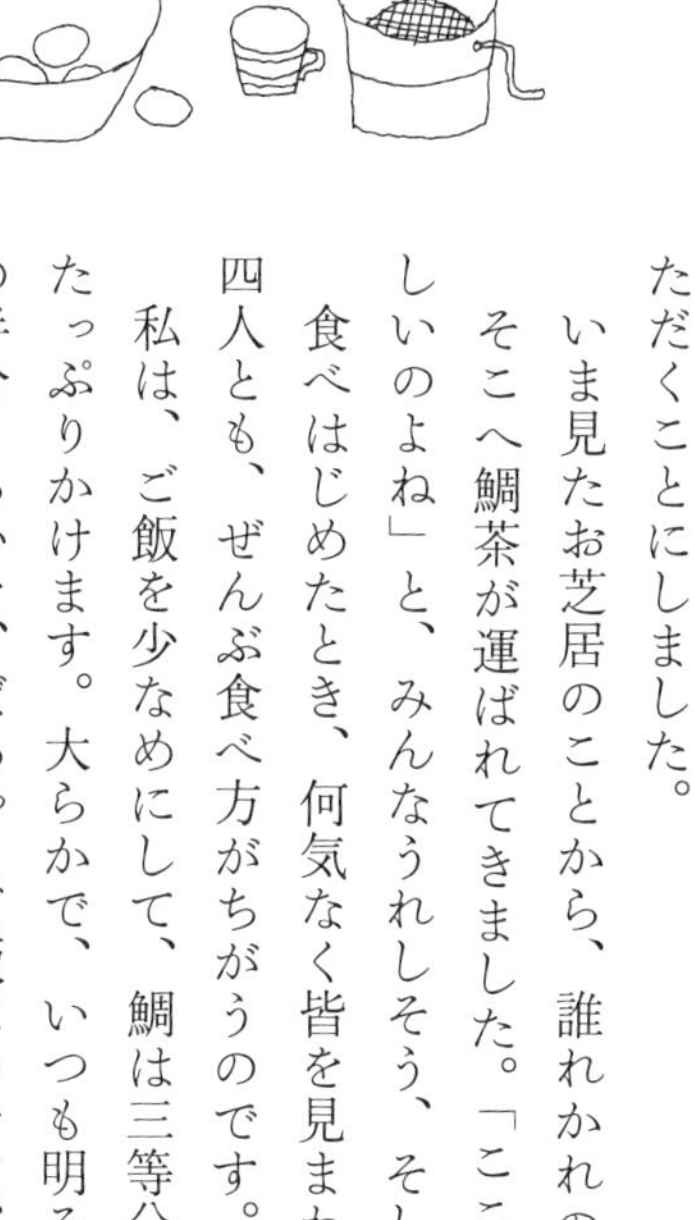

ただくことにしました。

いま見たお芝居のことから、誰れかれの近況などを……。

そこへ鯛茶が運ばれてきました。「ここのは鯛もたっぷりだし、おいしいのよね」と、みんなうれしそう、そしてみんな静かになりました。

食べはじめたとき、何気なく皆を見まわして、あらっと思いました。

四人とも、ぜんぶ食べ方がちがうのです。

私は、ご飯を少なめにして、鯛は三等分したくらいをのせて、お茶をたっぷりかけます。大らかで、いつも明るいSさんは性格そのもの、鯛の半分くらいを、ばあっとご飯にのせて、豪快にお茶をそそぎます。

いつもきれいでおしゃれなKさんは、はじめはお茶漬けにしないで、たれをまぶした鯛を、あたたかいご飯にのせていただくのが、たのしみとのこと。主婦のカガミ、と仲間うちで評判のAさんは、私と同じですが、ついているお漬けものもいっしょにのせてお茶漬けにします。

みな、顔を見合わせて、大笑いでした。

「ほんと。気がつかなかったわ、でも、これが絶対よ」とそれぞれが主張、思いがけない発見から、話が物の食べ方へと発展して、また、たの

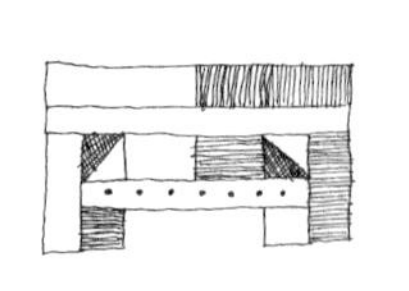

しいおしゃべりがはじまりました。

長い間、仲好くしているのに、思いがけないことってあるものです。そして、友だちに会うっていうことは、何度あっても、なんて楽しいことなのだろうと、しみじみ思いました。

花冷えの日に

日が長くなり、陽ざしもすっかり明るくなりました。冬のあいだ、ちぢこまっていた背中が、すっと伸びるような気がします。

たいていの人は〈春大好き派〉でしょう。でも、レナちゃんは、ちがいます。どうしてと聞くと、「春って、裏切り者だから」というのです。

空がぱーっと青いから、コートを着ないでお出かけしたら、こないだ風邪ひいちゃったんだもの、と。

本当に、そんなこともあります。春とはいえ、風の冷めたい日に、

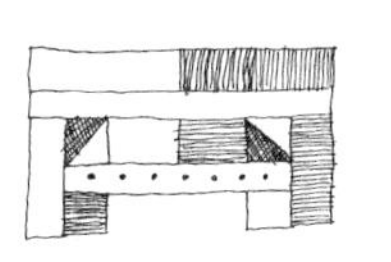

ほっとあたたまれる飲み物をお教えしましょう。

飲み物というと、ちょっと違うような気もしますが、それはくずゆ。片栗粉とお砂糖があれば、簡単にできてしまいます。

コーヒーカップでつくります。片栗粉を大きいスプーンに一杯くらい。お砂糖は、コーヒーに入れるのより多めがいいようです。どちらもお好みで、ふやしても、減らして下さってもけっこうです。

かきまぜて、少々のお水でといておき、これに熱湯を加えます。手早くかきまわしてください。すぐに、色が変って、とろりとなります。

もしも桜の花の塩づけがありましたら一輪、上にのせて、ちょっと沈めます。桜の香りがしますし、淡いピンクが、半透明のくずゆに透けてみえて、とてもきれいです。もし塩づけの塩がきつすぎるようなら、お湯にくぐらせてから使います。

お菓子づくりに使う粉砂糖を少し上に振ってみても、粉雪をまぶしたようです。ヴァリエーションを、もう一つ。熱々のくずゆに、ゆであずきをスプーンでひとすくい、沈めていただくのです。リンゴのジャムでいただくのも好きです。

平成元年に生まれたレナちゃんはくずゆを知りませんでした。さっそく作ってみた、とのこと。「風邪はひいたけど、こういうの、教えてもらってトクしちゃった。ママに作ってあげたら喜んだわ。どうもありがとう」と、嬉しそうに電話がきました。
花冷えのする日に、おためしください。

カードの子守唄

最初の日。ベッド脇のライトの下に、赤紫色のランの花をさした白いカードがおいてありました。

「眠り、それは、いつでも、すべてのものに勝ります　ソフォクレス」

長い飛行機の旅にぐったり疲れて、ほんとにそう、と思いながら、枕に頭がつくと、すぐに眠りにつきました。

次の日、また枕もとのテーブルに、お花をさしたカード。

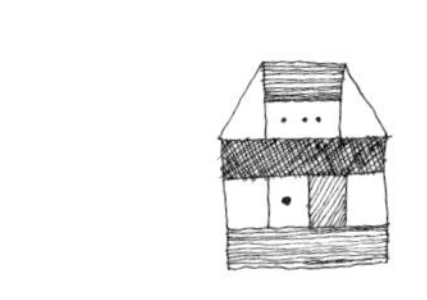

「神は、すべての思考を覆いかくすマントのような眠りの発明者を祝福する　セルバンテス」

たしかに、眠れることはありがたい、と思いながら、ふんわりと白いベッドでよく眠りました。次の日は、すこし趣きのちがうカードでした。

「とかく、すてきな人は、不眠症です　不詳」

眠れない人は、きっと、こんなカードで、なぐさめられることでしょう。と思いながら、すてきでない私は、すぐに、しっかり夢の世界に入ってしまいました。そのホテルでの最後の日のカード。

「おお、眠り、それはやさしいものだ　コレリッジ」

よくまあ毎日、眠りについての違う言葉があるものね、と感心しながら、その夜もよく寝ました。

ホテルの部屋は、たいてい冷たいくらい清潔で、きちんとしていますが、フロント以外ではホテルの人とはやりとりがありません。でも、こうして毎晩、自分あてのようなメッセージをいただくと、ホテルの人とも温かいつながりを感じ、ちょっと愉快な気がしました。さすが、世界一のもてなしを誇るという、タイのオリエンタルホテル、と思いました。

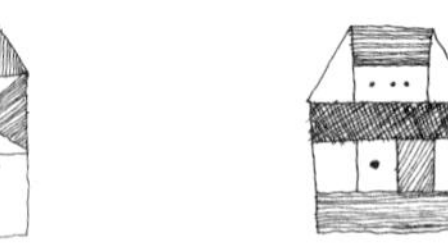

春の豆ごはん

春になると、関西の主な道路沿いのドライブインには、いっせいに「豆ごはん」の、のぼりが立ちます。関東から移り住んだ私の目には、それがとても新鮮な光景にうつります。真っ白いご飯に光る緑のえんどう豆。それは、春たけなわの美しさと喜びを、感じさせてくれます。

えんどう豆のほかにも、よめ菜などの緑を、こまかく切ってたたいてまぜるのもよし、木の芽ならさらにぜいたく。香りがたのしめます。

そしてもう一つ、春の彩りを楽しむなら、桜の花の塩漬け。塩気を洗い、花びらをむしって、上にちらします。緑にピンクがちょっと入るだけで、一気に春の華やかさが生まれます。

紅しょうがもいいもの。ごく細いせん切りか、みじん切りにして、ご飯全体にまぜます。こちらは紅色が濃いので、ちいさくても充分目立ちますし、きりっとした味がご飯を引きしめてくれます。

こんなご飯に、おかずはお刺身やとろりと焼きあげた黄色の玉子焼き

でも。そういえば「初がつおのお造り」というのぼりも、豆ご飯ののぼりにつきものでした。気のあうお友達と、一夕、こんな食卓をご一緒できたら、ほんとうに春爛漫の気分です。

汀女生誕百年

花菖蒲かがやく雨の走るなり
あひふれしさみだれ傘の重かりし
汀女（ていじょ）

いつしか雨の季節に入りました。花開く、また花散る、そして緑濃くなりゆく時の移りの節目々々に、私がそっと開くのは、汀女俳句歳時記です。そこには、ああほんとうに……と思わず声を合わせてしまう共感と、的確な表現が光っています。

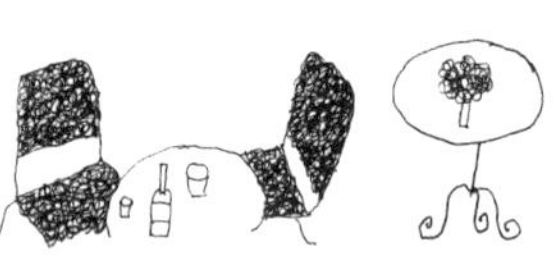

いつも、私の心に光をさしこんでくださる俳人中村汀女さん。その汀女さん生誕百年の記念の会が、平成十二年四月十一日、ホテルオークラで開かれました。少し風が出て、満開の桜が花吹雪となった日でした。

一九〇〇（明治三三）年四月十一日が汀女さん誕生の日、亡くなられたのは、八八（昭和六三）年九月二十日でした。二十世紀のほとんどを生きられ、八十八歳で生涯を閉じられました。作句は十八歳から、とちゅう十年ほど中断はありましたが、亡くなられる寸前までひたすらに俳句とともに歩まれました。通算六十年、その間、一九四七年、いまにつづく俳誌「風花」（かざはな）を創刊、主宰となります。

世に問うた句は、およそ八千句。「汀女句集」「春暁」「花影」「都鳥」「紅白梅」「薔薇粧ふ」「軒紅梅」など多くの句集のほかにエッセイ集も出され、一方、ラジオやテレビ放送を通じて俳句の妙味を伝え、市井に生きるひとびとに、俳句という、古くして新しいよろこびのあることを知らせ、日本中に俳句のファンをつくり出したのです。

一九八〇（昭和五五）年には文化功労者に選ばれ、八四（同五九）年には日本芸術院賞を受賞されています。

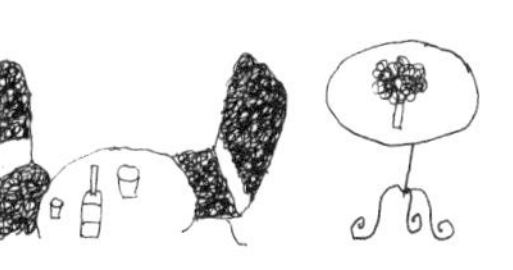

　二〇〇〇年には、ちょうど生誕百年。この会は、ご長女で、汀女さん亡きあと「風花」主宰をつがれた小川濤美子（おがわなみこ）さんが中心となって〝俳句とともに人生を生きる〟汀女さんの志を、あらためて確かめひろめる、記念の会でもありました。ゆかりの俳人、知己友人、「風花」の会員などおよそ五百人が、会場の「平安の間」をぎっしりと埋めつくしました。記念講演に立たれた鷹羽狩行（たかはしゆぎょう）さん（俳人協会理事長）が、心にしみとおるお話をなさいました。タイトルは「汀女俳句の永遠性」です。

……汀女俳句の特質は、明るさであり、前向きの精神ではないだろうか。古来、秀句の条件とは、現象をのりこえて永遠に価値を持つものとされてきたが、汀女俳句は永遠性につながるものである。のこされた八千句のなかから、季節ごとに一句をあげ、代表作をしぼってみよう。

　春の代表句は「外（と）にも出よ触るるばかりに春の月」であろう。春という季節のドラマ性を存分にすくいとっている。またこの句が生まれたのは一九四六年春、つまり敗戦の翌春で、戦争が終わって平和な暮らしが立ちもどってきたという時代の解放感もにじみ出ている。

　一茶には「春の月さはらば雫たりぬべし」という句があるが、外にも

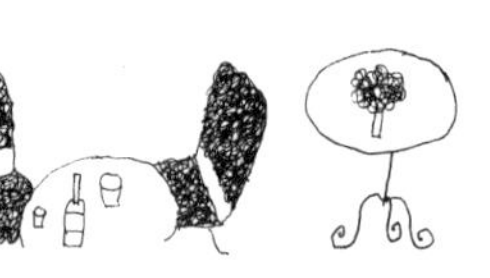

出よは汀女俳句春の代表句である。

　夏は「さみだれや船がおくるる電話など」をあげたい。この句は、家庭を持ち三人の子を育てるなかで中断していた作句を、高浜虚子、星野立子との交流を機に再開した直後に生まれた。

　梅雨といわず、さみだれという古い言葉でうたっているが、下の句の「電話など」というとめかた、このいいかたは、それまでなかった新しいいいかたである。詩人は預言者でもあるといわれるが、電話など、のなどがすばらしい。

　秋は「とどまればあたりにふゆる蜻蛉かな」。横浜は本牧の名園、三溪園に遊んだときに生まれた句だが、よむものをこどもの心にかえしてくれる、童心そのものの句である。時間は、夕映えのころであろう、赤とんぼがどこからともなく集まってきて、小さな生きものにかこまれ、歓迎されている汀女の姿が浮かび上がる。絵のようだ。

　冬の代表句は、「咳の子のなぞなぞあそびきりもなや」。きりもなやのなやというこのとめかたに、子への、かぎりないやさしさがあふれている。このようなとめかたも、かつてなかったと思う……。

以上、ごくかいつまんでのお話の内容でしたが、いくつもの発見がありました。とくに〝電話など〟〝きりもなや〟というとめかたについてです。これまで私は、何ということもなく受けとめていました。そこに汀女さんの思いきった決断や独創をよみとったことは、ありませんでした。
鷹羽狩行さんは、当代屈指の俳人、つくる立場から、汀女俳句に犀利なまなざしをあてておられ、そのすぐれた新しさ、表現の、かくされたテクニックを発見しておられるのでした。俳句を、ただ受け身によんで、たのしんでいるだけのものには発見できない、プロの世界の評価でした。〝電話など〟〝きりもなや〟という目立たぬ下の句の決着に、汀女さんが、どれほど心の汗をしぼられたか、うかがい知れない苦闘のあとをかいま見て、ふと心の衿を正したのでした。
鷹羽狩行さんは講演の終わりに、汀女俳句は、明るさ、たのしさ、ほのぼのとやさしくひとをはげまし希望を与え、誰からも愛される俳句だったと結ばれました。会場の拍手は熱く長くひびきました。
汀女さんが書き残されたエッセイを読み返してみますと、少女のころ、教科書で知った芭蕉や蕪村など俳聖といわれるひとや作品に、心をひか

れたことは、まるでなかったそうです。俳句は遠いところにありました。「私が俳句をつくるようになったほんとうのきっかけは、雑巾がけをしていたからなの」と、思いがけない打ち明け話をしていらっしゃいます。少女のころ、汀女さんは、縫いものや掃除や洗濯など、家事万般をきびしくしつけられました。寒い冬の間の冷水でのふき掃除は、骨が折れます。その大変さに必死で立ち向かっていたからこそ、ふっと振り返った目のさきに朱色にかがやく寒菊を見たとき、ワッと思ったのです。そのとき口をついて出たのが「我に返り見直す隅に寒菊赤し」もうひとつ「いと白う八つ手の花にしぐれけり」だったのです。

つらい雑巾がけを一瞬わすれさせてくれた、朱い(あか)寒菊と白の八つ手の花。芭蕉、蕪村にあこがれたのではなく、汀女さんは自分のよろこびをうたう五七五のリズムを、暮らしのなかで知ったのでした。

以来、汀女さんは、暮らすことと作句することを、同時併行で進めました。うたうよろこびを知ったふるさと熊本市江津湖(えづこ)の四季、縫ったり煮炊きしたりという暮らしのいとなみを、生涯愛しつづけました。汀女さんのふたつの原点でしょう。

汀女さんはまた、「怒っていたら、句はできませんね。心やさしくつつましくなったとき句が生まれます。そうして、句が生まれたあとの心が、なんともいえずやさしくしなやかになっていることに気がつきます。俳句のありがたさです。句をつくろうとすると、それまでの気持ちがガラリと変わる。この心変わりがありがたいのです」とも語っておられます。心機一転、もうひとつ別の世界に自分の心をおいてみるチャンス。それが、俳句をつくることのすばらしさだということでしょう。

春暁や今はよはひをいとほしみ
行く方にまた満山の桜かな

いずれも汀女さん晩年の句です。春暁や……の句は、死の直前までベッドにくくりつけて鉛筆のあとをつけていた、その作句ノートから、ようやく読みとれた遺句の一つです。満山の桜とともに、さいごのさいごまで、明るさと前向きの精神を失わなかった汀女魂が、いかんなくあふれ光っている句です。亡くなる前、濤美子さんに語ったことは「ごめ

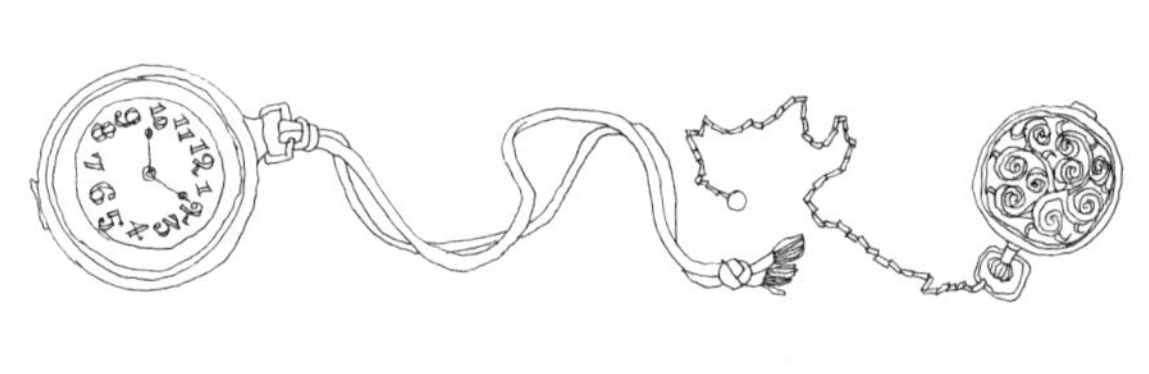

んなさいね、俳句のことばかりにかまけて、あなたたちこどものことをおろそかにして……」という、あやまりの言葉だったそうです。濤美子さんは「私たちこどもは、俳句に打ちこむ母を、愛し、尊敬していました。さびしくなんかありませんでした」とほほえみました。

幾とせを母とありしか春疾風
うららかや机辺のこものみな愛し

濤美子さんの、汀女さんをしのぶ最近の二句です。この秋には、汀女さんの姿をうつした切手も出るそうです。生誕百年を記念して、全句集の刊行も予定されています。

生涯をかけて、俳句を私たち女性の身近なものに引き寄せ、俳句の世界をゆたかにした中村汀女さん。二十一世紀に引き継いでゆくための、小さな力になりたいと、私も思いを新たにした生誕百年の会でした。

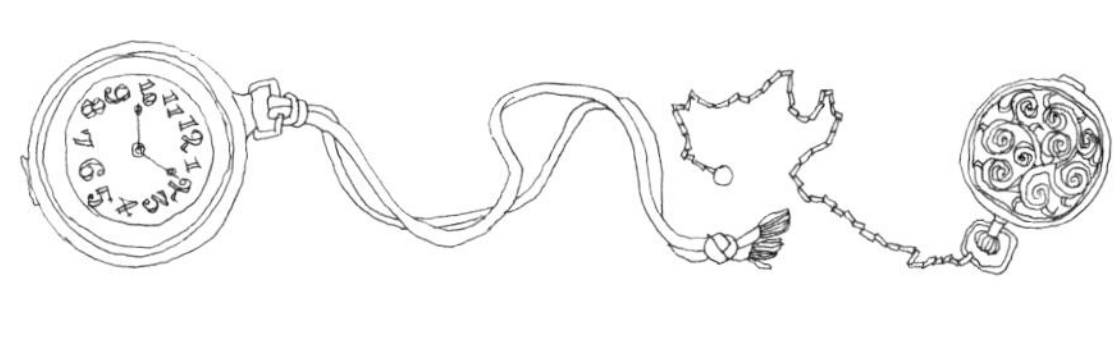

おしのぎ箱

銀座で久し振りに友だちと会って、老舗の和菓子屋さんでお抹茶を頂きながら、おしゃべりタイムをすごしました。帰りがけ、友だちはバッグから小さな四角い入れ物を出して、「これに黄味しぐれを一つ入れていただけますか」と頼みました。店員さんは、「かしこまりました」とケースから一つ取り出し、入れ物におさめて、友だちにわたしました。

「いまから老人施設にいる母にとどけようと思って……。和菓子を一つだけ包んでもらうのは、とても気がひけて、言い出しにくかったんですけど、この箱をバッグに入れておくようになってから、気がらくになったんです」。友だちは、なんでもないプラスチックの箱を花柄の茶巾袋に納めて、バッグに入れました。

「おしのぎ箱セット」と名づけて、いつも持っているそうです。実はこの箱は、もともとはお母さまに和菓子を一つ買って持ってゆくのに思い付いたものでしたが、だんだんと、出番がふえてきているそうです。

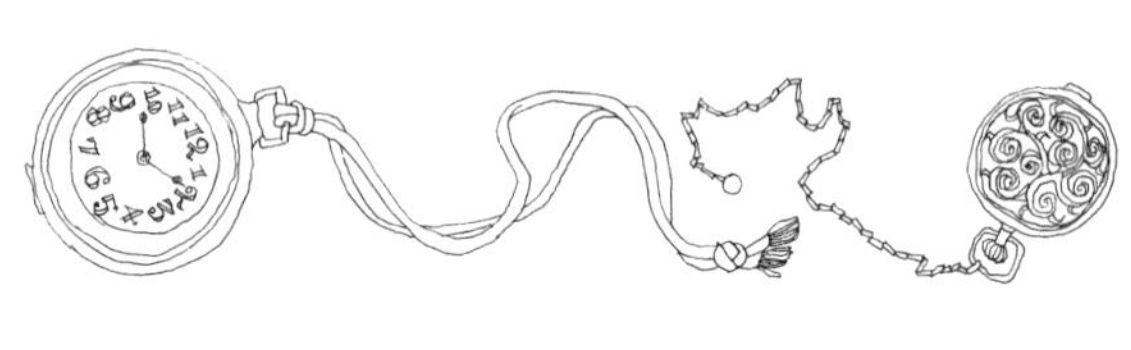

「洋菓子よりも、どちらかといえば、あんのお菓子がほしい年になりました。でも、たくさんは食べられないし、この箱があると、一つ買いできて重宝なの」

外出先で食事をしたとき、食べきれない、さりとて残すのももったいない、とそんなときに、ほんの一口だけれど、おしのぎ箱にいれて持ち帰る、たとえば玉子焼を一ときれ入れてきて、鍋焼きうどんにのせたり、天ぷらを入れてきておそばにそえたり……。お店のひとに頼むほどではないものを、ちょっと頂いて帰るのに、ぴったりの箱です。

いい事を教えていただきました。私も早速、軽くて小さいおしのぎ箱をバッグにおさめました。袋はまだできていません。

とてもステキね

ホテルのレストランで、友人と食事をして、エレベーターに乗りまし

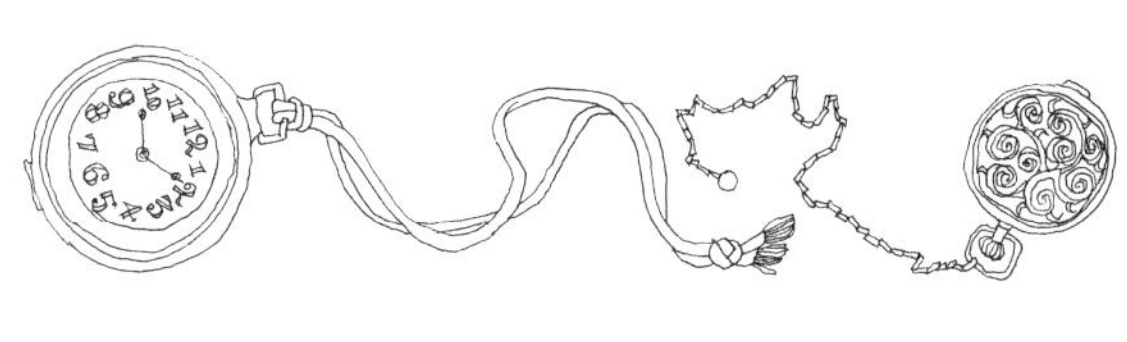

た。外国人のカップルと、そのお友だちらしい日本の女の方と、いっしょになりました。三人とも三十代ぐらいでしょうか。
一階におりて、いっしょに出口へ向かったとき、その日本の方が、思いがけず、私の友だちに、「お洋服、とてもステキね」と声をかけてこられました。「ワンピースとジャケットのコーディネイトが、とてもいいわ、それに着こなしがお上手……」。びっくりする私たちに、にっこり笑うと、「さようなら」と言いながら、外国人のカップルといっしょに外へ。ありがとうを言う間もないほどでした。その日の友だちは、薄手のウールで、淡いモスグリーンに細い朱赤と生成りの白の大きなチェックのワンピース。肩に、サーモンピンクの赤い短いジャケットを、手を通さずにふわっと羽織っているだけの、ごくシンプルなスタイルでした。
エレベーターに乗りあわせただけの見知らぬ人に、こんなに気さくに話しかけて、相手をほめるなんて、すてき……。さりげなくて、あたたかで……。道ですれ違って、ああすてき、と振り返りたくなる方に、ときどき出逢います。そんなとき、あの方のように「すてきね」と言えたら……、と思ったことでした。

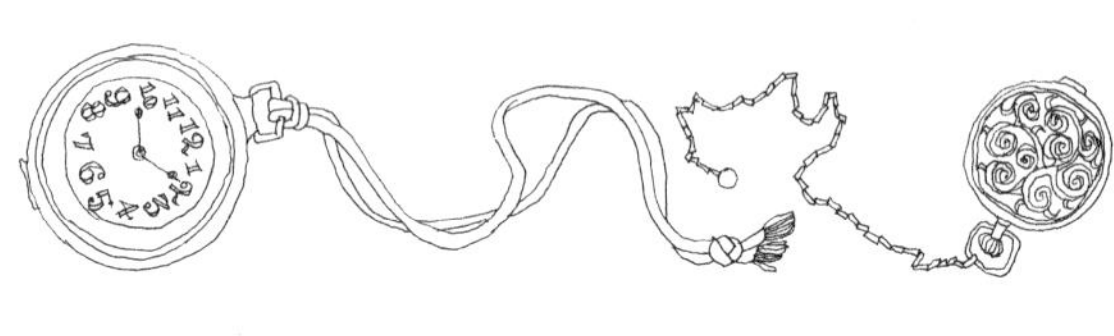

フルーツのグラタン

甘味も酸味も、たっぷりと含んだフルーツは、なんといっても生でいただくのが、そのもの本来の味わいがあっておいしいのですが、火を通すことで、また生とは違う新しい味を発見することがあります。

フルーツグラタンも、そんな一皿でしょうか。

フルーツは、今の季節ならいちごやブルーベリー、もう少したったらさくらんぼもいいでしょう。柑橘のオレンジやグレープフルーツも、グラタンにするとなかなかおいしいものです。もちろん缶詰のダークチェリーや洋梨なども、いいものです。

好みのものをグラタン皿に平らにならべたら、上からミルクと玉子のクリームでおおいます。そのクリームの作り方はこうです。

あればサワークリームを使うと、酸味とコクが出ます。ボールにサワークリームを100グラムと、生クリームを大サジ3、4杯、それにグラニュー糖大サジ3杯くらい入れて、泡立て器で、均一によくまぜます。

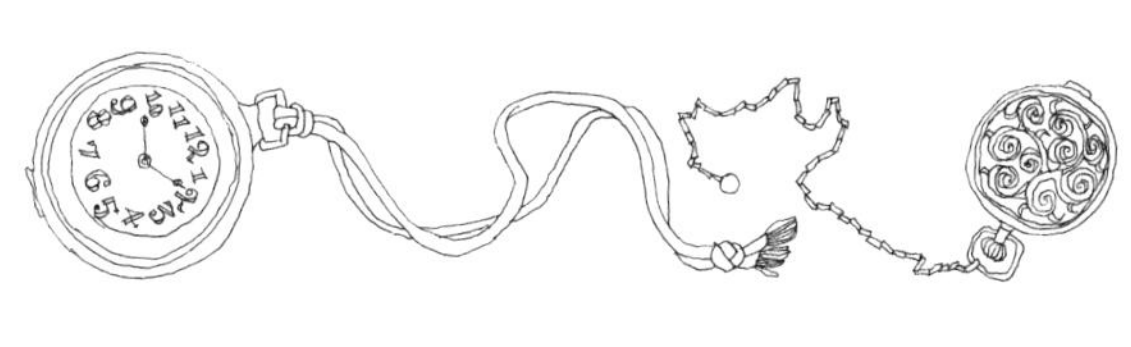

ここに玉子1コと黄味2コを、よくほぐしてから混ぜ込みます。それとぜひバニラビーンズを。やはり香りがずっと豊かです。
バニラ棒の真ん中にタテに切れ目をいれ、中の細かい豆を庖丁でしごくようにしてこそげとって、クリームのなかにまぜいれます。グラタン皿の大きさにもよりますが、これで四人分くらいでしょうか。
このクリームをフルーツの上からかけ、オーブンにいれて焼きます。温度は180度くらい。時間は二十分ほど。オーブンから出したら、ちょっと冷まして粉砂糖をかけます。
温かいままでも、冷たくしても、お好みでどうぞ。

クロスワード・パズル

クロスワード・パズルが大好きです。最近はいろいろなクロスワードマガジンも出ています。

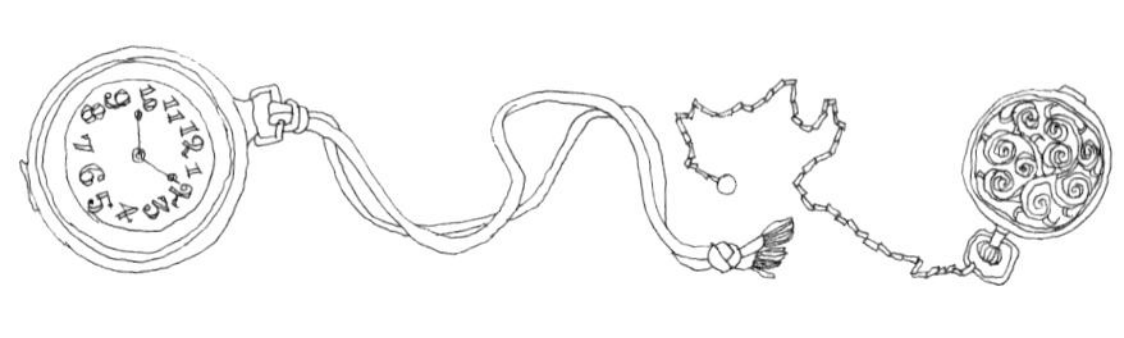

パズルの形もさまざまありますけれど、私は数字が苦手なので、どうしても数字のパズルは敬遠してしまいます。ナンクロとか漢字のが好きです。

新しいパズルの面を前にして、さて、どう解くかな、と考えるのは、わくわくするようなうれしさです。

すぐ解けたときは、フフンという気持。ヒントは格言あり、ことわざ、だじゃれありです。出題者と解答者の知恵くらべです。

難問というようなマークのついているものもあって、頭のいい出題者にはお手上げのときもあります。

そんなときには、辞書のお世話になります。広辞苑とか、漢和辞典とか。けっこう役に立ってくれるのが逆引辞典、これは漢字の一字から引くので、こんな言葉があるかな、と思うような熟語があったりで、感心していいます。

ほそぼそと一人で紙に向かっているので、あまり健康的とはいえないかもしれませんが、辞書を引くというたのしみが出来ました。頭の体操になるかもしれません。

五月の章

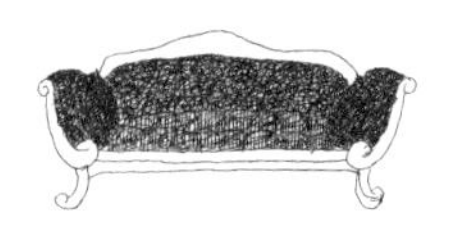

五月のヨーグルトゼリー

青く澄んだ空。気持のよい毎日。初夏は、からだの端々までが外に向かってのび、広がっていくようです。

こんなさわやかな時節には、さわやかな味を、というわけで、わたしは今頃になると、みんなにヨーグルトゼリーを作ってあげたくて、わくわくするのです。真っ白でプルンとして、ほのかな酸味が持ち味の、シンプルなこのゼリーには、たっぷりの果物を、おともに添えます。

たとえば、メロン、パパイヤ、キウイフルーツ、マンゴー、いちご。フランボワーズやブルーベリーなどのベリー類でもけっこうです。とにかく色と味がいろいろ、というのがいいのです。これをそれぞれ、ティースプーンにのるくらいの大きさに切りそろえます。

＊

五月のヨーグルトゼリーの作り方です。

型は、径18センチの蛇の目型で、６００cc入るものを用意します。は

じめにこの内側にサラダオイルをうすくぬって、サッと水にくぐらせておきます。

粉ゼラチン15グラムを、大サジ3杯の水でふやかしておきます。

まず小ナベに牛乳40ccと生クリーム40ccを入れ、弱火にかけます。ふつふつとわいてきたらグラニュー糖を80グラム加えて煮とかします。

とけたら火を止め、ゼラチンを加えて、まぜながらよくとかします。

これをボールに移し、プレーンヨーグルト500グラムを、二、三回にわけて、泡立て器で混ぜこんでいきます。全体がなめらかになったら、レモン汁大さじ1杯と、風味づけにキルシュかマラスキーノを大サジ1杯加えます。これを型に流しこんで、冷蔵庫で冷やし固めます。

大きめのお皿に、ゼリーを型から出してのせ、まんなかの窪みに小さく切ったフルーツを盛り込み、まわりにも飾ると、華やかになります。

好みに切り分けて、フルーツをからめながらいただきます。また、フルーツソースでいただくのもなかなかおいしいものです。キウイやいちご、冷凍のフランボワーズなどを裏ごしして、砂糖と水で作ったシロップで甘味をつけます。どちらでも、お好きなもので。

大分からのお客さま

山椒の実が出はじめると、ジャコとのあっさり煮をよくつくります。先だっての休日、デパートの地下で山椒の実を二パック買い、さっそく準備にかかりました。

ていねいに実を選り分けてゆきます。ふと気がつくと、実のなかに、小さな半透明の固まりがあります。ゴミかしら、と見ていると、オヤ、ほんの少し動きました。なんと、ちっちゃなちっちゃなカタツムリだったのです。

この山椒の実は「大分産」。大分から東京まで山椒といっしょに、はるばるやってきたカタツムリのお客さま。何を召し上がるか分かりませんが、そっとつまんで、庭のアジサイの葉に乗せました。

翌朝、カタツムリの姿は、もうありませんでした。どこへ散歩に行ったのでしょう。住み心地のよい東京でありますようにと、祈っています。

たのしいシール

毎日、朝と晩にクスリをのんでいます。とりたてて自覚症状がないせいもあって、数種類のクスリを飲み忘れないようにするのが、ちょっと大変。

一週間分をわけて入れるピルケースが心強い味方でした。日曜はS、月曜日はM……と印も入っていて、一目で飲んだかどうか分かります。

それがこわれて、かわりを探しましたが、曜日の印がない無地のものしかないのです。

仕方がないので、アルファベットのシールでも貼ろうと、また店を何軒もまわってシール探し。

はじめてのぞいたシール売り場はまさに百花繚乱です。漫画キャラクター、花や星などはもちろん、フラメンコの踊り手、サッカーの選手、盆踊りまで、種類と色の多さにびっくりしました。みとれているうちに、アルファベットのほかにも貼ってみたくなり、小さい動物のシールも

買ってしまいました。アルファベットは、各曜日が色違いの多色刷りです。

新しいピルケースに、曜日の頭文字と動物をなるべく配色よく、日曜はピンクの熊さん、月曜は白黒のパンダ、火曜は黄緑のカエル、水曜はベージュの犬、木曜は水色のカバといった具合に貼ったら、薬入れには似つかわしくないくらいにカラフルになりました。

家族にはあきれられましたが、私はなんだかたのしくて、今日は金曜日だから黒猫ね、と薬の飲み忘れもほとんどなくなりました。シールって、ちょっといいものです。

朝のご挨拶

東京、品川区の大井第一小学校は明治のはじめに、政府が東京に五つか六つ小学校をつくったなかの一校で、古い東京の代表的な小学校なの

です。

私も小学生のときに通った、なつかしい、なつかしいところです。

私は、まだこの小学校の近くに住んでいて、仕事をしているので、毎朝、八時半から四十分のあいだに、この小学校の前を通ります。

雨の日も風の吹く日も、毎朝、校長先生が校門の前に立っていらっしゃいます。

そして登校してくる子どもたちの一人一人に、「おはよう」「おはよう」と声をかけていらっしゃいます。

生徒たちも先生の前でちゃんと頭を下げ、朝のご挨拶をていねいにしてから校門を入っていきます。

毎日この光景を見て、この大井第一小学校を心から誇りに思います。私がこの小学校に在学していた七十年以上も前の、もう忘れかけてしまった小学校の頃を、なつかしく思い出しています。

校長先生が、毎朝、学校にくる子どもたちを大事そうに迎える姿は、涙が出るほどあたたかい光景です。

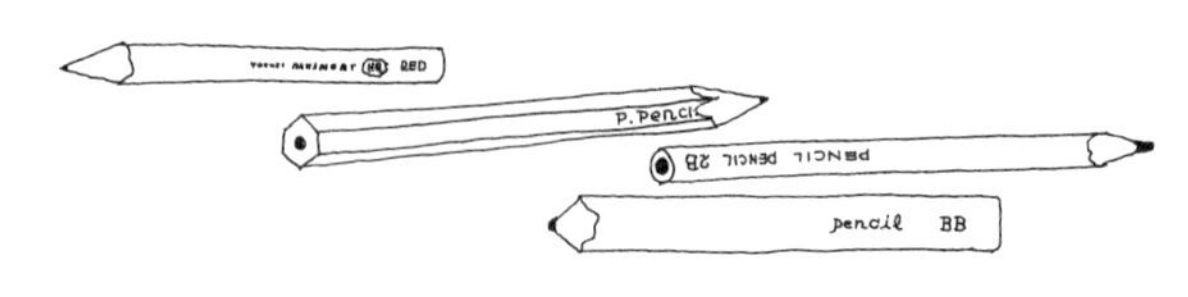

雨の憲法記念日

五月三日の憲法記念日は土砂降りの雨でした。

こんな日には集まる人が少ないのではないか、憲法を護ろう、という声はかき消されてしまうのでは……と気になって、勇気を出して家を出ました。日比谷公会堂で開かれる護憲のつどいに参加するのは、はじめてです。

地下鉄の日比谷駅から傘をさして地上に出てみると、そこは傘、傘で埋まっていました。

午後一時半からはじまる会にあと五分しかないというとき、傘の行列は、どこまでたどっても最後尾にたどりつきません。霞が関の交差点まで行って、またもとの日比谷の交差点まで戻ってきたところが、最後尾でした。

「公会堂の中はもう一杯で入れません、すみませんが公園側に入って階段の下のスピーカーで、中の様子をお聞き下さい」とアナウンスして

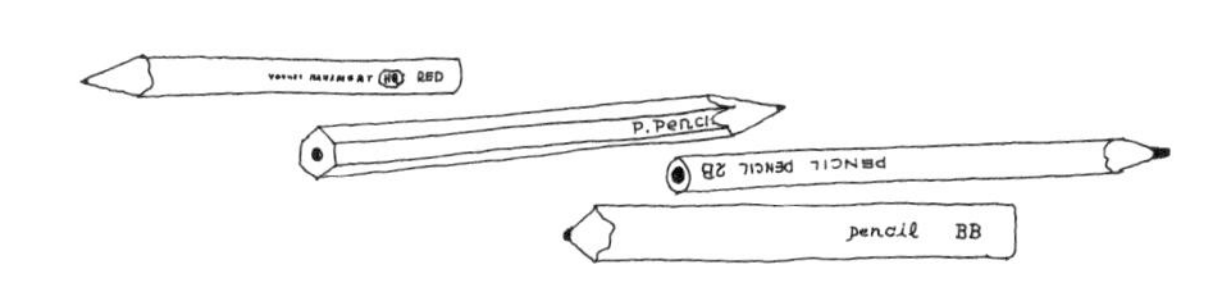

います。

しばらく人々を、観察してみました。リュックを背負った女の人、若い茶髪の男の人、白髪の男性、年齢はいろいろです。そして、連れもなく一人で行動している人が多いのです。

この国の憲法について危機感をもち、その思いにかられて、ともかくも来た、そういう感じの人達だと思えました。

同じ思いを持った人がこんなにも居て、ここに集まってきていることに感動しました。中に入れないで、傘をさしたまま、公会堂の下でスピーカーの声に耳をかたむけていました。

「武器によって平和を保つことは出来ません。国と国との信頼こそ、平和への最もたしかな方向です。たくさんの国と平和条約をむすび、武器をもたない国、戦争をしない国であることを訴えていきましょう」

そんなお話を傘の下で聞いている人達は、やさしい眼で周囲の人達とほほえみをかわしながら、二時間以上立ちつくしていました。

そして三時半すぎ、銀座に向けてデモ行進に出発してゆきました。

夜の、テレビ各局のニュースを見て、雨のなか、その日、日比谷に集まったのは、五千人近い人だったことを知りました。

今年は日米講和条約発効五十年にあたります。わたくしたちの憲法を大切にしようと集まった人々に、とても希望がもてました。（平成13年）

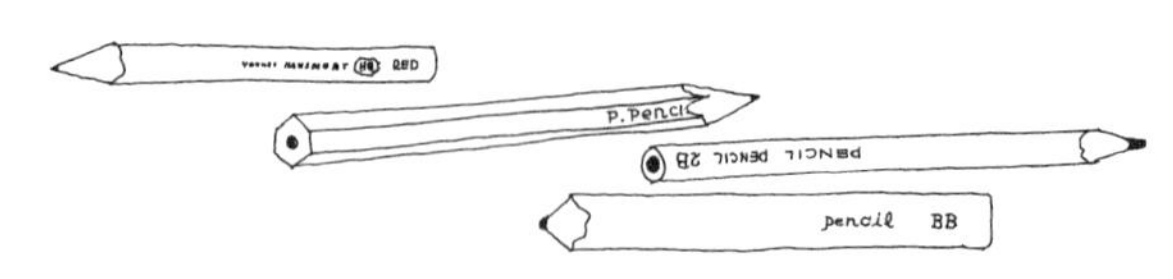

ラズベリーで

チーズケーキが大好きです。

とりわけ、あの真っ白なレアのチーズケーキが好きなのです。

友達から「あのケーキ屋さんのがとてもおいしいのよ」と耳よりなニュースをいただくと、早速、出かけてみます。口当たりがなめらかでそれでいてコクのある、チーズ独特の味わいがたまりません。

私は、どちらかというと、甘さがひかえめで、酸味があるのが好みです。でもなかなか「これはおいしい」というレアチーズケーキと、めぐりあえないのです。そんなことを、お菓子作りが得意な友達に話したと

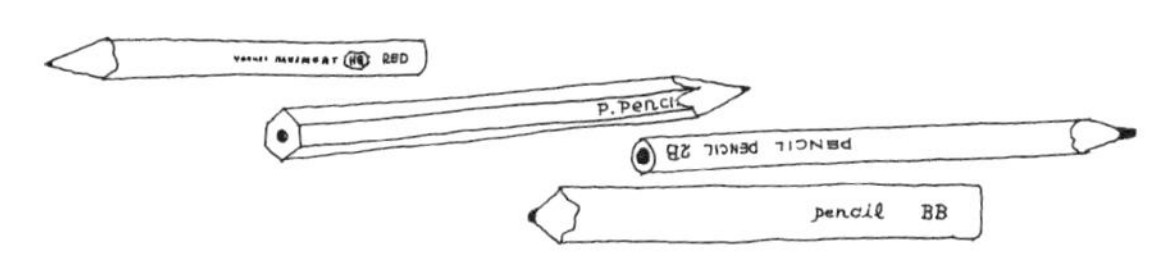

ころ、「それなら自分でつくればいいのに。材料を順々に混ぜていけばいいから、簡単につくれるわ。甘みと酸味は自分の好みに加減すればいいのよ」といって、作り方を書いて下さいました。

基本になるのはクリームチーズです。そのときどきで、これに生クリームを入れたり、ちょっと酸味のあるサワークリームを入れたりすることで、味わいが変わるようですが、このレシピは、ヨーグルトを入れるのです。それと、ふつうは、薄いスポンジケーキを敷いた上にチーズのタネを流して、冷やして固めるようですが、その代わりに冷凍のラズベリーを敷いてみたら、というアドバイスです。ベリーの酸味と香りが、アクセントになるからでしょう。

*

あらかじめ粉ゼラチン10グラムを大サジ3杯の水が入った器にふり入れてふやかします。直径23センチくらいの平たい器の底に、カップ1杯ほどの解凍したラズベリーを並べ、お砂糖を少しふりかけておきます。

あとは、とにかく材料をつぎつぎに混ぜていくだけです。

クリームチーズ250グラムを、室温において、やわらかくしておき

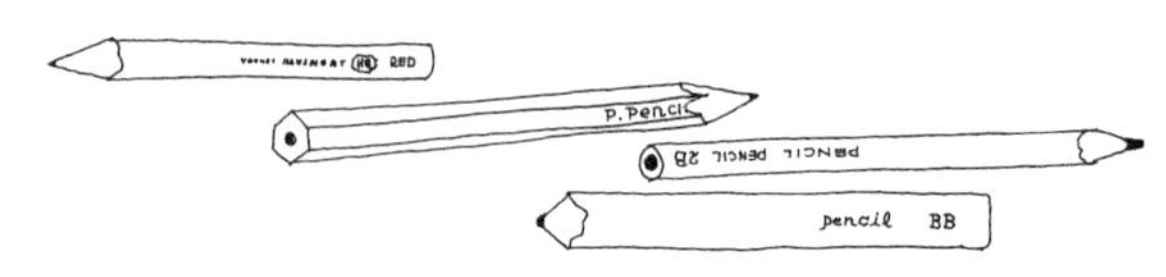

ます。チーズをボールに入れ、砂糖大サジ山1杯を加えて、泡立て器でぐるぐると、固まりがなくなるまで混ぜます。

ここに玉子の黄味を2コ加えて、なおよく混ぜます。

次にヨーグルトをカップ2/3杯ほど加えます。よく混ざったら、レモンのしぼり汁を大サジ2杯と、キルシュ大サジ1杯、それと、レモンの皮をすりおろして少しまぜます。

別に、玉子の白味2コに砂糖大サジ2杯加えてしっかり泡立てます。

ゼラチンは、器ごと電子レンジで少し温めると溶けますから、この二つをチーズに加え、さらに均一に混ぜあわせます。材料が全部混ざったところで、ラズベリーが並んだ器へ、このタネを流し込みます。

あとは、冷蔵庫で冷やして固めるだけです。

*

三時間ほどして冷蔵庫から出してみました。程よく固まっているようです。一人分ずつに切っていただいてみました。

ヨーグルトとレモンの酸味が程よくて、またラズベリーがクリーミーなチーズとよくあって、とてもおいしく出来上りました。

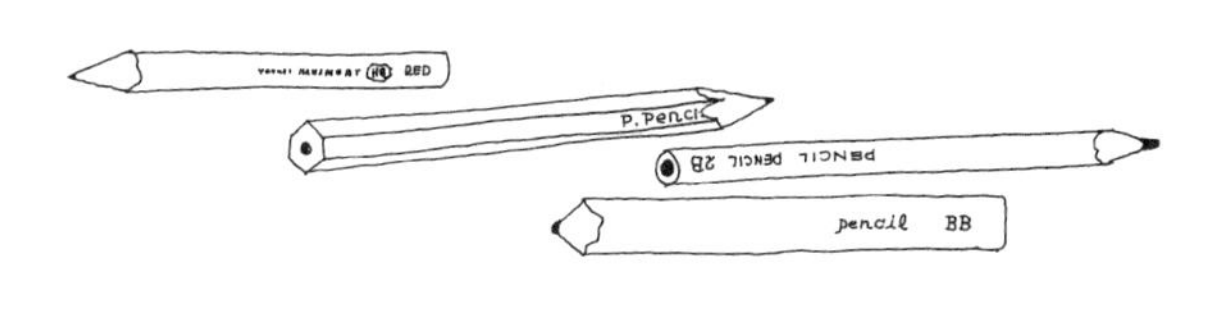

お礼状を絵葉書で

いただきものへのお礼状は、出そうと思いながら、つい遅くなりがちです。そこで、小さな工夫をしています。

きれいな絵はがきを手元に備えておくのです。チャンスがあるごとに、絵はがきを買ってストック。美術館や、景色のきれいな土地はもちろん、伊東屋のような専門の文房具店に行ったときは、愛らしいのや、しゃれた大人っぽいのや、いろいろ買い溜めしておきます。

ところが、ついついその絵はがきがもったいなくて、「これは取っておきたいわ」ということになり、お礼状を出しそびれる……。

でも、とうとう、いい解決法を見つけて数年になります。外国製の絵はがきのブックレット（冊子に綴じたもので、たいてい20枚から30枚が1冊）を買っておきます。美術館や画材店などでよく売っているし、外国のホテルにもあります。日本の観光地の絵はがきの5枚組み10枚組みよりしゃれていて、値段も安いのがうれしいのです。

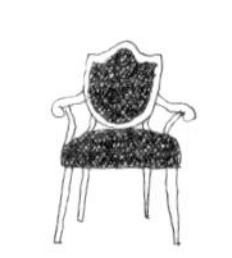
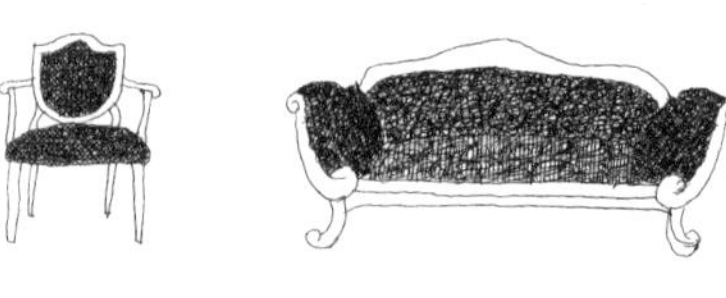

同じテーマで1冊になっているのが特徴です。テディベアや猫のテーマ、ギリシャの家というテーマ、プロヴァンスというのもあるし、画家でゴッホ、マネ、マチスなんていうのも、有名な写真家のモノクロの絵はがきもすてきです。

いい点は、一つのテーマなので、似た図柄がたくさんはいっているから、惜しがらずにどんどん使えること。絵はがき大好き人間へ心理的な安心感をあたえてくれます。外国で買えば10ドル前後、日本だと千円のもあるし、それより安いのもあります。

郵便局に行ったら、図柄のきれいな50円切手を買っておくのも、コツのひとつです。

メトロのバラ

キップの窓口。ガラスの向うに、ちょっと小肥りの、元気よさそうな

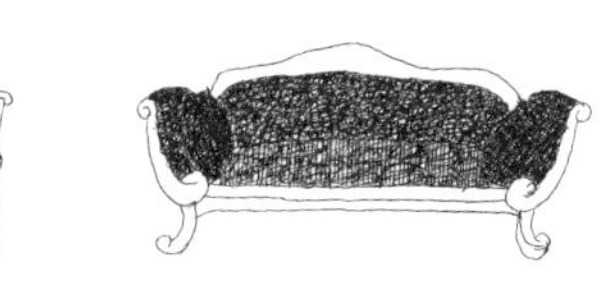

女のひと。

こちら側、私の前に、やはり女のひと。彼女は行先きの駅名を告げて
どこで乗り換えたらいいか、たずねています。

なかなか進みません。急いでいたので、私はちょっとイライラ……。

ガラスの向うのひとは、地下鉄の地図をもってきました。それを示し
ながら説明したので、なにかおぼつかなげだったひとも、やっと納得し
たようです。

「メルシィ・ボクー。その地図、下さいな」

「どうぞ、あなたのバラと交換しましょう」

「だって、ガラス張りですもの、手が入らないわ」

「じゃ、この次ね」

バラをはさんで、パリらしいジョークです。

私も、さっきから、そのバラを見ていたのです。

バラはすっぽりと、白い紙に包まれています。花も茎も全部です。

広げた扇のようなかたち。そのかなめにあたるところに、さりげなく
結んだワラの紐。そこにバラが一本さしてあるのです。

キイロいバラです。花弁に赤いふちのある、野バラっていう感じです。もう一度、ありがとう、を言うとブーケの人は、階段をかけおりていきます。

これからお昼？……。どこかにおよばれ？……。

一瞬の、バラの動画でした。

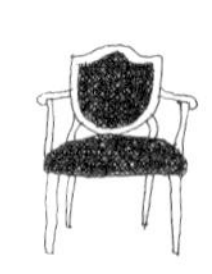
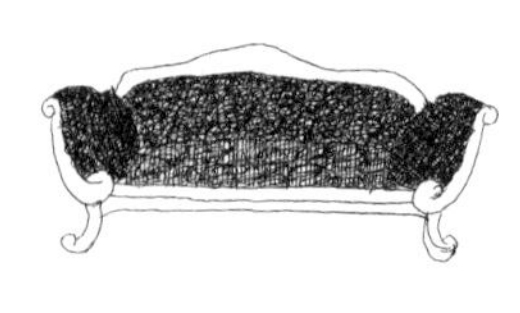
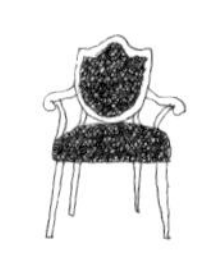

枕の上の葉

試写室は満席になり、補助イスが用意されました。めったにないことです。どういう映画なのだろう、なにがどう描かれているのだろう。なにか強いショックを、受けるのではないか……。あまり見ることのないインドネシアの映画で、ストリート・チルドレン、路上生活を余儀なくされているこどもたちに、カメラの目を向けている、という『枕の上の葉』の試写を控えて、ジャーナリストで満席の試写会場は、期待感にふ

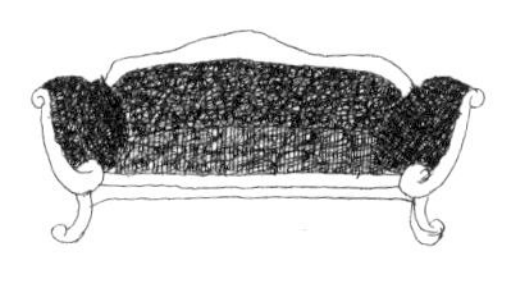

くらんでいました。その片すみに、私もいました。

タイトルもちょっと変わっています。説明によると〈枕〉はインドネシアで〝母〟を意味し、〈葉〉は、こどもをさすのだそうです。ですから〈枕の上の葉〉というのは、〈母と子の絆〉という意味になるのでしょうか。

ざわめきがしずまり、映写がはじまりました。一時間二十三分のときは、あっという間に、過ぎ去りました。

終ったとき、私はすぐに立てませんでした。声を発するひとは、ひとりもいません。なにかとても濃密な沈黙の毛布に、ひとりひとりが包まれてしまったみたいでした。

エレベーターの前まで行っても沈黙はつづきました。外は明るい光で満たされていて、街路には整然と白いビルがかがやいています。

ああ……。そう私は胸のなかで言いました。

それ以外の言葉が思いうかびません。『枕の上の葉』は、観るものに言葉を失わせます。

＊

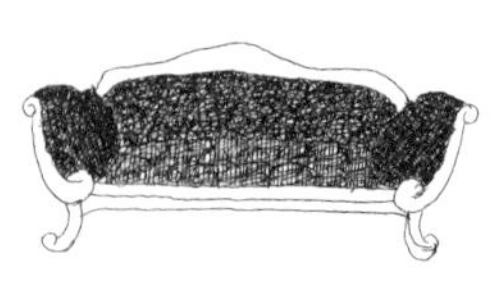
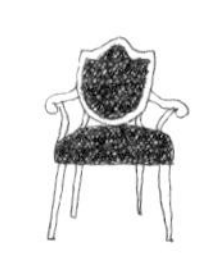

いまでも私の目のなかには、三人の少年の顔が、うつっています。ヘル、スグン、カンチル。

いちばん年長のヘルは十七歳。スマトラ島からジョグジャカルタへ出てきて、もう九年も路上で暮らしています。

スグンは十四歳、ジャワ島からきて路上生活は七年。一番年少のカンチルは十三歳、ジョグジャカルタ生まれです。

こどもたちがなぜ、路上生活という苦難にまみれなければならなかったか、それはとりたてて説明されません。けれども世界中の発展途上国に共通するストリート・チルドレンの出現の背景には、貧困と飢餓があることは誰にも否定できません。

三人は仲良しです。年長のヘルはおしゃれで、唇や舌にピアスをしています。残飯あさりやシンナーの吸飲、そして、ときに靴みがきで稼ぐ三人にとって唯一の救いは、アシーという、バティックを売る女の人です。バティックは、インドネシア特産の更紗の布をいいます。

アシーを演じるのは、クリスティン・ハキム。小栗康平（おぐりこうへい）監督の評判作『眠る男』に登場して話題になったインドネシアきっての演技派女優で

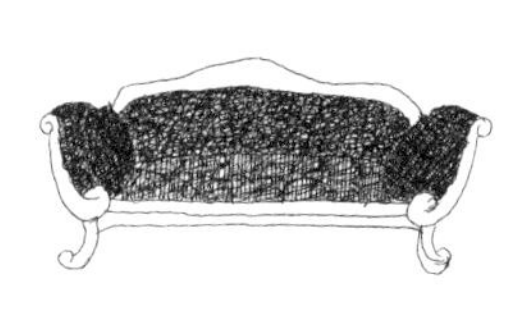

す。

アシー自身も貧しいのです。一日中働いて、その上、稼いだものを、のんだくれの夫が暴力で奪っていったりするのです。疲れ果てたからだをやっと雨露をしのげるほどの、部屋ともいえないところに運んできて、粗末な夕食をとる場面など、胸が痛くなります。

しかし彼女は、三人のストリート・チルドレンを、そのか細い羽の下にかき抱こうとする、そうしないではいられない肝っ玉母さんでもあります。

夜具もなく、ただその辺にゴロンと寝てしまう三人の少年にとって、アシーとのつながりだけが、信じられるあたたかいやすらぎでした。

しかし、少年たちはつぎつぎ不幸な目にあい、命を失ってゆきます。カンチルは弟にあいたくて、盗んだオカネを手に、汽車に乗り、誤って死にます。嬉しさのあまりか、汽車の屋根によじのぼってしまったカンチルは、汽車がトンネルに入った瞬間、頭をトンネルに激突させてしまうのです。

ヘルは、カンチルの残した血を手につけたまま、洗いません。カンチ

ルの悲しみはヘルの悲しみ。家や親から離れ、都会に流れ出てこなければならなかった年少の者の心を占めているのは、処理しつくせない悲しみです。

映画は多くを言葉では語りませんが、一瞬一瞬の映像で、こどもたちの悲しみをにじませます。

やがて、ヘルが死にます。殺されてしまうのです。ストリート・チルドレンは身分証を持ちません。保険金詐欺を働く一団が、そこにつけ込みます。

彼等は、まずストリート・チルドレンをだまして架空の身分証明を偽造して保険をかけ、その子を殺して保険金をせしめるという、悪質な手口を用いていました。

ヘルもその犠牲になったのです。

残ったスグンも命を落しました。友人を助けようとして、誤って自分が刺されてしまったのです。

スグンはストリート・チルドレンの常で、ヘルと同様、身分証を持ちません。そのため引き受ける人がなくて、墓地に埋葬することもできな

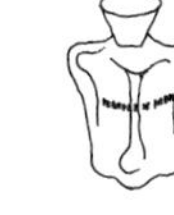

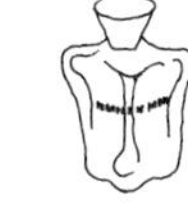
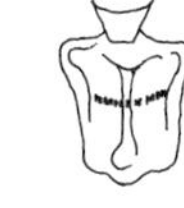
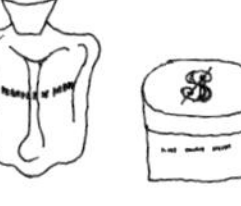
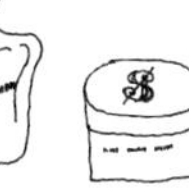

いのでした。

＊

ヘル、スグン、カンチル。この三人の少年の身の上に起こったこと、その死は、すべて事実です。映画は事実に即してつくられました。フィクションではないのです。

三人の少年を演じたのは、現実にストリート・チルドレンの危うい生活を強いられている、三人の少年たちです。

ほとんど笑顔のない、それでも何か夢を見ないではいられない、という表情のこどもたちの、切ない、冷えた顔を、私は、忘れられないでいます。

少女が、ごった返すクルマのはげしい渦を前に、足がすくんで動けなくなっています。

かつて三人の少年たちが生きていたころは、少年が、少女をうながして、クルマの間を上手に渡らせていたのです。

でも、もう少年たちはいません。少女は立ちすくむばかりです。

アシーは、どこからか彼女をよぶ少年たちの声を聞きます。

アシー、アシー……。

映画は終ります。監督はガリン・ヌグロホ。

＊

インドネシアについて、私たちは何を、どれほど承知しているでしょうか。東南アジアへの旅をたのしむ日本人。でもその社会が、かかえこまされている問題に、どれほど想像力や関心を向けているでしょうか。とりわけ、発展途上国の貧困や飢餓の原因について、さらに、それと私たちの国との関連について。三人の少年たちの瞳に宿る悲しみのかげを、誰がつくり出しているのでしょうか。

どうか、この映画の訴えるものに目と耳をかたむけて下さい。何も知らない、知りませんでしたではすまされない。そういう気がするのです。試写が終ったとき、試写室を包んだ重い沈黙は、映画の持つ〝力〟をも示すものでした。

映画といえば娯楽的なものでなければいけないような感覚になっています。しかしそうではありません。私たちは、自分を別の世界に引きこんでくれる作品に出あいたいと願っています。

緑のブーケ

パセリのことなのです。そうです。緑のパセリのことなのです。サラダに散らしたり、軸のところをスープに入れたり、きざんでチャーハンに混ぜこんだり……。

夫婦ふたりで仕切っている、近所の小さな肉屋さん。でっぷりふとって誠実そのもののおじさんと、働きもので、気くばりのおばさんのカップルでした。お二人が、とうとう隠退したあとに、四角い顔のヒゲのおじさんが、ひとりで店をさばいています。

新店主は口数が少ないので、去っていったお二人への思いもあり、なんだか馴じみにくくて、別の店へいったりしていました。

二か月くらいたったでしょうか。でも、その夕方は、新しいおじさんの店へいきました。おじさんは、ニコリともせず、肉を切ったり、目方を計ったり、そして包みが渡されて、お金を払い、ふとみると緑のパセリです。アルミホイルに茎の長いパセリが無造作に積まれて、お好きな

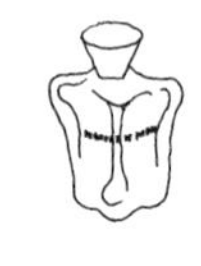

だけ、どうぞ……と、そんなふうです。

「いただいても、いいの」

「どうぞ」

「ありがとう、助かりました」

無口の仏頂面のおじさんの顔がほころびました。おつき合いの糸口が、ひらけました。パセリをたくさんもらって、店を出ました。

夕方の町に、それは緑のブーケのようでした。

働くことはよいことだ

「おばちゃま、ご本ありがとう。とっても、おもしろかった。それでね、レナ、もっとママのお手伝いをしなくちゃって、思った。これからまいにちお手伝いするわ」

「ふうん、いいこと思ったわね。けど、どうして」

「だって、あのご本の中で、子どももみんな、働いてるんですもの」
小学生の姪に、その本を送ってから一週間後の電話です。その本は、カナダの開拓時代のことを書いた本で、私が最初に読んでとても心を打たれて、ちいさなお喋り友だちのレナに送ってみたのでした。

この本には、〈ホームメイド〉という言葉がさかんに出てきます。この言葉には、なにか懐しい、あったかいひびきがありますが、開拓時代の人達にとって〈ホームメイド〉は暮らしそのものだったようです。

一八〇四年、この本の主役であるロバートソン家の人たちは、カナダの森林地帯に住みはじめました。知らない土地で森を切りひらき、家を建て、暮らしに必要なものすべてを、自分たちで作りながらの生活でした。子どもたちも、「日のあるうちに乾し草をつくるのがよい」と小さいうちから教えられ、大人といっしょに働いたのです。

そんなきびしい暮らしでも、楽しいこともたくさんありました。森の中でメイプルシュガーを作ったり、蜂蜜を探しに出かけたり、子羊が生まれて大喜びしたり、収穫したとうもろこしの皮むきパーティをしたり、毎日働いていればこそ、季節、季節の行事に心をおどらせたのでしょう。

働くことはよいことだ、日々の暮らしをみんなで楽しむのはすてきなことだ、とこの本は教えてくれているようです。

ひとつ、驚いたことがあります。それは、当時の人たちが、手紙を受けとるのにお金を払わなくてはいけなかった、と知ったこと。一通を受け取るのに、二シリング八ペンス払ったと書いてあります。これは、熟練した技術をもつ労働者が一日にかせぐお金に匹敵したそうです。

思えば、今のわたくし達は、なんとめぐまれた便利な暮らしをしているのでしょう。でも、そのありがたさを、つい忘れているような気がします。

器と遊ぶ

仲よしの母娘（おやこ）と評判だったお母さまが亡くなられて、どうしていらっしゃるか、と思って友だちの家をたずねました。

思いのほかお元気で、アレコレお話ししたあと、「亡くなる前に母が申しておりましたのですが」と、お母さまが楽しみに買われたセトモノを、もらってほしいとおっしゃるのです。お母さまは、ひとり暮らしの私を気づかって、折りにふれ、食事にさそって下さいました。「あすの朝いかが」と、朝ごはんをいただくこともありました。

「ふつうは母親のほうが料理は上手でしょ。でもうちは反対。娘の作ったものの方がずっとおいしい。私は器係り。器が大好きなので、町へ出ると見ては買いこみます」とおっしゃった、おだやかな笑顔を思い出し、形見にいただくことにしました。

「人見知りする母でしたから、お客さまをお呼びすることもなかったのです。ときどきお食事をいっしょにして下さって、器をほめて下さったあなたに、使っていただきたかったのよ」

そんなことで、仲よしの友だちとおそろいの食器で食事ができることになったそれからの私は、家に帰ると、これには肉じゃが、これはかき揚げ、おでん、冷やっこ、実だくさんのおつゆ。和皿にお魚のフライもいいかしら、と、しばらくは器と遊んでしまいます。

ありがとうございます

スーパーから出てきたら、小さい子が、自転車置き場で、悪戦苦闘していました。停めておいた自転車がうまく引き出せないのか、うんうん言って引っぱっています。

「お兄ちゃん、まってー」

兄弟なのでしょう、少し先を走っていく自転車に呼びかけています。

近づいてみると、こども用の自転車のハンドルの先が、隣りに停めてあるおとなの自転車の荷台に引っかかって引き出せないのでした。ムリに引っぱると、隣りの自転車が倒れてしまいます。そしてその隣りも、そのまた隣りも……。

男の子は、まだやっと幼稚園の年長になったばかりのような年かっこうです。

「自転車のハンドルの右を、少し下げてごらん」

私はおとなの自転車の後輪を、ほんの少し持ち上げて言いました。

「はい、ちょっとバック！」

簡単に、自転車はお隣りから離れました。こんどは道路へ出る番です。

「はい、バック！」

自転車は小さな弧を描いて、お隣りにぶつかります。

「ハンドルをまっすぐにして、バック、バック」

けっこう器用に、その子は自分の自転車を道路に出しました。そして
「ありがとうございます！」と大きな声で言うと、お兄さんのあとを追いかけていきました。

小さい子の口から反射的に出てきた「ありがとうございます」のひと言。さわやかな気分で、自転車を見送りました。

梅ゼリー

二月、三月には馥郁（ふくいく）たる香りをただよわせて咲いていた梅の花も、梅

雨が近づく頃になると、青くて立派な実を結びます。

その青梅でつくる梅酒は、猛暑の夏には元気の素。カリカリ梅といっしょにグラスに入れ、水でわり、氷を浮かべていただくのが大好きで、キリッとした甘酸っぱい味は、夏のさなかの楽しみです。

母が健在だったときには、赤じそが出まわるのを待っての梅干し作りは我が家の年中行事でしたが、塩で漬け込んだり、干したりとけっこう手間がかかるので、私はここ数年、漬け上手のお友だちが漬けた梅干しをいただくことにしています。

その代わり、梅が黄色く熟す頃、私が梅のジャムや、梅ゼリーを作ってさしあげています。

とりわけ梅ゼリーは評判がいいので、ぜひお作りになってみてください。

＊

あらかじめ、粉ゼラチン大サジ1杯強を、大サジ3杯の水にふり込んでふやかしておきます。

梅は黄色くなったものを250グラムほど、よく洗ってから、たっぷ

りめの水といっしょにナベに入れます。煮立ったら火を細めて、サッと二十秒ほどゆがいてザルにとります。

この梅をナベに入れ、お砂糖を軽くカップ1杯半（約150グラム）と、上から水を大サジ1、2杯ふって火にかけます。砂糖がとけて梅がくずれるくらいまで、こげないように、弱火でグツグツと煮ます。

火から下ろし、裏ごしにします。

この梅のペーストに、水をカップ1杯と白ワインをカップ半杯そそいでのばします。ここに、ふやかしたゼラチンを電子レンジにかけて溶かしたものを加えてよく混ぜ、いちどザルの目を通してなめらかにします。さいごに、キルシュを大サジ1杯加えて、風味をつけます。

これを、適当な大きさのガラスの器を五つか六つ用意してそそぎ分け、冷蔵庫に入れて固めます。

もし、お宅に自家製の梅酒があったら、固まったゼリーの上にそそいでください。梅ゼリーをスプーンでくずしながら、梅酒とまぜていただくと、いっそうおいしくいただけます。ただし、これは大人だけの楽しみとして。

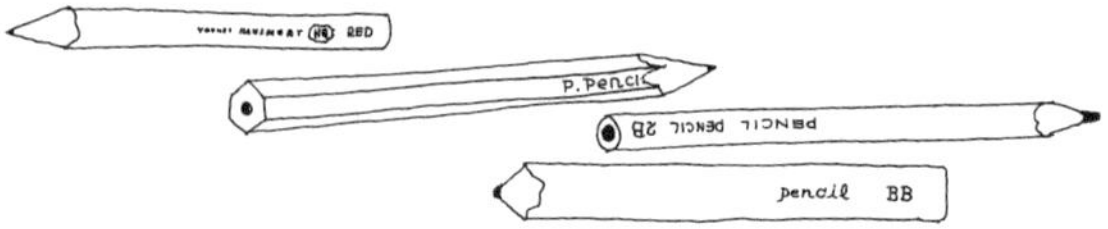

お色直し

姪が結婚しました。

半年以上もかけて、招待状の文面から披露宴の進め方、ひとつひとつ納得のいくまで、練って練って実現させたのです。

ウェディングケーキは甘さをおさえ、クリームもひかえめに、と注文を出すなど、すべてに主張がこめられていました。

なかでも一生けんめいだったのがウェディングドレスです。好みにあったデザイナーを探して、生地えらびから、かなり時間をかけ、縫いあげてもらいました。

教会でのお式の時には、白いベールをかぶり、同じ布をウエストから後に長く引いて、細目のスカート部分をふんわりとさせていました。とてもシンプルなウェディングドレスです。

お色直しも、このウェディングドレスのすてきなアレンジでした。新郎は式のときと同じで、お着替えなしのエスコート役です。あっと思い

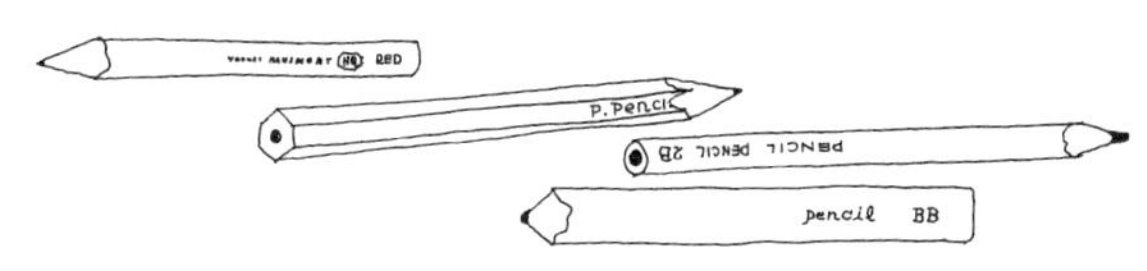

ました。新婦のお色直しといえば、はなやかな和服になるか、色もあでやかなカクテルドレス、というのが一般的でしょう。

姪の場合は髪をアップにかえて、かわいい花をさし、ウェディングドレスは、さっきまでうしろに長く引いていた布が、華やかなレースにかえられ、スカートの上にアレンジされています。

さっきのシンプルな品のよさとはまた違って、可愛らしく、華やかに感じられました。

すばらしいアイディア。あとでそういいますと、姪はとてもうれしそうに、こんな打ち明け話をしてくれました。

「せっかくのウェディングドレスなので、私のイメージにあったのを作ってもらって、式のすむまでずっと着ていたい、と思ったの。

さんざん考えた末のお色直しだったの。ほめてもらえてよかった……。

式のあと、そのままタクシーで二次会の会場まで行って、だから十二時間近くウェディングドレスを着ていられて、とても満足しました。

しかも、ドレスを何着も借りたりするより、ずっと経済的だったの」

こだわりのお色直しが、心に残った、姪の結婚式でした。

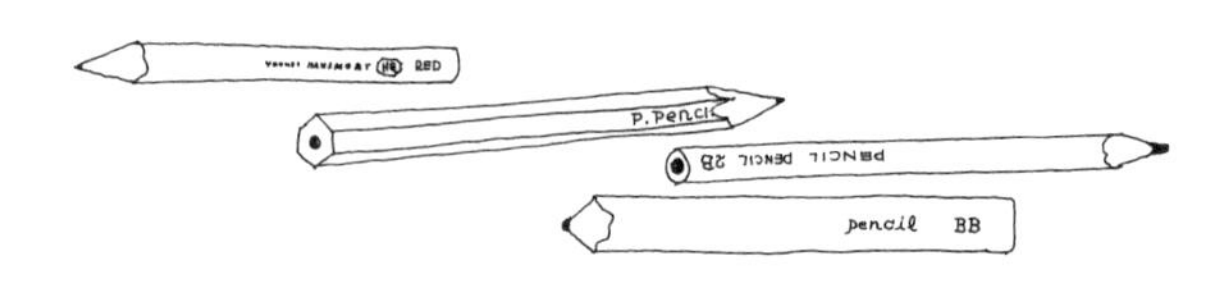

あなたの応援歌は

「肩がこるのは若い時からだったし、仕事に根を詰めた証拠だとばかり……。主人や子どもに、もんでもらうと楽になって。それが、しばらく、こりがほぐれなくて、私も年かなあ、と思っていたら……」と、友達は、思い出して目をうるませました。

実はその肩こりが、乳ガンによる症状だったとは。

初めての検診で、即刻の手術をすすめられました。

「ここへご主人もお呼び下さい」と言われ、動転と動揺で椅子からずり落ちそうになりました。

「それから手術の日までを、どう過ごしたか、おぼえがありません。入院まであと一時間ほど、というとき、私はピアノの前に座っていました。私、そのとき、なにを歌ったと思う？」

友だちは、その秋「マダム・バタフライ」の舞台があり、毎日練習を欠かさないことを知っていました。ですから、「ある晴れた日に」のアリ

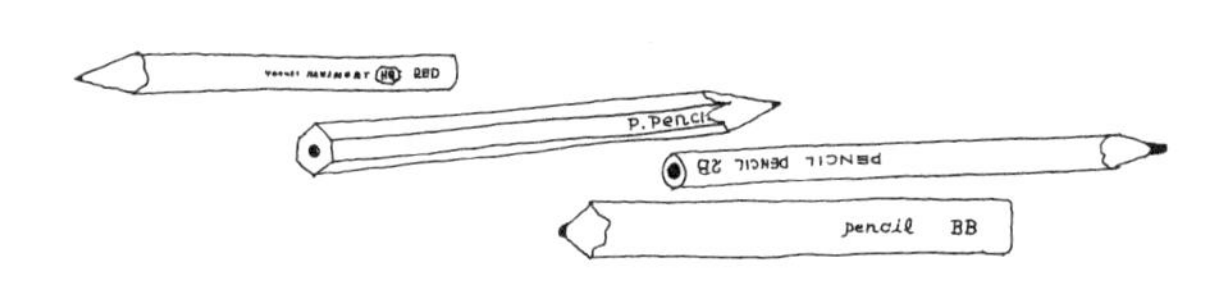

アと、誰もが考えます。
「いいえエン歌。この詞のひとつひとつが私を応援してくれたから、エン歌よ」そして、歌い出しました。

夜明けのうたよ　私の心の
昨日の悲しみ　流しておくれ
夜明けのうたよ　私の心に
若い力を　満たしておくれ

岸洋子さんのうたった「夜明けのうた」です。

「病院へ行くのに遊園地に向かうようだと主人に笑われましたが、やっと私の心の夜が明けて、手術にのぞめたの。あなたにはどんな応援歌がありますか」

そう聞かれてとっさには思い浮かびませんが、退院祝いにかけつけた人と、私も大声をあげて歌ってみました。本当にいい応援歌。岩谷時子作詞・いずみたく作曲です。回復した友だちは一年先のコンサートに向け、発声練習は、まずこの応援歌から始めるのだそうです。

あなたの応援歌は、と聞かれたことが、私の耳にまだ残っています。

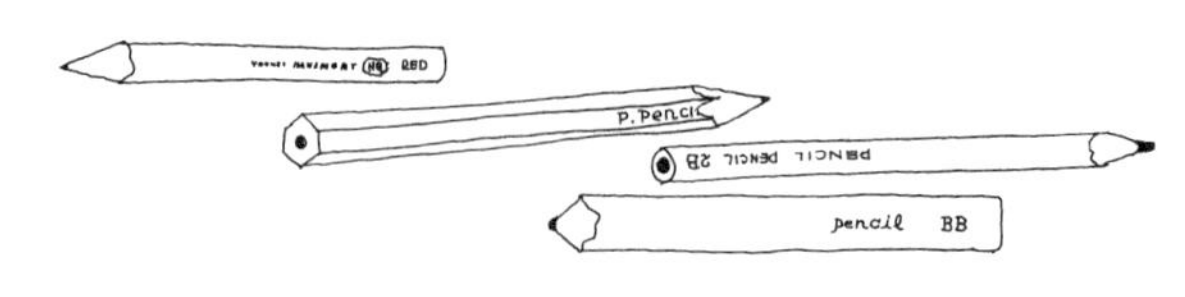

ジャムのタ一ツ

冷蔵庫に、いろいろなジャムが入っています。一つのジャムを食べ終えてから新しいジャムのビンをあければいいのでしょうが、アプリコットジャムがまだ半分残っているというのに、ついマーマレードをあけてしまう。マーマレードにあきて、ブルーベリーにも手をつける……。そんなふうですから、ジャムのビンばかりが並んでしまいます。

おまけに、昨秋、信州の友人から手作りのりんごのジャムをいただきました。これが紅玉の酸味がほどよい、なかなかなお味。これもまだ半分ほど残っています。

というわけで、冷蔵庫のなかでゴロゴロしている数種のジャムをなん

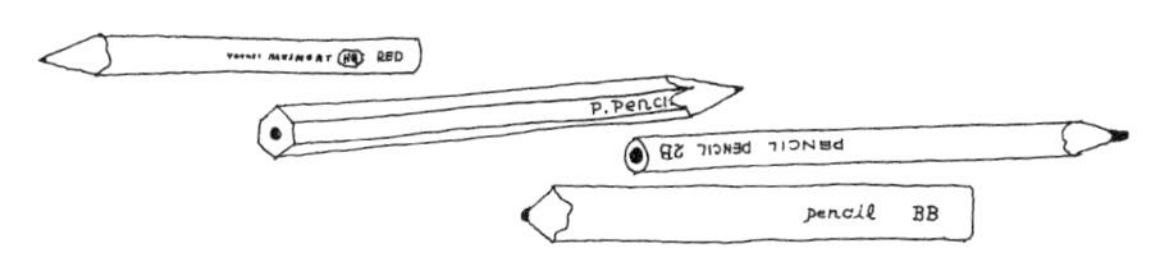

とかしたい、と考えているうちに、アッ、そうだ、と思いついたのが、ターツです。ターツは、イギリスのお菓子で、パイの仲間、小さなタルトといったらいいでしょうか。直径５、６センチほどの、小さくて浅いパイ型のなかにパイ皮をしいて、ジャムやレモンクリームやベリーなどのフルーツをつめて、いろいろな味を楽しむという、シンプルなかわいいパイ、紅茶の友といったお菓子です。

作るのもいたってカンタンで、パイの皮さえできれば、あとはジャムをつめて焼くだけです。

皮は練りパイ。まず、ボールに薄力粉１８０グラムを、ふるって入れます。ここに、あらかじめ冷蔵庫でよく冷やしておいたバタを90グラムいれて、このバタをナイフかカッターをつかって、粉のなかで切りながら、粉に混ぜ込んでいきます。バタが小豆粒くらいの大きさになったら、加減をみながら、冷水をカップ三分の一くらい加えます。

この段階ではまだポロポロした状態ですが、これを指先で軽く混ぜながら、手早くひとまとめにします。これをポリ袋に入れて、冷蔵庫で三十分くらい休ませます。パイ皮を取り出したら打ち粉をした台の上にのせ、4ミリくらいの厚さに伸ばします。これを直径7センチより少し大きめの円形にくりぬいて、直径6センチの浅いタルト型に、指先でかるく押えながら、しきこみます。だいたい10コから12コできます。このなかに、好みのジャムをスプーンで1、2杯ずついれます。オーブンを200度にして、用意のできたターツを入れて十分ほど焼き、少し温度を落として、さらに十分焼きます。焼けたら、粗熱(あらねつ)をとって、型から出し、金網にのせて冷まします。サックリしたパイの食感に、甘いジャムだけの、シンプルなお菓子です。熱いミルクティーでもいれて、召し上がってください。

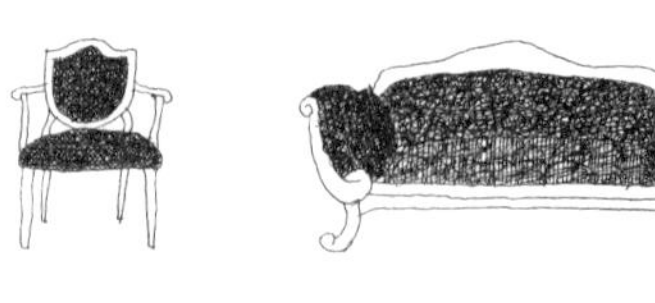

帽子にしたら

甥の結婚式で、うれしいことがありました。
四カ月前に転んで大腿骨を折り、当日出席できるかどうか心配してい

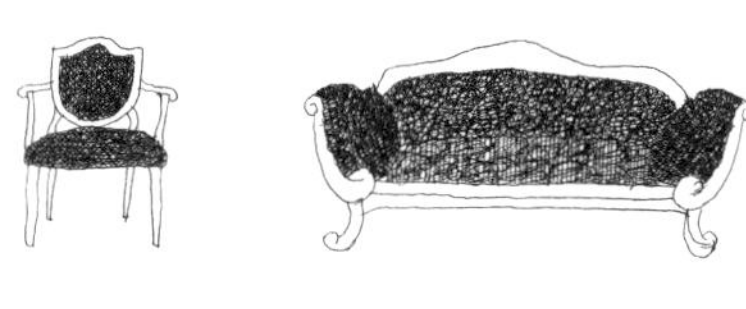

た、彼の母方の祖母の京子さんが、リハビリ中の病院から、車椅子とはいいながら、飛び切りの笑顔で式場にやってきたのです。

親戚紹介、式、披露宴などの全部のコースをクリアし、花嫁をしのぐほど、よろこび一杯の京子さんの笑顔を際立たせていたのが、金茶色の、光沢のあるタフタの、ターバンタイプの帽子でした。それが、色白でやさしい顔立ちによく似合って、ほんとうに素敵だったのです。

じつは、本人は髪を染めたかったのだそうですが、入院中では、ちょっと難しい、どうしたものかと思案中に、誰かが「帽子にしたら」と提案、女性軍の代表がデパートに駆けつけて、あの帽子を見つけた、というわけです。

ターバンタイプなら、部屋の中でも脱ぐ必要がないので、髪形がまとまらないときなど、助かります。

このタイプのものは数も多く、売り場にはオーガンジーやシフォンのもの、ひもで頭のサイズに合わせるようになっているもの、ボリューム感の出るものなど、色もかたちもいろいろあったとのこと。

ウイッグより簡単で、おしゃれ度の高い帽子に乾杯！

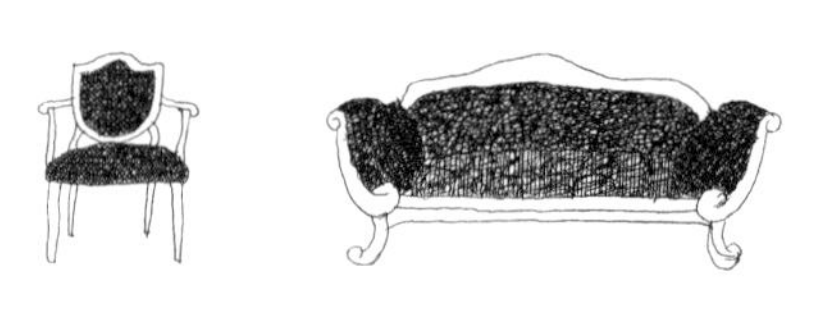

プーさんの名前

A・A・ミルン作の〈プーさん〉シリーズをわたしはこよなく愛しています。それを前から知っている友人が、カナダ旅行のおみやげにと、小さなクマのぬいぐるみをもってきてくれて、こんなことを言いました。

「あの〈プーさん〉が、アメリカクロクマから名前をもらったってこと、知ってた?」

「えーっ、知らなかったわ」

そう、そんなことは、想像したこともありませんでした。

＊

第一次世界大戦が勃発した一九一四年、カナダから戦地におもむいた獣医部隊の中に、コールボーンという青年士官がいました。当時、カナディアン・パシフィック鉄道を走る列車は、ホワイトリバーという小さな駅で、燃料や水を補給していました。コールボーン中尉の部隊と軍馬たちを乗せた列車は、ここでしばらく停まり、そのとき中尉は、ホーム

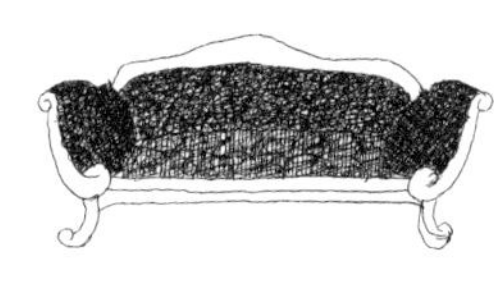
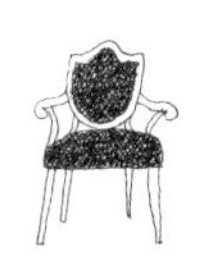

に、猟師と仔グマがいるのに目をとめました。聞いてみると、猟師は母親グマを撃ってしまい、残った仔グマをつれてきたといいます。

生後七カ月の仔グマは、この先どうなるのだろう？

子どものころから動物が大好きだったために獣医になったコールボーン中尉は、かわいそうになり、20ドル（当時は大金だったでしょう）で仔グマを買いとり、自分の出身地にちなんでウィニペグと名づけて、つれていくことにしました。やんちゃざかりのウィニペグは、たちまち部隊のマスコットとなり「ウィニー」「ウィニー」と可愛がられて海を渡り、イギリスへ。訓練のあいだも、ウィニーは隊といっしょでした。そして、小さい頃にみんなに大事にされたからでしょうか、人間を信頼する、愛らしい性質のクマに成長していきました。

やがて中尉の隊はヨーロッパの西部戦線へと出ることになり、ウィニーは、ロンドン動物園に預けられます。コールボーン中尉は、戦争が終わったらカナダにつれて帰ろう、と思っていましたが、戦地からロンドンにもどってみると、ウィニーは、動物園でいちばんの人気者になっていました。そこで、ロンドン動物園に正式に寄贈し、中尉はカナダに帰

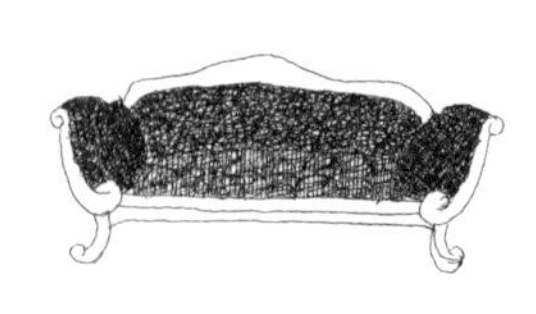

国。それから何年もすぎ、一九二四年に、作家のミルンさんが、クリストファ坊やをつれて、動物園にやってきます。

クリストファ坊やは、ひと目でウィニーが大好きになり、それからなんども、コンデンスミルクをもってウィニーを訪ねます。お気に入りのクマのぬいぐるみにも、〈ウィニー・ザ・プー〉という名前をつけました。

パパのミルンさんが、〈ウィニー・ザ・プー〉『クマのプーさん』のお話を書いたのは、そんなわけからだったのです。

でも、ミルンさんは、ウィニーの本名が、養い親のコールボーン中尉の出身地にちなんだウィニペグだったことは、知りませんでした。

一方、カナダのコールボーンさんも、ウィニーがお話の主人公に名前をもらわれ、世界中で有名になっているとは知りませんでした。

一九八七年に、カルガリーのある新聞が「ウィニーはカナダからロンドンにいった」という記事をのせましたが、その記事では、つれていった人の名前がちがっていました。

そこで、コールボーンさんの子息のフレッド氏が訂正にのりだし、今では、ウィニペグにも、ホワイトリバーにも、ロンドン動物園にも、コ

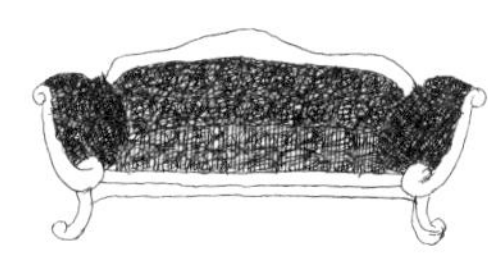

ールボーン中尉と仔グマの像や碑がたてられているそうです。

ウィニーのふるさと、北米の森にも春がくるころ。青葉若葉の森の中で、クマ親子たちが幸せにしていますように。

＊

電子辞書

パソコンもケイタイも持たない私です。電子辞書など全く興味がありませんでした。ところが、たまたまプレゼントされた電子辞書の、フタをあけてみたら、ラベンダー色の可憐なキーがならんでいて、思わず押してみたくなりました。

そしてやみつきになり、手離せなくなってしまいました。なにしろ、14・6センチ×9・4センチ、厚さ2・5センチの箱の中に、広辞苑や英和、和英辞典など、4冊分の内容が収められているのです。重さはわ

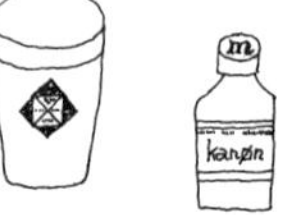

ずか240グラムですから、手軽に持ち運べますし、操作も簡単です。私は辞書をひくのが好きで、その手ざわりも好きなのですが、重くてかさばるものは持ち歩くわけにもいきません。いつも本棚の中です。でも、電子辞書なら、いつでもどこでも大丈夫。今朝も玉子をゆでているときに、ふと確かめたくなった、「目玉焼き」の英訳 sunny-side up egg を、立ったままサッと引いてみたところでした。

フタを閉じると、光沢のある淡いリラ色の電子辞書。いまは私の小さな親友です。

黄色いカード

お隣りのマリちゃんのところに、アメリカに住むジャネットから誕生祝のカードが届きました。マリちゃんは十二年前、初めてホームステイでロサンゼルスに一年暮らし、マーフィー一家に温かくもてなしていた

だいたのです。

見せてもらった黄色い封筒の黄色いカード。表には、可愛らしい絵があります。

白いマーガレットの茎が、まるく弧を描いて、茎から茎に吊るされた葉っぱのベッドには赤いてんとう虫が寝そべり、こちらに向かってにっこり笑っています。ゆったりとした葉っぱのベッドは、とても気持がよさそうです。

よく見ると、てんとう虫は小さな手にマーガレットの蜜のジュース？の入ったコップを掲げています。まるで「乾杯！」といっているよう。

私まで嬉しくて、思わずにっこりと絵の下のメッセージに目を移しました。

「くつろいで、リラックスして。今日一日を楽しんでね……」

カードを開くと、「そして、私たちも、あなたのことを楽しい思い出といっしょに、思い出しています。お誕生日おめでとう」。

遠く離れていても、マリちゃんの忙しい毎日を知っているのでしょうか。

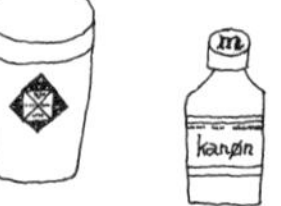

余白には、手書きのメッセージが裏までびっしり書いてあります。
「お仕事で忙しいと思うけれど、楽しいお誕生日になりますように。我が家ではみんな元気です。ギャリーはデッキに屋根をとりつけています。もうすぐ心地よい日蔭ができて、庭で読書するのにいいでしょう。ジェニファーは、アパートを探しています。買うよりも借りることにしたそうよ。私とトレーシーは、次の水曜日にドジャースの試合を観に行きます。いまから楽しみです。明日は、居間と二階に新しい窓が入ります。きっと飛行機の騒音も小さくなるでしょう……」
アメリカにいる、もうひとつの家族。私も、胸に温かいものをいただきました。

六月の章

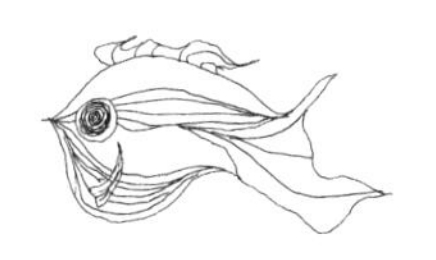

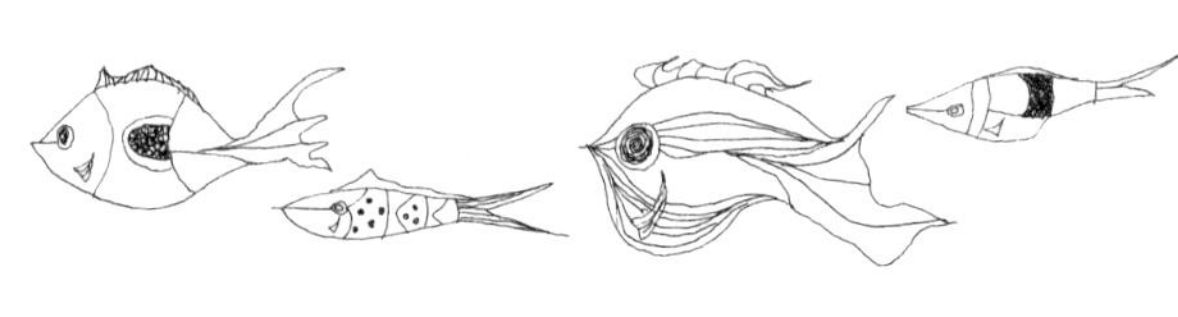

元気な声で

その日は起きたときから、なんとなく気持ちが沈んで、ブルーな気分でした。そんなこんなで、出かける支度もてきぱきゆかず、約束の時間が来て、あわててタクシーに乗りました。

行先をつげると、「はーい、了解……」と、思いがけない元気な声が返ってきました。

思わず運転手さんの顔を、のぞきこんでしまいました。六十代半ばくらいでしょうか。昨今では、無口のだんまりという運転手さんは少なくなりましたが、こんな明るい声で言われたのは、はじめてです。

何かこちらも、すこし気持ちが明るくなってきました。その声の元気さを分けてもらったようです。それで、素直にこういってしまいました。

「朝からずっと気が滅入っていたの。でも、いまのあなたの声で、何か元気が出て来たみたいよ……」

「あっ、そう。そう言って下さると、うれしいです。ありがとうござい

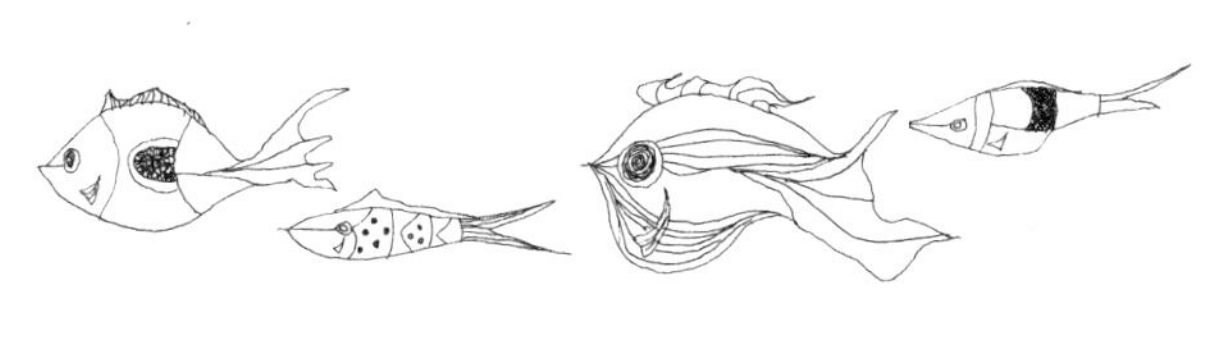

ます」

うれしそうな声です。それから話がはずんでしまいました。

＊

運転手さんはいいます。三、四年前に大きな病気を患って、ほんとに奇蹟的に助かりました。それでそのとき思ったことは、自分が元気でいられるというのは、なんとすばらしいことか、と。

残りの生きている時間を大切に、元気で生きてゆこう……。

「ずっとタクシーの仕事をしてきて、もうそろそろ事務にでもまわって、と思っていたら、社長さんが、よかったらぜひ乗ってくれ、って言うので、また乗っています。でも、病気をする前と全然かわって、今は毎日がたのしい。車に乗れるだけでも幸せだと思っています。

でも、お客さんに、こんなことをいわれたのは初めてですよ。うれしいです。私の方こそ、元気をもらったようですよ」

降りるとき、「お互い、明るく元気でいきましょう」と笑ってサヨナラしました。丸顔で、顔いっぱいの笑顔。忘れられません。

とてもすてきな、心に残った朝でした。人の声って大切ですね。

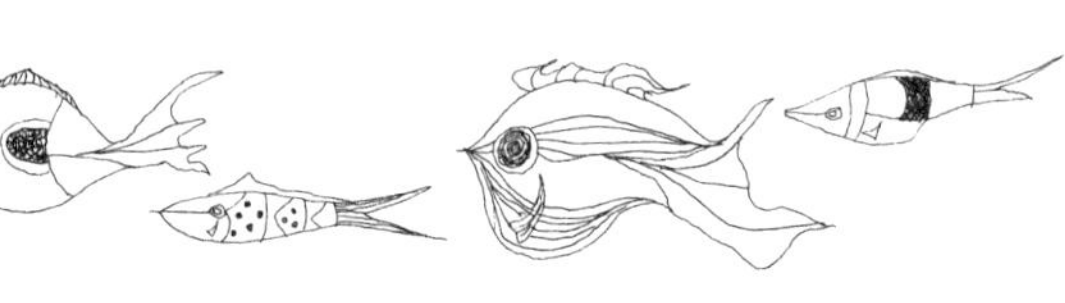

お手軽ジャムづくり

ケーキ作りがお得意な友人が、パイナップルのケーキをお土産に、わが家にみえました。初夏のさわやかな風が吹く休日のことでした。さっそくお茶の用意です。

ケーキの包みを開け、テーブルのまんなかへ。

真っ白なホイップクリームでおおわれたケーキのトップには、薄く切ったパイナップルが、ちょうどオリンピックの五輪マークのように、少しずつ重なりながら、円を描いています。

黄色と白だけの、シンプルですが、いかにもホームメードのショートケーキという感じ。さっそく、ナイフを入れて切り分けました。

中はスポンジケーキが三層になっていて、その間にパイナップルのジャムがたっぷりと塗ってあります。

アールグレイのいい香りといっしょに、いただきました。スポンジのふわりとした食感とやさしいクリーム、そしてパイナップル。

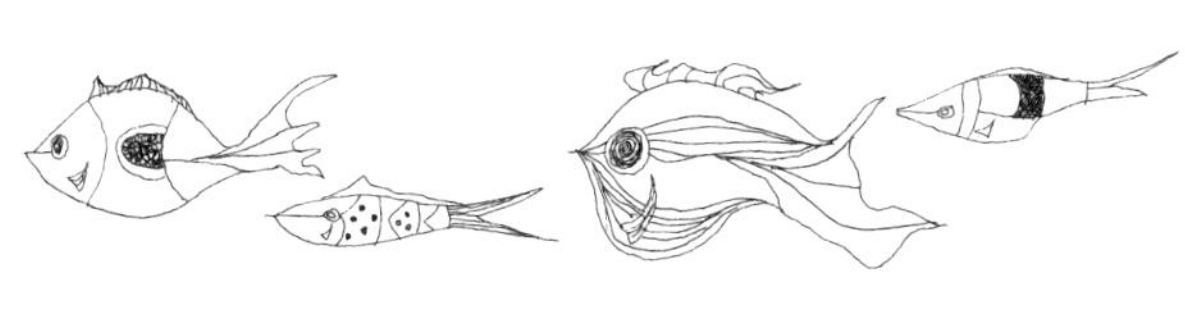

「この飾ってあるパイナップルも、挟んだジャムも、カン詰なのよ。カン詰のパイナップルで、ジャムが手軽に作れるとお友達に教えていただいたので、さっそくやってみたの。その応用がこのケーキなの」

ジャムは生のフルーツから作るもの、と思い込んでいた私は、ハッとしました。そして、なるほどと思いました。いちど火も通り、甘みもついているカン詰のフルーツを使えば、時間も手間もかかりません。

教えていただいたジャムの割合は、パイナップル1缶(350グラム)に、その重さの1/3の砂糖(約120グラム)、それにレモン汁を大サジ1～2杯。パイナップルのシロップは使わず、果肉だけをフードプロセッサーで砕くか、あるいは庖丁で細かくたたいておきます。これをナベに入れて、砂糖とレモン汁を加えてコトコト煮ます。程よく水分がとんで、とろみがつけば出来上がりとのこと。

＊

私も、この簡単なジャムづくりをやってみたくなりました。

手はじめに、パイナップルジャムを教えていただいた通りに作ってみました。ちょっとレモンを多めにして酸味をそえました。なかなかです。

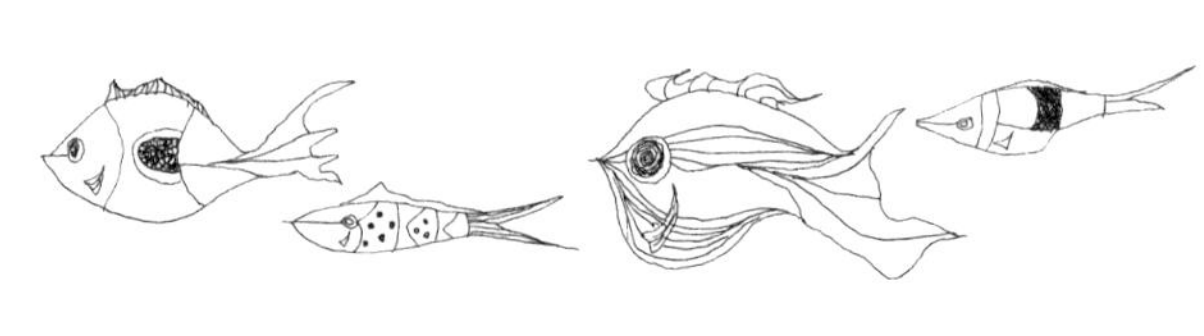

次にアンズで作ってみました。

おなじように、缶からアンズだけをとり出してナベに入れます。アンズの果肉は柔らかいので、木のヘラで大まかにつぶします。

ここに砂糖。カン詰のアンズは甘めなので、少し控えめにしてみました。火にかけて、混ぜながら程よく煮つめます。

生のアンズにくらべると、どうしても酸味と香りが足りないので、レモン汁を多めにし、火を止める前にコアントロウをまぜ入れ、風味をつけました。

やさしい味のジャムができました。

出来合いのジャムには飽きたけれど、さりとて本格的につくるのも手間だし……、というとき、戸棚にあるフルーツのカン詰で、好みの甘さと酸味、好みの洋酒やフレーバーを少し加えて、お手軽ジャムを作ってみてください。

自分で作ったジャム、というだけでも、パンにぬるとき、何となくワクワクして嬉しいものです。次は、桃とミカンに挑戦してみようと思います。

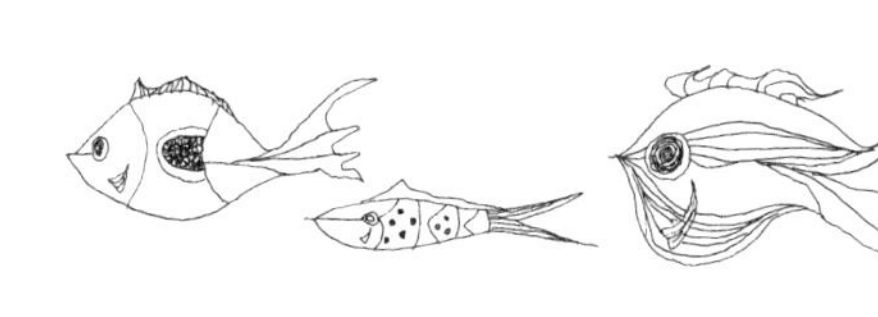

墨田の花火

住んでいるマンションの南隣りに、昔ながらの、瓦屋根のお宅があります。十階のベランダから見下ろすと、お庭の緑と物干し台が見えて、ふっと心がなごむのです。

私たちマンションの住人は、外出するときには、必ずそのお宅の前を通るのですが、私は入居して三十年近くにもなるのに、朝に家を出て、暗くなってから帰る暮らしをつづけていたこともあって、そのお家の方とは一度もお話ししたことが、ありませんでした。

それが去年の今頃のことです。いつものように、そのお宅の前を通りかかると、門の前に鉢植えが数個ならび、〈ご自由にお持ち下さい〉と札がそえてありました。

その中に、縁まわりに白いレースのような風情のある小花をつけて、たおやかにゆれているひと鉢がありました。ガクアジサイの園芸品種でしょうか。

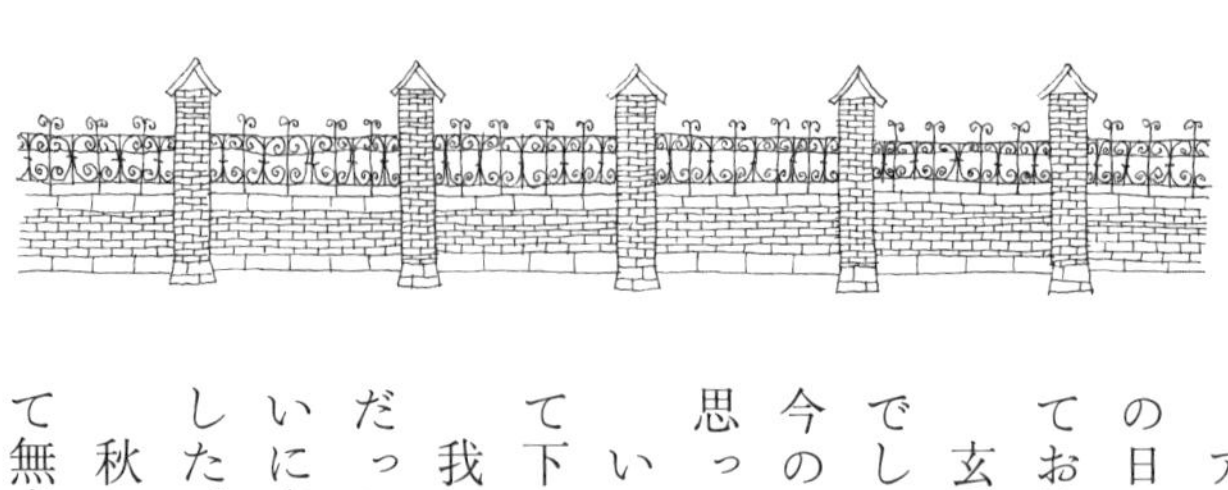

アジサイは前から欲しかった花です。門は閉まっていましたので、その日はその鉢をいただいて帰り、翌日、手作りのジャムを持って、改めてお礼に上がりました。

玄関に出てこられたのは、私より少し上かな、とお見受けする奥さまでした。高齢のお父様がいらして、外出ができず、庭での花作りだけが今の楽しみ、でも鉢がふえすぎたので、お好きな方に差し上げようと思ったのです、とのこと。

いただいたガクアジサイの名は、「墨田の花火というのですよ」と教えて下さいました。なんて素敵な名前でしょう。

我が家のベランダの一員になった「墨田の花火」は、梅雨の間に、緑だった中心部の花が開き、うすい蒼(あお)からほんのりとピンクがかった色合いに変わって、ゆらゆらと二週間以上も、家族の目を楽しませてくれました。

秋になり、冬がきて「墨田の花火」は葉をおとし、根元まで切り詰めて無事に冬を越しました。

そしてことしの春。枯れたように見えていた軸から芽がでて、ぐんぐん大きくなり、二、三日前から、いただいたときとおなじように、まわりに小さな飾り花のつぼみが並びはじめました。

間もなく清楚な花火がはじけるでしょう。ご報告に一年ぶりで、そのお家をお訪ねしようと思っているところです。

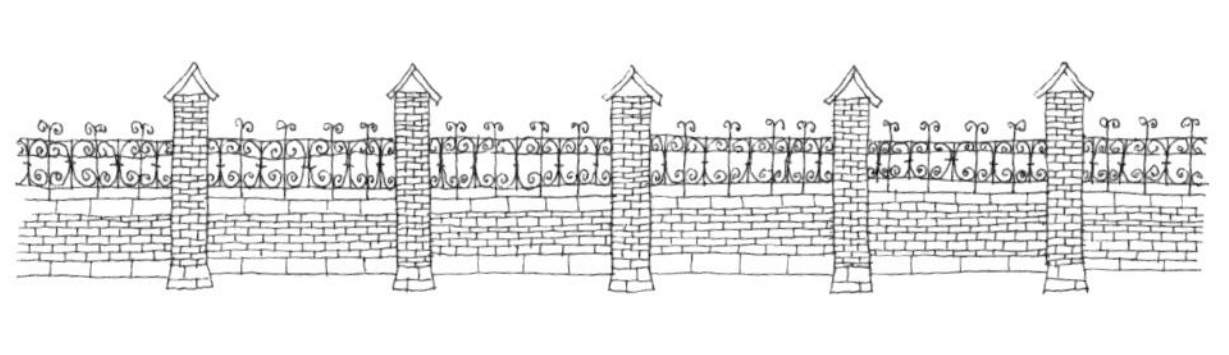

夏の小さなデザート

夏みかんのおいしい季節です。夏みかんの皮をむくと、必ず思い浮かんでくる、小さなお話があるんです。

学生時代から仲よしの友だちから「簡単なお昼をいっしょに……」とお誘いを受けたときのことです。

キュウリ、セロリ、トマトなど色どりの美しいサラダとハム各種のとり合せ、それにライ麦のパンとチーズ、ほんとうにあっさりしたお昼でしたけれど、盛り方やとり合せが、神経の行きとどいたおもてなしでし

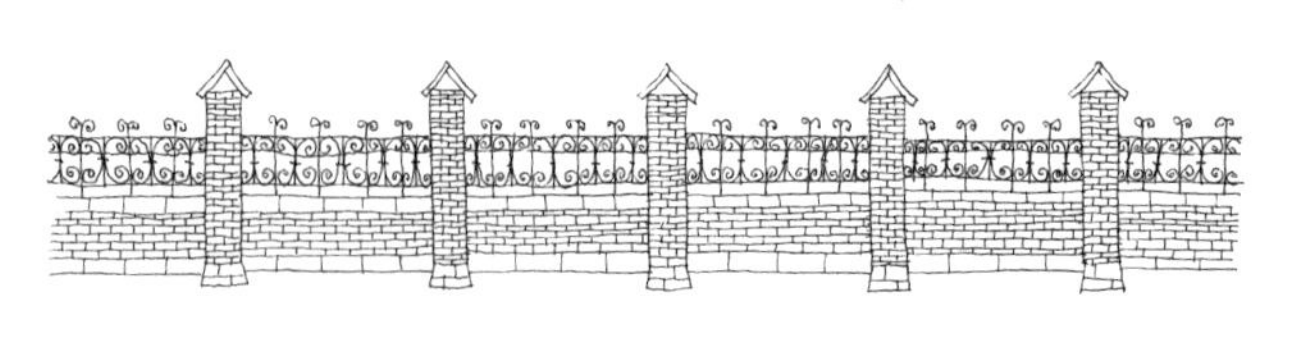

た。

そしてデザートは、夏みかんをむいて一口大にほぐし、蜂蜜で酸味をやわらげ、よく冷やしたものでした。なんでもないけれど、すてきなデザートでした。

石井好子さんから

坂本真理砂、シャンソン歌手。四十八歳。私の大切な、そしてかわいい後輩の一人です。真理砂はがんの手術をうけましたが、術後が思わしくないと聞いて、お見舞いに行ったのは、今から二年前のことでした。

六人部屋に入っていくと、彼女のベッドのまわりには、明るい女らしい雰囲気がただよっていました。

病人になってしまいたくない、と願う彼女は、淡いピンクのネグリジェにお揃いのショールをかけ、レースのついたテーブルクロスの上の

箱も、小物入れも、美しい色をそろえていたからです。

病気の前とかわらぬ真理砂に会うことができて私はホッとしました。

「抗がん剤を飲んでいるので毛がぬけて、そのうちに丸はげになるのですって」となげくので、「髪の毛は、またはえてくるわ」と、なぐさめました。

そして本当に、その通りになりました。それ以来、彼女は、「石井先生の言うことは正しい、はげだって治ったのだもの」と言ってくれます。入退院をくりかえしながら、彼女はライブのステージで歌いはじめました。

「年とった母の一人娘だから働かなくては」と言ったと聞いてせつない気持ちになりましたが、それは間違いで、真理砂は歌を歌いたいのでした。けれどもそれは長くつづかず、昨年の夏、手紙がとどきました。

「CTの結果は、腰椎に再転移しているという怖いものでした。もう抗がん剤もダメ、同じところに放射線はかけられない、治療法はないという状態です。がんセンターの相談係をたずねて、痛み止めの工夫と、ホスピスのカタログをもらってきました。

好子先生、私、がんには負けません。生きてゆきます」

そして彼女は退院し、あらゆる治療にいどみました。

六カ月たちました。

「下半身がしびれて、だんだん冷たくなって、それが上のほうへはい上ってくるのです。身のおきどころのない激しい痛み、目の前が真っ暗です」という手紙。手のほどこしようもなく、私はため息をつくばかりでした。

痛みにたえかねてホスピスに入ったのは今年の三月でした。個室に入り、病状もおさまっているので、私はよくお見舞いにいきます。私の作るスープが好物だからです。

ホスピスの病室には、友人の池田朋子さんが付き添っています。真理砂の病状が悪化して、足が燃えるように痛み、泣いて苦しんでいる姿をみたとき、「このひとから離れてはいけない」と決心したそうです。

家庭の主婦ですが、三人の子供も手がかからないので、泊まり込みで真理砂の看病にすべてをささげています。

「元気づけるために、お花見にも連れていきます」

小柄な方ですから、下半身不随のうえにあちこち痛みのある真理砂と車イスで外出するのは、大変なことでしょう。

先日お見舞いにいったときは、食事中でした。おいしそうな冷やそうめん、焼きなす、ほうれん草のおひたし、玉子焼きが並んでいました。食欲があって、デザートには果物をたくさん入れた自称「ヨーグルトどんぶり」を食べながら、「元気になりたいから、うんと食べます」とニコニコしていました。

「このホスピスはご馳走ね」と言いましたら、病院の食事はあきてしまって、いまは池田さんの作るものを食べているということでした。

横にいる池田さんに、私は思わず「あなたは、神さまからの贈り物だわ」と申しました。真理砂はうっすらと涙ぐみながら、「私はいま、とても幸せです」といいました。

真理砂はよく手紙を書きますが、その日も、「ちょうどよかった。いま手紙を書いたところでしたから、持って帰って下さい」と、花模様のきれいな封筒をくれました。「七月十二日(木)三時、病棟ロビーで上里知己さんのピアノ、歌手の竹下ユキさんに手伝っていただいて〈私のパリ

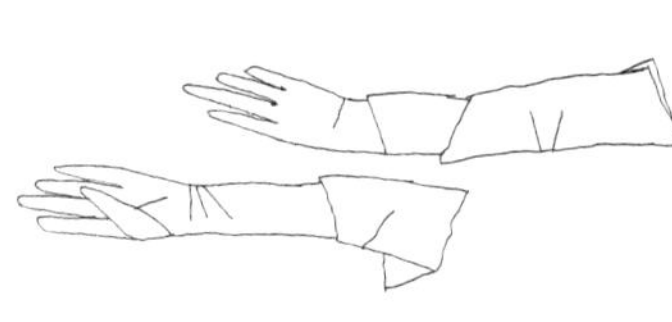

祭〉を歌おうと思っています」と書いてありました。
「入院している方たちの前で、私は歌わせてもらうことになったのです。ベッドのまま、上半身を起こしてもらって、〃セ・シ・ボン〃〃ラ・メール〃。苦しくならないように軽い声で歌おうと思っています。石井先生のお見舞いは、いつも、私をはげましてくれます」
「はげまされているのは、こちらなのに」と、石井好子さんの手紙は結ばれていました。

千円のブラウス

「これ、お姉さんにいただいたブラウスよ、大好きな色だったから大切に着ているの……」

私がもうすっかり忘れてしまっていたブラウスでした。

そういえば、何年か前のある日、デパートのバーゲンの売場を歩いて

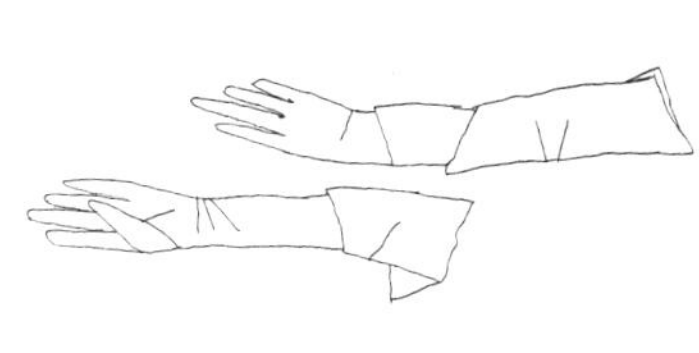
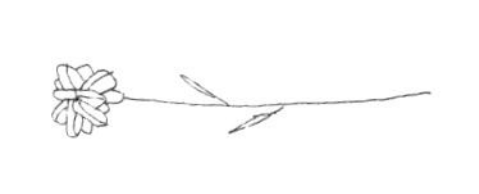

いたら、ちょっとすてきな無地のシャツブラウスを見つけました。それは、なんと一着が千円でした。色は赤、青、黄、緑、茶、黒色と六通り。どの色も欲しくなりました。六枚で六千円……。思わずその六枚を買ってしまいました。家に帰って妹達に見せました。

「私のスカートにこの色あうわ」「これは私に……」と、妹達がくちぐちに言います。私が着るつもりでしたけれど、とても妹達がほしそうです。……また買えばいいわ……と思って、プレゼントしてしまいました。

そのうれしそうな顔。バーゲンセールって、だからすてき……。

千円のブラウスということに、ふと思いました。

このブラウスの布を織った人、染めた人、布を裁って縫い上げた人、問屋さんに運んだ人、それを仕入れたデパートの人。売り場に飾った人。考えただけでも大変な人手です。

タクシーに乗ったらすぐに千円。紅茶にケーキをいただいたら千円。おみかん5コで千円。鮭の切り身が三切れで千円。千円というお金の、ふしぎな値打ち、千円札を両手にはさんで、私はなでていました。

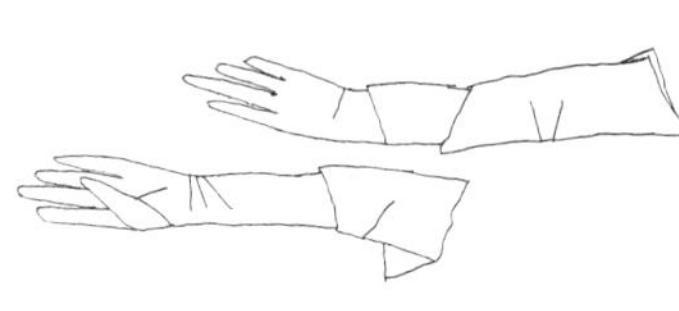
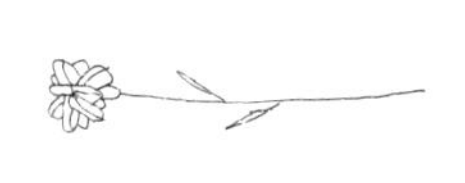

布の本二冊

〈布〉にひきこまれるのは、どうしてなのでしょうか。不思議なことのひとつです。

たくさんの〈布〉に触れてきました。身につけたもの、ただ眺めただけのもの。しまってあるもの、飾ってあるもの、なかには失くしたものもあります。遠いくにで生まれたもの、昔むかしに織られたもの、何人もの人に着られたもの、まだ逢わぬ〈布〉もあれば、これから逢うものもあるでしょう。

ただひとつ、分かっていることは、私たちは、昔もいまも、これからも〈布〉なしでいることはできない、〈布〉とは、切っても切れない縁を結んでゆくに違いない、ということです。

それはもう、第二の皮膚のようなものです。だからなのでしょう、私たちが布を大切に思ったりあこがれたり、ちょっとコレクションしたり心をそそられるのは……。

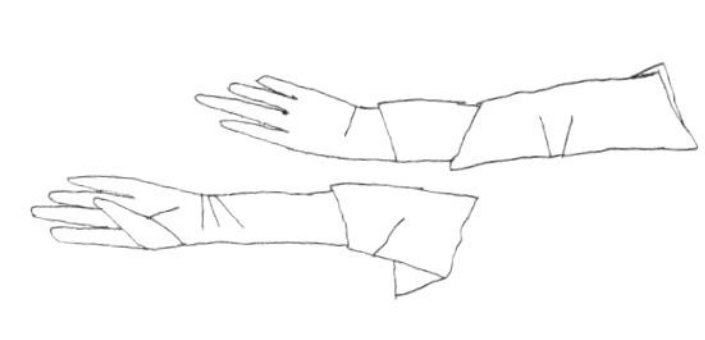
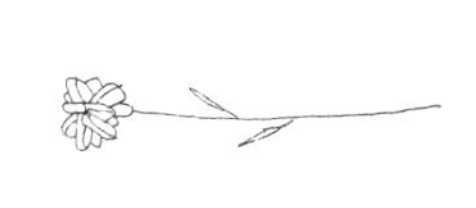

きょうは〈布〉について書かれた二冊のすてきな著作をご紹介したいと思います。一冊は昨年の秋、法政大学出版局から出された『野良着』。著者は福井貞子さん。

もう一冊は代表作『滄海よ眠れ』や『妻たちの二・二六事件』などを書かれ、昭和という時代をするどく見つめる作家澤地久枝さんの『琉球布紀行』。こちらは新潮社から出ています。

どちらも、むさぼるように読みました。そして、あらためて思ったのは、〈布〉というのは女の人たちがその暮らしのなかで、素手で生み出してきた、またとない芸術品、正真正銘の宝ものだということです。

いま、〈布〉といえば、主流は大工場でキカイによって織られ、私たちはそれを身につけているわけですが、この二冊の本で語られるのは、いまの〈布〉の原型ともいうべき手仕事から生まれた〈布〉です。

福井さんは『野良着』で、どちらかというと昔の〈布〉と仕事着を、澤地さんは『琉球布紀行』で、いまもなお晴れやかに染めあげられている紅型や花織など、ハレの〈布〉をクローズアップされています。

つづけて読むと、着心地のいいふだん着と、すてきな晴れ着にめぐま

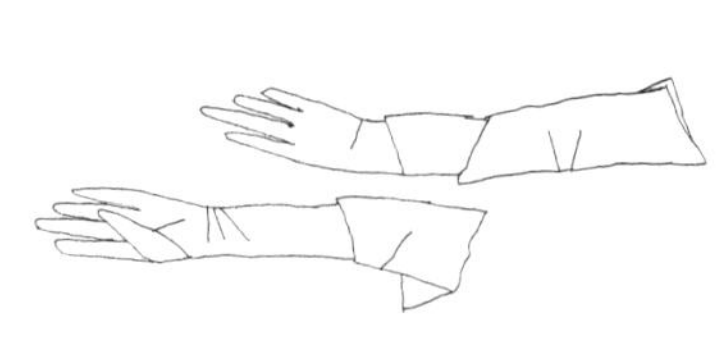
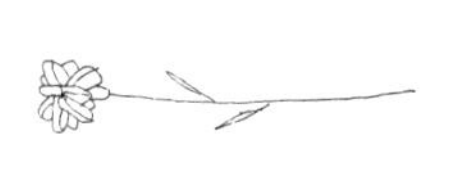

れたような満足感で充たされます。

＊

福井貞子さんは、一九三二年生まれです。鳥取県倉吉(くらよし)市にお住まいで、伝統の倉吉絣の研究家でいらっしゃいます。また精農の家に嫁ぎ、自身も絣の野良着をまとって田畑の仕事を体験しています。

そういう暮らしのなかで、女性と野良着のかかわりに熱い目を注ぐようになり、一軒一軒農家をたずねては着古された野良着を収集、織りかた、染め、縫い、重さからつぎはぎの針目まで仔細に調べあげ味わい、丹念に記録を重ねていったのです。その期間は半世紀にもわたります。文字通りの労作です。

さて野良着の源はなにかといいますと、福井さんの調べでは「嫁入りの着物」です。それは藍染めの木綿。ふだん着として着て、何度も洗い張りするうち、あちこちが弱ってきます。弱ったところをよけて、着丈を短かい等丈(ついたけ)にし、衿幅をせまく袖も短かくしてゆくあいだに、ふだん着としても通用しなくなって「野良着」になるのです。

「野良着」を丹念に調べる過程でワタくずが見つかることがありまし

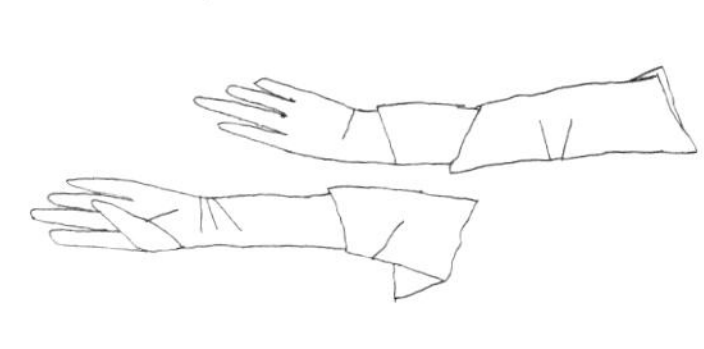
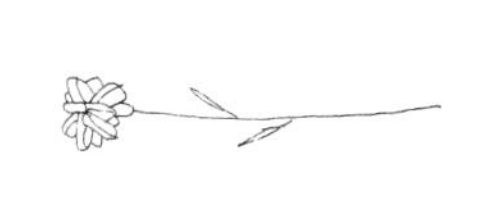

式で、またふとんにもどすという技もありました。

「野良着」を着ないでする特別の労働もありました。田植えです。そのときには「野良着」でなくて、絣などの「晴着」を着て早苗を植えるのです。派手な襷をかけ、ときにはだらりの帯を、はなやかに締めての田植えもあったといいます。女性が晴れ着姿で田植えをすると水神がよろこんで、豊作をもたらすと、言われたのだそうです。

福井さんが、「野良着」に目をこらしていて、おどろかされたのは、ふだん着から「野良着」へのたくみな更生、リフォームの技だけではありません。たとえば表側からは見えない袖口の裏のところに、色縞の紬を縫いつけたり、絹の小布を衿さきにあしらったりと、プライベートな、ひそかなぜいたくを縫いこめていたことです。昔の女性は結構したたかに、おしゃれをたのしんでいた、ということになるでしょう。福井さんはこれを「野良着」にこめた女の誇りといいます。

「野良着」だっておしゃれにつくるのです。福井さん自身、丹念に縫い

なおされ、補強の針目に入ったつぎはぎ自在の野良着を着て、田畑の作業をしました。そのとき「まるで野良着は生きもののように感じられ」たと書いておられます。布が生きもののようにしなやかに皮膚にそってくる感覚がつたわってきて、ゾクッとしました。

藍木綿の何度も水をくぐり、ひとの体熱を吸い、丹念に縫われた「野良着」が大活躍するのは、明治から昭和の三十年代にいたるおよそ一世紀ですが、今もそうした「野良着」をいつくしんでいるひとは、わずかでもおられるでしょうか。

福井さんの結論はこうです。

「野良着」は日本の農民にとって最高の衣料である。

福井さんのお手もとの「野良着」のコレクションを、一度ゆっくりおたずねし、その深い味わいを味わってみたいと思っています。

＊

澤地久枝さんの凛としたペンが伝える『琉球布紀行』には、沖縄戦の廃墟のなかから不死鳥のようによみがえった「紅型」奇蹟の復元を達成した「読谷山花織(ゆんたんざんはなうい)」、そして、あの繊細で強靱な力を秘める喜如嘉(きじょか)の「芭

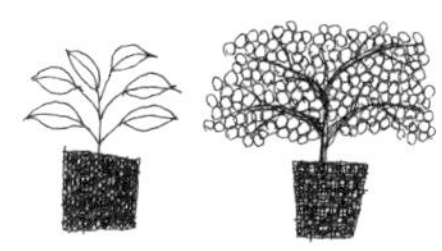

蕉布」などが、つぎつぎと語られます。

全篇は〈布〉を愛するひとびと、その圧倒的多数は女性ですが、愛のうたです。快いうたです。カラー写真にたくさんおさめられています。

「紅型」を再生させた城間栄喜（しろまえいき）さんのところで、澤地さんは次のように書いています。

紅型の「道具を作る材料や顔料の素材は、米軍のゴミ捨場でひろう。型紙を彫る小刀を作り、日本軍の軍用地図を使って型を彫る。筒引の布袋につける口金には、銃弾の薬莢（やっきょう）を利用した。

染め生地もない。米軍の木綿の袋（小麦粉運搬用の空袋（あきぶくろ））を用いた紅型の踊り衣装はよく知られている。顔料の赤がみつけられないときにはひらめくものがあり、これも捨てられていた口紅を使った」

城間さんが戦争中にいた大阪から廃墟と化した沖縄に帰ったのは敗戦の翌年秋。しかし妻のウシさんと三男は、沖縄戦の砲火のなかで命を散らしていました。

バラックで暮らす日々。からくも生き残った三人の子がふびんであればあるほど、城間さんは「紅型」の再興にこだわった……と、澤地さん

は記しています。

生きるために、城間さんは、「紅型」にくらいついたのです。米軍のゴミを逆手にとって、ゴミのなかから、この世でもっとも美しいもののひとつ「紅型」染めの〈布〉を生み出したのです。

「栄喜の底知れぬ絶望、孤独、涙をいわば代償として、戦後、沖縄の紅型は奇蹟のようによみがえった」

心をゆさぶる文章です。そのページにさしはさまれた「石垣に芭蕉と高倉糸干しの段文様紅型」は、芭蕉布に両面染められた傑作です。めらめらと燃え上がるような炎を感じさせる、力強くも激しい主張のある作品の迫力に、圧倒されます。

「読谷山花織」を復元した與那嶺貞（よなみねさだ）さんは、いま九十二歳。一昨年、人間国宝の認定を受けました。

戦後、未亡人となった貞さんは、三人の子を育てあげ、ホッとひと息ついた昭和三十九年、五十五歳のとき村長さんから、ひと仕事をたのまれます。とてつもない難しい仕事でした。すでに幻となって長いこの地独特の美しい布、「読谷山花織」の復元をたのまれたのです。

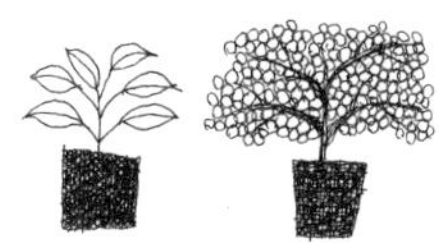

それは、村おこしの事業でもあるのでした。しかし手がかりらしいものは、これといってない、五里霧中の旅立ちでした。それでも古老の記憶はあり貞さんにしてみれば、まるで初耳の花織。探し出したほんの一片の花織を古老に見せることからはじめて、少しずつ、ほんの少しずつ、花織の技法がわかってゆくのです。

そえられたカラー写真で見ると、花織の布は、ステッチが浮いていて、織りというより、刺しゅうをほどこした布に見えます。そうしてかなり厚地です。というのは、編みこみ模様のセーターのように、使った色糸が浮糸になって、裏布にびっしり残ってゆく織り方だからです。

澤地さんは、読谷という土地は思いのほか寒く、こうした厚地の織物を必要としたのではないか、と書いておられます。この布で袷に仕立てたら、きっとほっかりとあたたかいでしょう。

＊

さいごに忘れられないのは、『野良着』と『布紀行』、この二冊の本のなかに、全く同じことが語られていたことです。

それは、昔の藍木綿が人肌のようにやわらかくなったとき、芭蕉布が

使いぬかれてやわらかくなったとき、女のひとたちは、いそいそと、それを赤ん坊の肌を包む〝おむつ〟に仕立てたというくだりです。〈布〉はそのとき、冥利につきたと微笑んだかも知れません。〈布〉の多彩な役目、〈布〉の秘める美しさと力をつくづく感じる二冊でした。

若いお母さん

日曜日、買いものを終えて、デパートの喫茶室でひと休みしました。ちょうど三時をまわったところ、混んでいましたが、具合よく、あいていた席に案内されました。紅茶とクッキーをいただいて、ホッと心の和らぐひとときです。

おとなりの席は、若いご夫婦と赤ちゃん。ベビーカーに寝かされていますけれど、小さな小さな靴がステップに置いてあるところをみると、ちょうど立ちはじめたぐらいのところでしょうか。

健康そうな頬に、まるいくりくりした目、男の赤ちゃんです。私と目が合うとにこっと笑いました。ほんとに可愛くご機嫌です。

茶髪のお父さん、コギャルふうのお母さんは、会話がはずんでいます。そのうち赤ちゃんは、あきてきたらしく、ぐずりはじめました。それを見たお母さんの手が、脇のバッグから、花模様の袋をとり出しました。なかから、魔法ビンと哺乳ビン……、そして、見るまにミルクが作られました。ベビーカーのボタンを押して、赤ちゃんを少し起こしました。小さな手に哺乳ビンを持たせると、その角度がちょうど、吸口が口に当たるほどのよい加減で、赤ちゃんは一人でビンを持って、ミルクを飲みはじめました。

横目で私のほうをチラチラ見ながら、ご機嫌で上手に飲んでいます。ときどき、口をふいてやったりしながら、お母さんは自分もケーキを口に入れています。赤ちゃんがミルクをすっかり飲み終ると、ベビーカーは元の形に直されました。ずれて足の先にぶら下っていた靴下もピチッと直し、小さな靴もはかせました。胸のあたりに、クマの模様のタオルがかけられました。

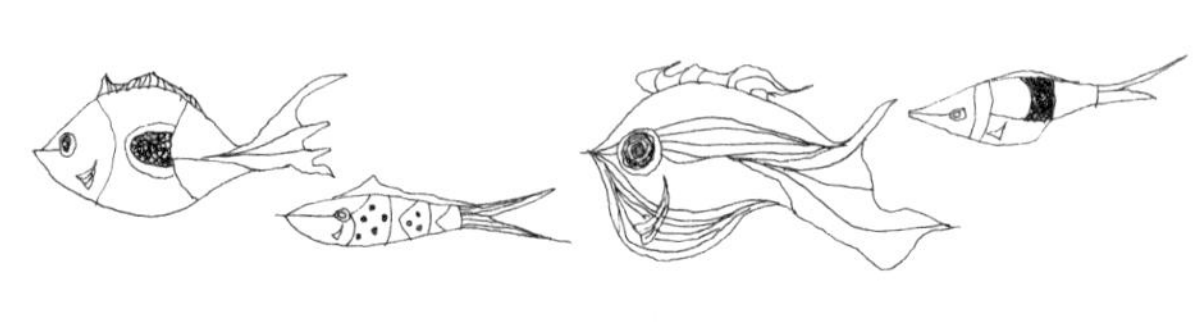

お父さんが立って、ベビーカーを押して出口へ向かいました。お父さんも、ジーンズにリュックです。あとに残ったお母さんは、ゆうゆうと残りのアイスクリームとケーキを食べています。

ミルクの道具が、さっさともとの袋にもどりました。食べ終ったお皿やカップやナプキンが、さっと一つに寄せられ、テーブルがきれいになりました。

ギャルママと言われるような、この若いお母さんの手ぎわよさ、ちらちらとみせる赤ちゃんへの愛情。それは、ベタベタしていないけど、精一杯に愛しているのがよくわかります。そして何より、最後にきちんとテーブルを片づけるまでの、手早いこと……。私は思わず、「すてきなお母さんね」と、声をかけてしまいました。

一瞬びっくりしたようでしたけれど、「あ、ありがとうございます」と、あどけないくらいの笑顔が返ってきました。「お先きに……」と私に挨拶して、大きなバッグを肩に、お母さんは出てゆきました。

なにか、私も幸せになりました。

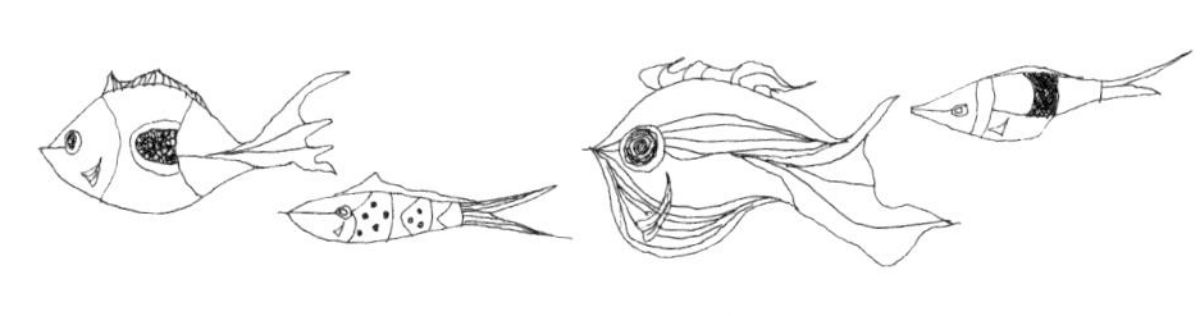

ご苦労さま

はじめての北京空港に着いて、白いスーツケースを受け取ったとき、何だかかしいでいるのに、気がつきました。

底をみると、キャスターの一つがへこんでいます。中味はそんなに重くないのに、どうしたのかしら、と思いました。

添乗員の人も気がついて「事故証明をもらいましょうか」と言ってくれましたが「もう、かなり使っているものですから……」と答えました。事故証明をもらうには時間がかかりグループの方にご迷惑です。

そのまま旅行をつづけ、つぎの西安に着いたとき、ケースはもっとかしいでいました。ホテルに着いてから調べると、ほかの二つのキャスターも、まわりのプラスチックが割れ、本体にくいこんでいます。これはもうプラスチック疲労にちがいありません。事故証明なんかもらわないで、よかった、とおもいました。

キャスターを粘着テープで止め、なんとか家までたどりつきました。

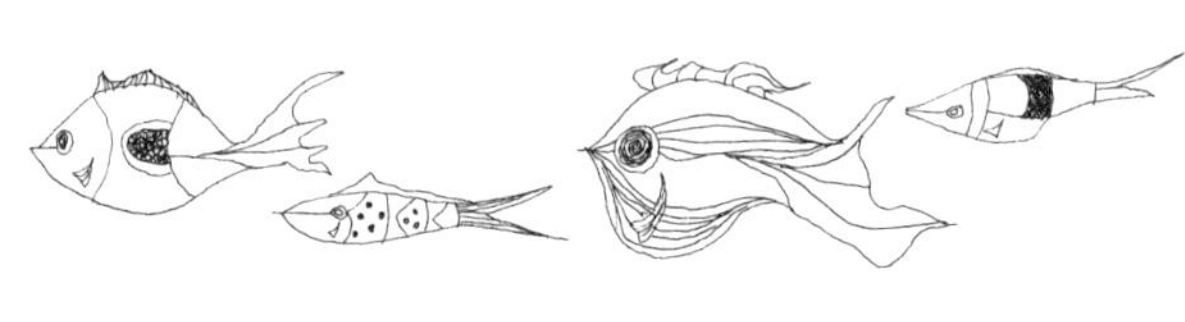

もう、このスーツケースと旅行することはないんだ、と処分することにしたら、一緒に旅行したさまざまなことを思い出しました。

はじめての旅行は、ヨーロッパ一人旅でした。パリへいくのに直行便がとれなくてロンドンで乗り換えたら、荷物の積みかえが間に合わなくて、パリの事故処理係に事情を説明しなくてはなりませんでした。

係のひとは片言の英語も理解してくれないで、フランス語オンリー。スーツケースの説明をするのに、やっと分かったのは「サムソナイト」の一言だけ。でも無事解決。夜までにホテルにとどきました。

ロンドン旅行のときは、パンフレットや本を買いこんで重くなってしまい、よろよろしながら、やっとの思いで空港のカウンターのベルトにのせたっけ……。

ハワイからの帰りには、中がガラガラだからと、バーゲンで大きなバスタオルをたくさん買いこんで、いっぱいにしたこと。

弟の南米出張についていったり、アラスカへ友人のお供をしたり、持ち主の私の何倍も、世界を移動しています。

スーツケースも疲れたでしょう、二十年間、ご苦労さまでした。

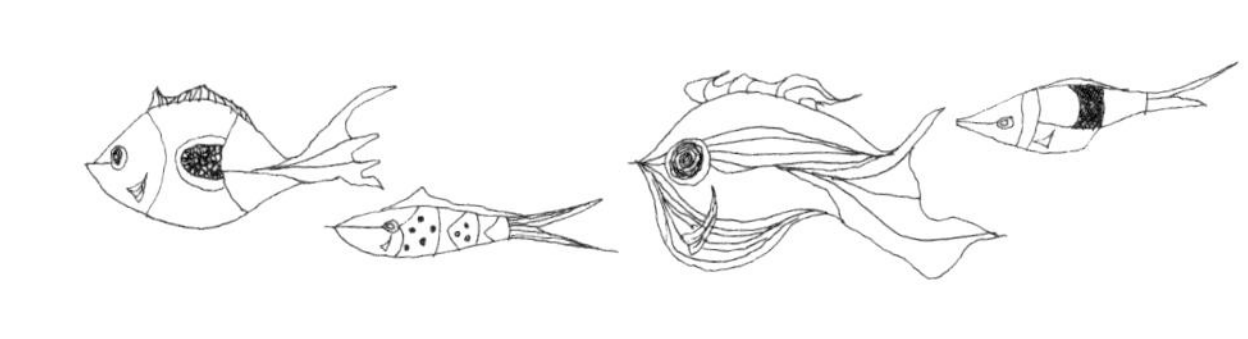

ココナッツカスタード

タイに旅行された方から、タイのお料理やお菓子がたくさんのった本をお土産にいただきました。

暖かい国の食べものらしく、スパイシーな香りと、みずみずしいハーブや、野菜をふんだんに取りいれたヘルシーな料理がならんでいます。エビやカニ、魚や貝をいろいろに使ったご馳走や、タイ風のチャーハン、そしてスープなど、私たちにも親しみがわくような味つけです。

本のうしろの方には、デザートがのっています。マンゴーなどのトロピカルフルーツ、ココナッツミルクを使ったプリンやアイスクリームがとてもおいしそう。見ているうちに何か作ってみたくなりました。

「ココナッツカスタード」は、写真でみると、淡いクリーム色でとてもおいしそう……。ココナッツミルクで作るプリンですから、作り方もプリンとおなじで、牛乳の代わりにココナッツミルクを使います。

＊

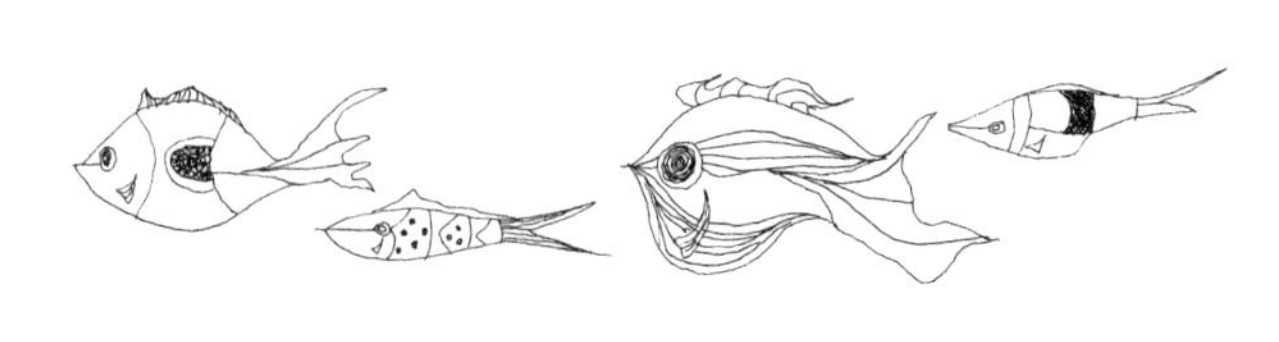

材料は五人分で、ココナッツミルクをカップ1杯半と、大きめの玉子を4個、お砂糖をカップ1杯（100グラム）です。

作り方も簡単です。ボールに玉子を割り入れ、よくときます。ここにお砂糖とココナッツミルクを加えてよく混ぜてから、ザルでこします。

これを、器に分け入れて蒸し器にならべ、二十分から二十五分、固まるまで蒸します。蒸し上がったら冷蔵庫でつめたくします。

＊

同じ本に、玉子を多めにしたココナッツカスタードを、種をとった丸ごとのカボチャのなかに流し込んで、カボチャがやわらかくなり、カスタードも固まるまで蒸し、充分に冷やしてから、クシ形に切っていただくデザートもあります。

おなじミルクでも、ココナッツからとるミルクは牛乳とちがって、甘い香りもコクもたっぷりで、カボチャとは相性がいいのでしょう。

私のつくったココナッツカスタードも、味は充分ですが、彩りに、よく熟したマンゴーを1センチ位のサイコロに切って、器から抜いたカスタードといっしょに、お皿にたっぷりと盛り合わせてみました。

香りも味もトロピカルなマンゴーと、とてもよく合いました。

タイではココ椰子が何本も、きちんと畑に植わっていて、カラは燃料や細工物に、繊維はブラシや敷物、ミルクは、料理のほかにも煮つめて砂糖にと、捨てるところがない大切な暮らしの木だそうです。

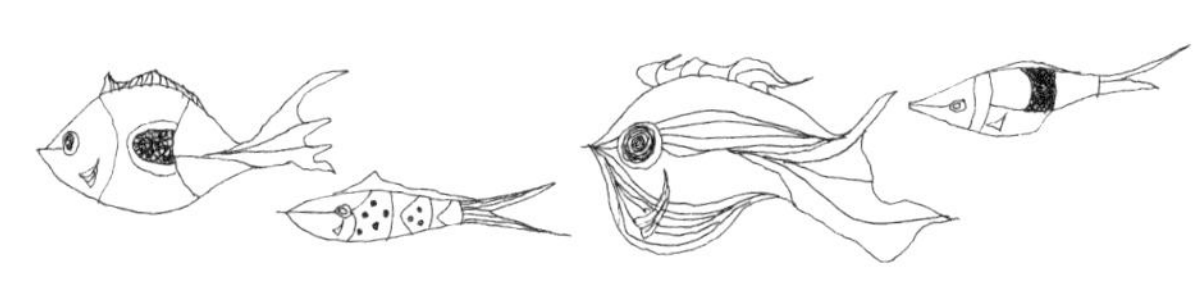

夏至の日の旅

すこしヘンな言い方ですが、「いらっしゃい」とよばれているような気がして、梅雨晴れの一日、東京駒場にある〈日本民藝館〉（柳宗理（やなぎそうり）館長）に足を運びました。何やかやと気ぜわしい日がつづいたのと、民藝館のほうも長い改修工事に入ったりしたため、ついごぶさたしたのです。

戦争がはじまる寸前の一九三六年（昭和十一年）に柳宗悦（むねよし）さん（一八八九〜一九六一）がリーダーとなって立ちあげた日本民藝館。そこには骨太な、地に足のついた、ほんとうに美しく底光りするもの……焼きも

てきました。

の、織りものをはじめ、暮らしになくてはならぬさまざまな道具が集められ、展示されています。力強い美のプール……と、私は勝手に名づけてきました。

そこで出会う一枚の皿、ひとつの飯茶碗、また、一枚の着物、見つめていると、それを生んだ人、使った人、その家族や暮らしの悲喜の模様まで偲ばれて、ドラマのなかに遊ぶような思いがするのです。

〈もの〉って、何とすばらしいのでしょう。また、ひとというのは、こんなに美しいものをつくり出して、のちの世の私まで、酔わせてくれるのです。

日本民藝館は、劇場のようなものです。ひとりで訪ねるのもいいのですが、私は、同年輩の二人の友人を誘いました。見方や感じ方が少しずつ違えば、お互いそのぶん刺激になるからです。

さあ、何を見せてもらえるのか。あたらしい映画かお芝居を観にいくようなときめきを胸中に、女三人、京王電鉄井の頭線（渋谷〜吉祥寺）の駒場東大前駅におり立ちました。吉祥寺寄りの改札を出て、駒場小学校前を通り、ものの五分も歩けば民藝館はすぐです。大谷石の塀にかこ

まれた、白壁の涼しいがっしりした蔵造り……。

扉を入ると、広々とした板敷きの間。靴をぬいで上がります。入館料は千円。展示室は、一階に三つ、二階に五つ、そのうち一つは、運動場くらいもある大展示室です。上るにつれて少しきしむゆるやかな階段、たっぷりと幅の広い、つややかな木の手すりの感触も懐かしい……。

一万七千点もの収蔵品を持つ日本民藝館、この日の展示は、よりすぐりの名品展、東洋編でした。

*

大展示室に入るなり、私たちを釘付けにしたのは、裂き織りの丹前でした。壁に、ずしりという量感で掛けられています。大きいのです。堂々たる風格です。そして得も言われぬその色……、モダンな配色です。時代は江戸のもの、材質は絹と木綿の古布を細く裂いてヨコ糸とし、タテ糸は麻のようです。だんだらのヨコ縞に織り上げた大胆ともいうべきデザインです。

でも、織った人は、デザインなんて、これっぽっちも考えなかったかもしれません。ただ手もとにたまった濃淡の藍の布、茶がかった布、藍

の色がさめて碧がかった古布を自由に裂いて、ひたすら織ったまでのことでしょう。ただ、さすがだなと思わせるのは、藍から茶、淡藍と色が移るとき、細く白を入れて、境い目をくっきりと光らせています。藍と茶と白。たったそれだけの色を駆使して、こんなに印象深い着尺に織りあげている。

捨てるしかないような布の見事な再生に、息をのみました。越前、いまの福井県で収集されたものです。

このすてきな丹前にくるまれたのは、誰でしょうか。織ったのは、どんな人だったでしょうか。思い切りのいい伝法な女性だったかもしれません。

そして、よくもよくも、こうして生きのびていてくれました。ボロとして捨てられたかもしれないこの丹前を、美しく貴重なものとして救い出し、評価し保存してくれた民藝館、柳宗悦さんの力を、まざまざと見る思いでした。

やっとこの丹前の前を離れた私たちは、またまたワッと声を上げてしまったのですが、それは、おなじ大展示室で見た湯釜です。これも江戸

のもの、火鉢ほどもある鉄瓶のような、大きな湯沸かし釜で、鋳鉄手跡文湯釜と、表示があります。

その通り、湯釜のおなかのところに、何と右手の平のあとが、ジュッといった感じでついているのです。

見たとたん、アッチッチ……と叫びたくなりました。ユーモラスで激烈なデザインです。でもきっと、こうした湯釜にうっかり触ってやけどする人が、そそっかしい人が、きっといたのでしょう。熱いですよ、触っちゃいけませんよ、という警告がこんなデザインになったのではないか……と、私は感心しました。

同行の二人も異存はないようでしたが、そういえば、このごろの電気器具やガス器具にも、いろんな警告のこわい文言が記されています。その無機質な文章とくらべたら、江戸は愛敬たっぷりでした。

もうひとつ、三人が見ほれてしまったのは、べつの展示室で見た江戸期の飯茶碗です。麦藁手とよばれるもので、渋い土肌にオレンジの太い線、茶褐色のやや細い線、すこし濃い目の茶の細い線を交互に走らせた飯茶碗。線と線のあいだはやや広くとってあって、ぜんたいに気取らな

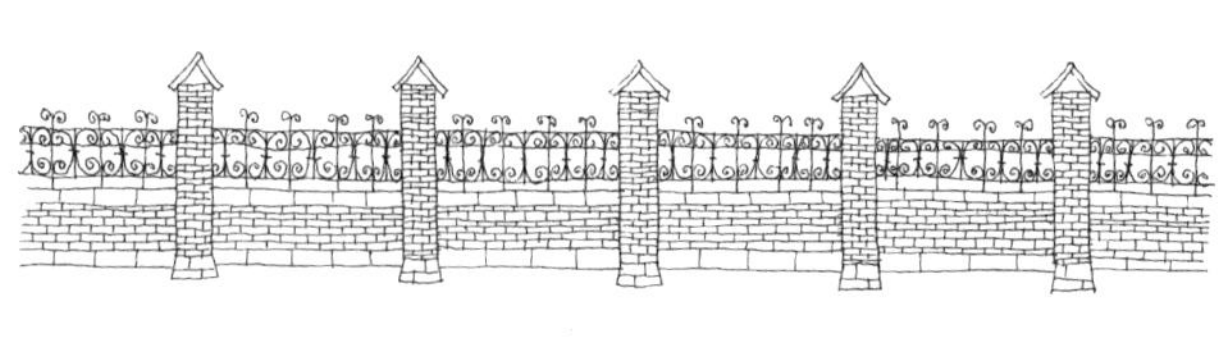

いおおらかさ、明るさです。とりわけオレンジのふくよかな線が魅力です。「毎日つかうお茶碗のおしゃれをしていたのね」と一人が、ため息まじりに言いました。彼女はあとで、売店にあった麦藁手の飯茶碗を、さっそく一つ買って、おみやげにしました。

日本民藝館でぜひ見ておきたいもののひとつに、沖縄の織りものがあります。染めものの紅型（びんがた）ももちろんですが、十九世紀後半に首里で織られた、格子縞に絣を組みこんだ高度な技術を秘めた着物、これを手縞というのだそうですが、私は文字どおり、その前に棒立ちになってしまいました。

藍と白と、はなやかな紅で、くっきりと、格子縞が織り出されています。その藍地の部分に、絣の文様が入っています。格子の直線をいなすような絣の曲線。若々しくエネルギーにあふれた手縞です。織り上がったとき、この一反の着物を囲んで、人々は、どんなに喜びあい、ほめあったことか……。その声がひびいてくるように思いました。

書きつくすことはとても不可能、無尽蔵の美しさと力が、この民藝館には集まっています。

＊

家に戻ってテレビをつけると「きょうは夏至、一年中でいちばん昼の長い日です」と言っていました。日が落ちても、どことなく明るくオレンジ色が残る日でした。一年中で、一番日長だった日。毎年この日に民藝館を訪ねるクセをつけるのもいいか、と思ったことです。

日本民藝館は東京都目黒区駒場四ノ三ノ三三、電話〇三・三四六七・四五二七

リボンをすてきに

日本では贈り物には熨斗(のし)と水引が伝統。それが簡略化されて、紙に印刷だけの、のし紙が生まれました。あらたまった贈答品には、やはりのし紙をつける習慣が根強い――。

奉書に水引は芸術的で美しいけれど、日々の暮らしの中では少し重い

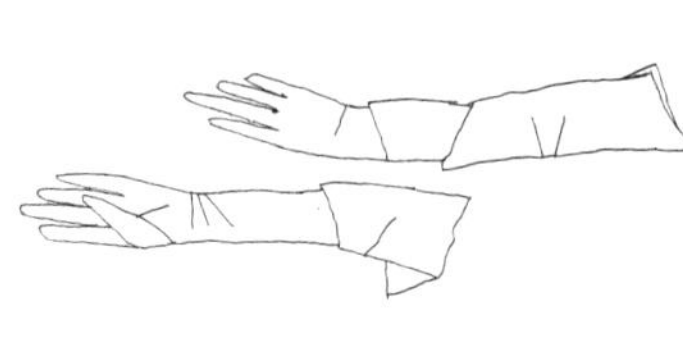

ような気がします。……で、いっそのことこの際、西洋の伝統の、贈り物にリボン、という習慣に切り替えたら、どうでしょうか。

デパートからお素麺の箱を送るときでも、係りの人は「おのしですか」と聞きますが、「リボンにして下さい」と言って、リボンの見本を見て色や形を決めます。その方がずっとスマートになります。中身が紅茶とジャムなら、なおさらです。

もっと素敵な使い方もあります。

お庭の椿を一枝、お友達にあげるとき、紙に包まないでも、根元にリボンを結ぶと、とてもステキです。

果物を人にさしあげるとき、入れるカゴの手にリボンを結びます。このあいだは先手を打たれて、袋の取っ手に白い幅広のリボンを結んで、「はい」と店員にわたされ、感心したこともあります。

チョコレートの箱に、赤いリボンをじかに結んでもステキです。

本の読みさしに挟むしおりも、お気に入りのリボンにしましょう。買うと何百円もして、そのくせ、使いたいときに、そばにないのがしおりですから。

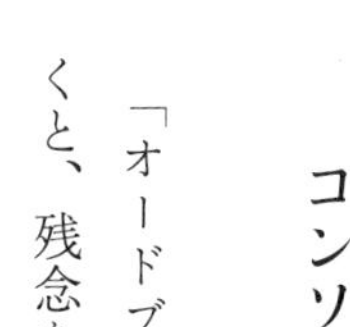

コンソメご飯

「オードブルからはじめて、メインのお肉か、お魚のひと皿をいただくと、残念ながらもうおなかはほとんどいっぱい。年をとると胃が縮んでしまうのでしょうか。

でも、なにか、もう一つ物足りない、という感じも残ったりして。

そんなとき、小さなカップ一杯のコンソメスープに、あたたかいご飯を三口ほど入れて食べられたらどんなにいいか、と思うの」

久し振りにあった友だちの話は続きます。

「母が元気だった頃、行きつけのレストランにいっしょにお昼を食べに行ったときのことを思い出すの。

いつものごはん、食べますか、とカウンターの中からシェフが声をかけてくると、〝お願いね……〟と母はうれしそうに答えます。

メインのお皿が下げられたあと、小さな平型のカップに、透き通ったアメ色のコンソメ、別の器にごはんがほんの少し。

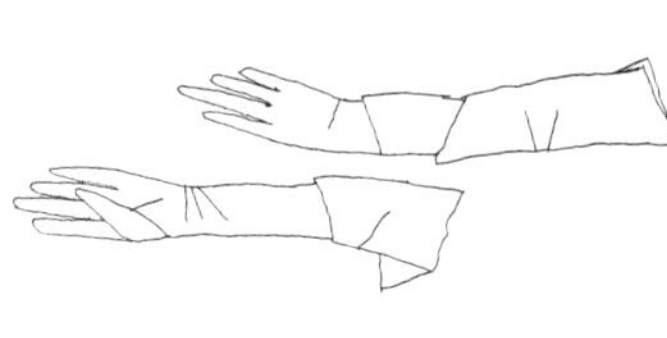

母はそのごはんをスープに入れて、スプーンですくって口へ……。〝おいしいわ……〟と、しんからおいしそうなひと声。カウンターの向うのシェフは、よかった、とにっこり。

近くのテーブルで食事をしている人たちは、何を食べているのか、興味シンシンでこちらを向く……。

私も家で、作ってみたことがあるの。しっかりと作ったコンソメに熱いご飯を入れて食べる。それはそれはおいしいものよ。

コンソメをきちんと作るには一週間もかかりますよね。いい加減には出来ない。そういうコンソメスープを出すレストランで、さいごにコンソメご飯を作ってもらえるようになるためには、時間をたっぷりかけてなじみにならなくては……」

友だちは、ここでひと息ついて結論に入りました。

「年をとることの楽しみの一つは、わたしのコンソメご飯のお店を持つこと……」

＊

コンソメごはん、私も食べてみたくなりました。

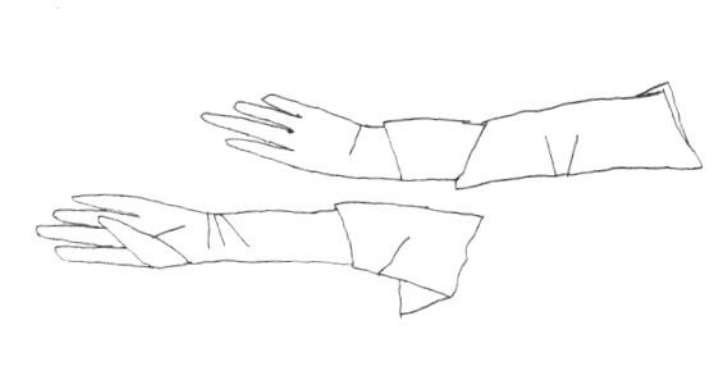

本屋さん

四十年以上つづいた近くの小さな本屋さんが、店を閉じました。

電車の中吊り広告で見た雑誌や、新聞広告に出ていた本を探して、帰りがけや休みの日に、ときどき寄っていた本屋さんです。

店の人は子どもたちの立ち読みも大目に見て、雑誌以外ならゆっくり読んで、選んでいくように言ってくれました。

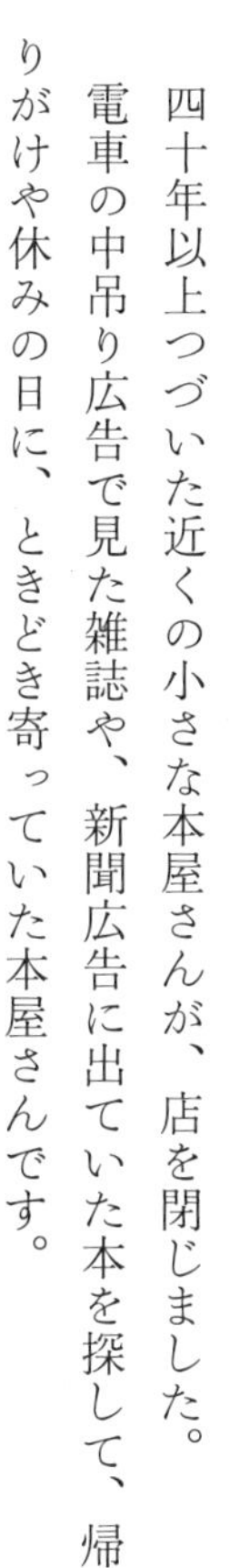

ここは都内の住宅地、なぜか古書店が多い町で、駅から家までに三軒もあるのに、新刊を扱う本屋さんはここ一軒しかなかったのです。
ご主人はいま六十歳、商売熱心で、何より本の好きな本屋さんです。
これはという新刊書や雑誌が出ると、手書きの広告を店の前に張り出しますし、注文を取りに自転車で出かける姿もよく見かけました。
でも、やめなければならなかった理由には、本が売れなくなった事に加えて、もう一つ、親切すぎるご主人の性格があったのかもしれません。

＊

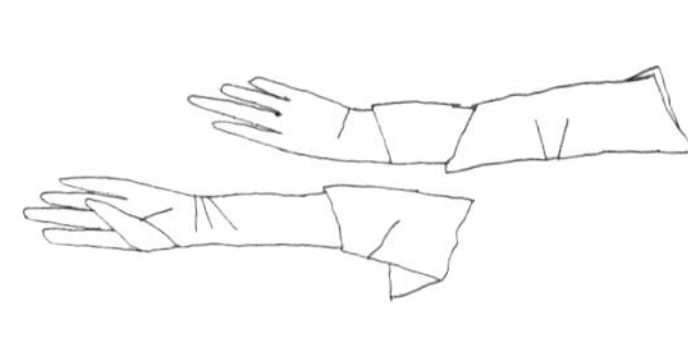

ほしい本があって「取り寄せてください」と本屋さんに注文すると、本屋さんはそれを、取次ぎと呼ぶ問屋さんに注文するのですが、一冊の注文では、なかなかスムーズに入ってきません。

買う側の身になれば、本というのは一刻も早く読みたいものです。なかには、注文したものの、よそでその本を見つけて、買ってしまったりすることもあるのでしょう。取りに見えない方もあります。

そういう本は、在庫になってしまいます。本屋さんが取次店に注文して取り寄せた本は、売れなかったといって、出版元に返すことは出来ないという仕組みになっています。

親切なこの店のご主人は、注文をだしてもなかなか入って来ないときは、ほかの本屋さんでその本を見つけて、定価で買ってきて、お客さんに届けたりもしていました。

テレビやビデオの時代になって、前ほどみんなが本を読まなくなったことに加えて、あれやこれやが重なって赤字がふくらみ、もうやっていけない、と決心したのでしょう。

本も、取次店に注文したらすぐに手元にとどくのなら、もう少しつづけられたのに、というご主人の話を聞きながら、こういう温かい本屋さんが、つぎつぎ減っていくのを淋しく思っています。

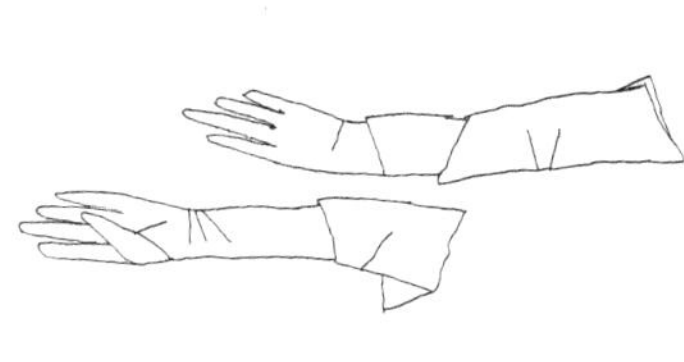

グレイと白と

その旅行での宿泊は、ホテルのかわりに、ガイドブックで紹介されていたアパートを利用しました。部屋の持ち主が長いこと留守にされるので、その間を貸しアパートにしているという部屋です。

パリの中心街を少しはずれたところにあったアパートは、外は白壁、入口はガラス張りの近代的な建物でした。

一週間ほど借りることになった部屋は二階にあって、重いドアをあけると、目の前がキッチン、右手がリビング、左手がベッドルームという造りになっていました。

リビングの壁は淡いグレイ。床のカーペットもグレイですが、こちら

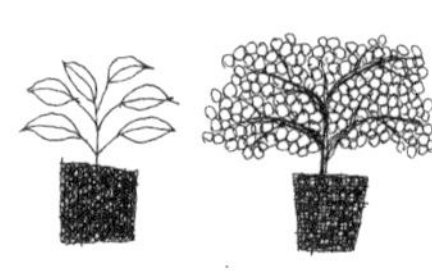

は壁より濃い、沈み込むように深い色のグレイでした。でも、壁の縁どりの木枠や壁の一面全部を占めている大きな本棚が白いペンキ塗りなので、部屋全体の感じは、それほど暗くありません。

本棚には、住んでいる方のお仕事柄か、画集やモダンアート関係の本がならんでいました。カーテンも白い素材で、窓から見える木立ちの緑が、いっそう鮮やかです。

部屋の隅には、どっしりした丸いテーブルがあって、その上に大きな赤いランプシェードのついた白い磁器のライトがおいてあります。ライトをつけると、そこだけぽっと暖かい光がこぼれました。

くすんだクリーム色のソファにかけて、壁の油絵の静物画を見ていたら、ふとヴェルコールの『海の沈黙』を思い出しました。第二次世界大戦中、元音楽家のナチスドイツの将校を寄宿させることになった主人公と姪が、なにかと語りかけてくる将校に、何カ月もの間、ずっと沈黙で押し通した物語ですが、あの静かで頑固な抵抗は、こんな部屋なら続けられそうな気がしたのです。

リビング以外の部屋や廊下も、壁は淡いグレイ、カーペットも濃いグ

レイで敷きつめられていますが、キッチンとバスルームの壁だけは白いタイル張り、床はグレイのタイルでした。
キッチンでは、冷蔵庫はもちろん、調理台や戸棚、トースターやプラスチックのボールまで、みんな白に統一されています。ただ胸までありそうな高い調理台のトップとイスは、木にニスを塗っただけのもので、なんともいえない温かみを感じます。
部屋の基調色を無彩色のグレイと白のコントラストでまとめ、そこに彩りのあるものを配置する……さすがにおしゃれなパリのアパートだと思いました。
とかく旅行というと、名所旧跡や美しい景色を訪ねるというのがメインになりがちですが、その地に暮らしている方たちの生活をかいま見る旅は、また別の楽しみがあります。

総目次索引

＊四月の章

＊五月の章

＊六月の章

大橋鎭子（おおはし・しずこ）

1920年生まれ。1948年、花森安治らと共に雑誌『暮しの手帖』を創刊。初代社長として経営にあたりながら、花森編集長のもと編集にかかわる。1969年、『暮しの手帖』第2世紀1号より、「すてきなあなたに」の連載を始める。花森の暮らしに対する確固たる哲学と美的センスに対して、大橋は細やかな愛情あふれる視線を大切にした。「すてきなあなたに」は、大橋の「暮らしを大切にするこころ」を通して書かれた祈りである。1994年、同エッセイにより東京都文化賞受賞。大橋は、生涯を出版に捧げ、2013年に永眠。同エッセイは、現在も『暮しの手帖』で続く人気連載となっている。

本書は、2006年に小社より刊行しました『すてきなあなたに5』を新装し、前半の一月の章〜六月の章を収録したものです。
本書には、今日では使用しない言い回しや言葉遣いがありますが、執筆当時の時代の雰囲気を生かすため、原文どおり収録しました。

連載当時ご協力をいただきました、増田れい子さま、増井和子さま、竹内希衣子さま、井上喜久子さま、熊井明子さま、片山良子さま、渡辺ゆきえさま、片岡しのぶさま、犬養智子さま、島岡圭子さまに、こころからお礼を申し上げます。

ポケット版によせて

田村セツコ（イラストレーター）

そっと、あけた頁に、マレーネ・ディートリッヒがあらわれました。美しいひたいに、ななめに波打つ髪。そして弓型の細く長いマユ。霧の彼方からきこえてくるような、あの歌声 リリー・マルレーン。圧倒的な大女優マレーネ・ディートリッヒそのひとを創り上げる、彼女自身のすさまじい執念とは、どのようなものだったのでしょうか。あるインタビューで、その美しさの秘訣について質問されて、「トイレに行くことよ」と、すまして答えたというエピソードを思い出しました。

柱時計のチクタクがきこえます。ふと、ひらめいて、栗とポテトのグラタンができました。玄関に果物。道ばたのアイドル。キルトの心。ブドウの木の体内について。ドロさんへの手紙。よく掃除したお台所にただよう、りんごのパンケーキの甘い匂い。ギャルママの子育て。バレリーナ、ツムちゃん。ぎっくり腰あり、沈黙の毛布あり。女のひとの日々はなんと、たくさんのドラマのかけらにあふれていることでしょう。

それらは瞬間ごとに生まれては、つかまえてくれるのを待っているかのようです。日常がうごき出し、退屈するひまがありません。いいえ、退屈すら、いとおしいものに思えてきます。

「怒っていたら、句はできませんね。心やさしくつつましくなったとき句が生まれます」

外にも出よ触るるばかりに春の月　／　とどまればあたりにふゆる蜻蛉かな

中村汀女さんの俳句は、少女のころ、冷たいふき掃除のときに、朱色にかがやく寒菊をみたことがきっかけだったそうです。

昔、少女の読者を相手に、「HAPPY おばさん」というキャラクターをつくりました。大きなリボンに丸めがね、エプロン姿で、黒猫とふたり暮らしです。そして、少女たちのどんな相談にものって、あらゆる悩みを解決してくれるのです。こんなひとがいてくれたらどんなに幸せでしょうと、少女たちに思ってもらえるようなひととして設定したのでした。ところで、作者としては正直なところ、自分用には、もっと地に足のついた、リアルな、頼りになる相談相手がいてくれたらと、ひそかに思っていたのです。

あるパーティで、ワインを片手に、「楽しい日々につらいことがまじったら、それがスパイスだと思っていましたが、つらいことばかりの日々に楽しいことがまじったら、それがスパイスなんだと、最近思うようになりました」と話すと、初対面のその女性は、私の顔を一瞥するや、「たまには本でも読んだらいかがですか」とひとこと。

　そして今、ここに幸運はおとずれました。『［ポケット版］すてきなあなたに』です。「わたしにできることは、本や雑誌を作ること」「読者のためになる面白いことを」と大橋鎭子さんが『暮しの手帖』に長きにわたり連載されたエッセイのポケット版ができたのです。

　このご本と暮らしてまいりましょう。バッグに入れて出かけます。夜はベッドサイドに置くのです。世界一のもてなしを誇るタイのホテルのあのカードのように。そして、ひとりぼっちじゃない、と安心して眠りにつきましょう。

　よくわからないけれど、なんだか楽しい、ハミングするような心をいつか手に入れたいと思ってきました。めぐまれた条件などでは決して手に入らない何か。その秘密は、日々の暮らしの中から、めいめいが自分で見つけて、とろとろかきまぜたり、少しねかせて風を入れたりしながら、お気に入りの味わいを発明する、ごくごく個人的に創り上げるものなのだと、このご本は教えてくれるのです。

ブックデザイン　白石良一、小野明子、今泉友里

落丁・乱丁がありましたらお取り替えいたします

［ポケット版］すてきなあなたに　09

平成二十七年十二月一日　初版第一刷発行

編著者　大橋鎭子

発行者　阪東宗文

発行所　暮しの手帖社　東京都新宿区北新宿一ノ三五ノ二〇

電　話　〇三―五三三八―六〇一一

印刷所　株式会社　精興社

定価はカバーに表示してあります

ISBN978-4-7660-0198-3　C0095

日本音楽著作権協会（出）許諾第1511481-501号